LOS TALISMANES

LOS SABIOS LIBRO 1

LISA LOWELL

Traducido por
JOSE VASQUEZ

MAPA ORIGINAL DE OWAILION

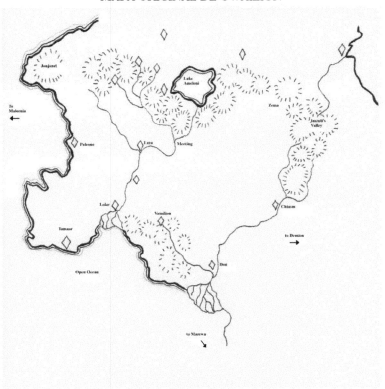

DESPIERTO

𝒰n tremendo choque lo despertó y un polvo fino cayó sobre su rostro ya que estaba boca arriba. Abrió los ojos alarmado, pero solo vio una profunda oscuridad. ¿Estaba ciego? De pronto, otra explosión más allá de su cabeza lo llevó a incorporarse alarmado y tanteó por un suelo de piedra rugosa, tratando de encontrar su camino lejos de las temibles explosiones.

—¡*Tienes que salir ahora!* —rugió una voz, haciendo que le doliera la cabeza con las reverberaciones.

—¿Cómo? Gritó en respuesta, buscando a tientas una pared o algo que le diera un marco de referencia. "No puedo ver". Una tercera explosión sacudió la cámara y se puso de pie desesperadamente. La caverna sonaba como si se estuviera derrumbando y apenas podía permanecer de pie cuando sus manos finalmente se encontraron con una pared para ayudarlo a mantener el equilibrio. "¿Qué está sucediendo?"

—*Estás bajo ataque,* la voz profunda regresó. "*Estás fuera del Sello. Debes abrirte paso antes de que ellos encuentren la caverna. Sigue el camino guiándote por mi voz*".

Se tambaleó contra la pared, avanzando a tientas mientras los golpes continuaban, haciendo caer una lluvia de escombros sobre su cabeza. "No puedo atravesar una roca sólida. ¿Dónde estás?" llamó de nuevo.

—*Estoy justo aquí. Debes desear mucho. Siente el poder. Sí, ahí mismo. ¡Ahora empuja!*

El terror de ser enterrado en una cueva derrumbándose, de las erupciones, de la ceguera total y la conciencia alarmante de que ni siquiera podía recordar su propio nombre se combinaron para inundarlo de adrenalina. Quería salir, incluso si su propia muerte lo esperaba al otro lado de este muro. ¡Afuera!

De repente, la barrera de piedra rugosa desapareció y se tambaleó, casi arrojado hacia adelante por otra explosión y aterrizó de rodillas en una cresta a la luz del día. Con las rodillas ensangrentadas, se dio cuenta de que estaba desnudo como un bebé y se levantó dolorosamente. Al menos podía ver, pero la luz casi ardía. Cuando finalmente logró enfocar su visión, vio algo tan grande que tuvo que retroceder.

Un iris dorado y negro, salpicado de fuego y tan grande como él, parpadeó hacia él no más lejos de su alcance. El iris pertenecía a un ojo de la altura de una casa. Inclinó la cabeza hacia atrás para mirar hacia arriba y más arriba, y encontró la cara de un dragón dorado, escamas y espinas llameantes alrededor de las mandíbulas y crestas afiladas sobre el ojo que había bajado a su nivel. Un dragón inmenso yacía sobre la ladera de una montaña de ceniza negra, dorado y brillante como un collar de joyas en la garganta de una dama.

Estoy muerto pensó.

—*No, pequeño,* la voz retumbó. Le tomó un poco de concentración para entenderlo, como si fuera un idioma extranjero. "*Acabas de hacer un largo viaje y te llevará algún tiempo recuperarte*".

¿Viaje? No recordaba ningún viaje. De hecho, no podía recordar nada. Esa observación lo hizo estremecerse cuando otra detonación hizo llover cenizas por la ladera de la montaña detrás de él. ¿Dónde estuvo él? ¿Quién era? ¿Cómo le pasó esto? Explosiones a su alrededor, un dragón a punto de devorarlo y un vasto vacío donde debió residir su pasado; no había nada para estabilizar sus pensamientos.

—*Debemos lidiar con los hechiceros ahora que has salido del cascarón*, volvió la voz del dragón. *"Si te haces a un lado, me ocuparé de este"*.

¿Entonces las atronadoras explosiones dentro de la caverna no habían sido este enorme reptil atacando sino algo más? Sin ningún recurso, el humano dio un paso hacia la derecha, tan lejos como se atrevió, en el pequeño estante que sobresalía de la ladera de la montaña en la que estaba posado. Con curiosidad, vio el ojo del dragón cerrarse en concentración y luego una ola, casi invisible para su ojo, salió de la frente del dragón y entró en la montaña.

La pared de roca se estremeció con una gran implosión y las avalanchas de piedra rugieron arriba y abajo. Solo este pequeño espacio de aterrizaje y dondequiera que descansara el gigantesco dragón permanecieron intactos. La cima de la montaña estalló, soplando por el otro lado en una ola de gases ondulantes y desapareció de la vista. El humano instintivamente se agachó para mantener el equilibrio contra los terremotos que amenazaban con tirarlo del estante. Luego, la erupción de arriba disminuyó abruptamente y el dragón volvió a apoyar la cabeza en la cresta para mirarlo.

"Así está mejor. Lamento que tu lugar de nacimiento estuviera fuera del Sello, pero no sabíamos con precisión cuándo llegarías y la montaña siguió creciendo hasta que dejó las protecciones del Sello. Y, por supuesto, eso hizo que los forasteros

pensaran que podían atacar". El ojo dorado del dragón giró hacia el estupefacto humano. Aparentemente, el dragón empujando el volcán había hecho su trabajo porque las explosiones dentro de la montaña habían cesado.

—*Te llamaremos Owailion,* la voz volvió como si nada hubiera interrumpido esta singular introducción. *"No es tu verdadero nombre, el cual mantendremos oculto. Owailion significa el despertado. Tú eres el que nos prometieron".*

El humano se enderezó, estupefacto por todo esto. Owailion... ¿Podría aceptar el nombre? No recordaba su nombre real. Nada, ni su trabajo, tampoco si tenía familia; nada de su vida quedaba en sus recuerdos. El temor que estaba surgiendo por este vacío creado en su alma, amenazaba con tragarlo y deliberadamente dejó caer esos pensamientos como carbones encendidos.

— ¿Quiénes prometieron? ¿Quién eres tú? —murmuró Owailion, su voz quebrada por el desuso y el extraño lenguaje en su lengua.

Puedes llamarme Mohan. Mi nombre real es demasiado largo como para que los humanos lo puedan pronunciar con facilidad", el dragón respondió. *"Y tu venida... Es una larga historia. Te lo contaré todo cuando estés preparado, pero por ahora, debemos alejarnos de este volcán antes de que regresen los forasteros. Además, no sabemos cómo cuidarte con precisión. Debes ayudarnos a comprender todo aquello que necesites".*

Owailion esperó a que eso tuviera sentido y luego se dio cuenta de que nada lo haría durante mucho tiempo hasta que pudiera recordar su vida. ¿Cómo sabría lo que necesitaba si no lo recordaba? Miró por la ladera del volcán hacia el bosque de abajo y más allá de eso en la distancia, una cadena de montañas cubiertas de nieve. Nada de eso le resultaba familiar. En su amnesia, había perdido mucho, aunque seguramente sabía que la gente no se despertaba completamente encerrada en piedra. Los humanos no tenían regularmente la capacidad de atravesar una pared de roca y ciertamente no todos encontraban un dragón esperando al otro lado para devorarlos.

En esta situación surrealista, Owailion extendió la mano y tocó las escamas de oro acerado justo debajo del ojo del dragón, y Mohan parpadeó de placer, enviando una ráfaga de aire almizclado cálido por el brazo de Owailion. El estruendo de un ronroneo hizo eco en la cumbre de la montaña. Ese sonido solo empujó más piedra pómez y roca para deslizarse por la pendiente desnuda.

—*No, Owailion, todo esto es nuevo para ti. No nos habíamos conocido antes, pero has recorrido un largo camino para unirte a nosotros. Esta es la Tierra... Nuestra Tierra y eres muy bienvenido aquí, el primer y único ser humano que ha venido a través de nuestro Sello.*

—¿Mohan? ¿Estás escuchando mis pensamientos? —preguntó Owailion, solo dándose cuenta de que el dragón había abordado sus preocupaciones y lo había consolado sin que el humano siquiera dijera nada.

—¿De qué otra manera podría hablar contigo? Puedes escucharme y yo puedo escucharte sin importar dónde estemos si aprendes a escuchar. El idioma es nuevo para los dos, pero podemos entendernos. Esto es bueno. Ahora, debes tener necesidades. Estás recién salido del cascarón. ¿Qué puedo hacer para ayudarte?

¿Salido del cascarón? Owailion miró hacia atrás, hacia la pared derrumbada del acantilado donde había estado encerrado. ¿Los dragones nacen de huevos? Tenía sentido que Mohan pensara que había "nacido" en el sentido de que Owailion se había liberado de alguna manera como un polluelo cuando nace.

Mohan rugió como si intentara reír. *"¿De qué otra manera lo llamaría? Has escapado del caparazón de la montaña. Los polluelos son débiles, pero tú te harás más fuerte con el tiempo. ¿Qué necesitas para ser más fuerte?"*

Owailion abandonó todas sus preguntas y consideró las de Mohan. ¿Qué necesitaba? Necesitaba salir de este acantilado. Necesitaba ropa. El necesitaba entender.

—¿Ropa? le preguntó a Mohan avergonzado. No podía imaginarse bajando de esta ladera de la montaña con los pies descalzos, y mucho menos completamente desnudo.

—*¿Ropa?* Mohan respondió con curiosidad.

¿Mohan nunca había visto a otro humano? ¿Uno con algo más que no fuese su piel? El pensamiento casi hizo reír a Owailion.

—*Te llamamos Owailion por una razón. Hay otros hombres en este planeta, pero pocos los que los dragones hemos visto. La tierra está sellada para que ningún hombre pueda entrar. Eres el primer ser humano que Dios ha prometido enviar. Quizás tengas hambre. Todos los novatos tienen hambre. ¿Necesitas comida?*

Owailion pensó en esa sugerencia y luego decidió que podía esperar. "No, la ropa es más importante ahora. No tengo escamas como tú y arderé bajo este sol y, a menos que tengas la intención de que me quede aquí arriba, necesito ropa para bajar de esta cornisa.

—*No entiendo nada acerca de la ropa, pero si un novato necesita ropa, puedes hacerla tú mismo.* Mohan rugió disculpándose.

—¿Hacerlas? Owailion se rio esta vez. Estaba desnudo en la ladera de una montaña, conversando nariz con nariz con una criatura la cual había asumido que era un mito. Mohan podía tragarlo entero y preguntarse de dónde vendría el resto de la cena.

—No puedo crear ropa aquí, —admitió Owailion, señalando la vista panorámica pero inútil de la ladera de la montaña.

—*¿Por qué no? Pudiste liberarte de tu caparazón. Con la ropa es más fácil. Solo tienes que imaginar la ropa, la deseas y la obtendrás.*

Owailion se balanceó sobre sus talones, preguntándose cuándo terminaría el sueño y se despertaría con comprensión. "Eso suena a magia. ¿Qué estoy diciendo? Todo lo que estoy experimentando en este momento: amnesia, romper piedras, forzar la erupción de un volcán, una conversación con un dragón; todo es magia".

—*Eres mágico, Owailion,* — confirmó Mohan. *"Usaste magia para romper tu caparazón. Los forasteros atacaron porque eres mágico. Dios te envió a nosotros por magia. Una ropa debería ser fácil".*

—¿Mágico? ¿Cómo?

—*Dios te dio magia cuando llegaste aquí. Eso es nuevo para ti pero yo te enseñaré. ¿Te imaginas una ropa? Deséala.*

Mohan parpadeó, hipnotizando a Owailion para que tranquilizara su mente. *"Ahora, piensa en la ropa y desea que aparezca".* Nada más aquí tenía sentido, así que bien podría intentarlo. Owailion cerró los ojos sin querer. Tenía que desconectar sus miedos latentes de los grandes depredadores, los hechiceros invisibles y los volcanes que se avecinaban y concentrarse en algo para ponerse. Entonces deseó que estas cosas aparecieran.

Mohan resopló y Owailion abrió los ojos alarmado. A sus pies, justo debajo de la barbilla de Mohan, vio la ropa que había imaginado: un par de pantalones y calzones de cuero, una túnica de lino y unas botas resistentes para escalar. Sin esperar la invitación, Owailion se sentó en el borde y comenzó a vestirse. "Eso fue lo más asombroso... ¿Dices que soy mágico?

Sé mucho sobre el hecho de ser humano, pero no sabía que yo era mágico".

—*Muy pocos humanos tienen magia... A diferencia de los dragones.* La voz mental de Mohan tenía solo un toque de orgullo por este hecho. *"No eras mágico en tu vida anterior, pero has venido a ayudarnos y ahora eres mágico. Tú querías esto".*

—¿Quería esto? —preguntó Owailion mientras se ponía las botas que, para su asombro, le quedaban perfectamente. ¿Por qué habría querido ser mago o venir a este lugar...? La Tierra como Mohan la había llamado.

—*Pensé que, como novato, sabrías más de estos asuntos,* —*comentó* Mohan.

Owailion respiró hondo antes de intentar explicarse. "No soy un novato... Precisamente. Para ser humano, creo que soy relativamente joven, pero estoy completamente desarrollado. Los humanos nacen, no salen de cáscaras de huevo. Simplemente no recuerdo la magia ni nada de mi pasado personal". Luego, cuando se puso de pie con su ropa nueva, se sintió mucho más cerca de confiar en este nuevo mundo que estaba encontrando. "Eso es mejor. Ahora, ¿puedes explicarme algunas cosas mientras bajo de esta repisa?"

—*¿No te harás más grande?* Esta observación pareció preocupar a Mohan. *"Los hombres son tan pequeños. ¿Son todos tan pequeños?"*

Owailion se rio entre dientes ante la idea. "Las mujeres y los niños son más pequeños. ¿Eso te molesta? Me preocupa un poco a mí mismo. Podrías bostezar e inhalarme accidentalmente, pero esto es lo más grande que puedo. ¿Por qué estás...? ¿Por qué soy tu novato?"

"Bueno", trató de aclarar Mohan mientras se alejaba de la pendiente permitiendo a Owailion una vista más completa de los posibles caminos por los lados del volcán, *"la Tierra está sellada y hay hechiceros que quieren entrar. Creen que pueden*

hacerse cargo de la magia aquí. Construimos el volcán para tu llegada, pero estaba demasiado cerca del Sello que los mantiene fuera. El volcán creció más allá de nuestras fronteras y por eso atacaron, para atravesar la montaña. No te perseguían exactamente, sino que estaban entrando en la Tierra misma".

Owailion se deslizó por la cornisa y comenzó a deslizarse por terraplenes de cenizas mientras pensaba en eso. "Y sigues diciendo nosotros. ¿Hay otros aquí?"

Como si las palabras de Owailion lanzaran un hechizo, el cielo, los otros lados de la pendiente e incluso por encima de la pequeña cumbre se llenaron de dragones de varios colores y tamaños. Más de una docena habían sido invisibles hasta que dijo algo. La plata y el oro predominaban en sus pieles, pero con acentos de zafiro, rubí, esmeralda, topacio y amatista. No había dos iguales a los ojos de Owailion. Algunos tenían alas y otros, incluso voladores, no tenían ninguna. Algunos tenían una cabeza y otros hasta tres cabezas y una variedad aún más amplia de colas. El más pequeño que podía ver flotaba sobre la espalda de Mohan y parecía ser solo el triple del tamaño de un humano grande. Mohan parecía ser el más grande, cubriendo fácilmente trescientos metros hacia el pie de la montaña. Lo más perturbador fue el hecho de que cada uno de estos dragones recién aparecidos tenía ojos solo para él.

—*Nosotros... Mis compañeros dragones y yo, te hemos estado esperando,* —admitió Mohan, —*pero no queríamos asustarte al principio.*

—Demasiado tarde, —admitió Owailion. — Es la situación lo que me alarma. Debes explicarme todo esto. ¿Por qué me necesitas?

Mohan debió haber dicho algo en privado porque la familia de dragones desapareció nuevamente, dejando solo visible el oro de Mohan, aunque Owailion dudaba que realmente se hubieran ido. Entonces Mohan continuó como si esta demostración de poder no hubiese significado nada.

—*Como expliqué antes, Dios nos prometió un hombre y nos envió a ti. Necesitamos tu ayuda. Verás, los dragones nos vamos a dormir. La Tierra necesita a alguien más para detener a los hechiceros y detener los ataques de los demonios mientras dormimos. Necesitamos que domines la magia aquí.*

—¿Ataques como el que me despertó? Owailion miró hacia el pacífico campo más allá del macizo de Mohan y no vio nada más que bosque y cielo de verano.

La voz de Mohan retumbó mientras agregaba, "*Sí, hechiceros por fuera y demonios por dentro. Crecen naturalmente aquí en la Tierra si no las observamos con atención*".

—¿Y es por eso que hay que dominar la magia?

"*Sí*", dijo Mohan simplemente. "*Y ustedes serán los maestros*".

—¿Maestros...? ¿Más de uno? Owailion preguntó con entusiasmo.

—*Dios prometió que los dragones permanecerían despiertos el tiempo suficiente para entrenar al primero. Eventualmente, serán dieciséis humanos, los Sabios, los que vendrán a controlar la magia y domesticarla, para que no tiente a los malvados. Un poder como ese normalmente seducirá al hombre, deformará la naturaleza y entonces todo se perderá.*

—Dieciséis... ¿Sabios?

—*Sí, los humanos que no serán corrompidos por el poder. La magia siempre arruinará a un hombre a menos que haya algo que lo guíe. Tú sabes, podría llevarte montaña abajo más rápido.*

Owailion podía sentir que su naturaleza independiente se resistía a esa idea. Aunque confiaba en el dragón hasta cierto punto, la absoluta ignorancia de Mohan sobre los humanos lo dejó un poco nervioso.

—*Yo no te haría daño,* — prometió el dragón con firmeza.

"No puedes ser lastimado. Como Sabio, vives para siempre. La magia te hace casi indestructible".

Owailion se rio entre dientes mientras se sentaba en sus pantalones de cuero recién hechos y se deslizaba rápidamente por otra pendiente de ceniza. "Es el 'casi' lo que me preocupa. No sabes cómo llevar a un humano y cuán fuertes... O débiles somos. E incluso si soy mágicamente indestructible, no significa que esté interesado en que me pinchen o caiga accidentalmente o algo así. Eres terriblemente gentil, agudo y duro".

—*Y tú pareces ser algo... Blando* —admitió el dragón y se alejó más de la ladera de la montaña, girando con impaciencia sobre Owailion. Mohan como muestra de dragón se jactaba de tener un par de alas, una cabeza y dos colas que se enroscaban alrededor de él esculpiendo el aire, actuando como timones. Owailion lo vio atravesar el cielo y se sintió distraído por la belleza. Dorado reluciente bajo el sol alto, Mohan casi lo cegó. El dragón también vigilaba de cerca a su humano mientras Owailion descendía con cuidado.

El dragón se quejó, *"¿Los humanos siempre tardan tanto en viajar?"*

—Tardamos mucho más, —comentó Owailion en voz baja, mientras se movía tan rápido como podía. "Puede haber una forma mágica de viajar, pero caminar es lo más rápido que podemos. Con solo dos piernas, no somos tan rápidos como la mayoría de los animales. Y tienes razón, somos blandos. Nos compensamos por ser bastante vulnerables con un cerebro razonable y buenas manos".

—*¿Qué comen los humanos?*

Owailion estaba sin aliento y apenas podía responder. "Me conformaría con venado o un buen salmón ahora mismo. Amo el pan y los vegetales. ¿Hay Fresas?

Debería haber permanecido en silencio, porque de repente se encontró en un torrente de peces golpeando a su alrededor en el aire, y el distante ruido sordo de ciervos muertos enteros golpeando la ladera de la montaña. Finalmente, una lluvia de fresas cayó sobre él hasta que gritó alarmado.

—¡Detén eso! Gritó, mirando a Mohan con sorpresa. "¿De dónde vino todo eso? No me interesa comer si se me cae del cielo".

—*Lo siento,* —respondió Mohan. *"Los demás solo quieren ayudar. No entendemos sus palabras, pan y verduras... Vegetales. Por lo general, un novato comerá todo su peso dos veces al día durante muchos días antes de saciarse. ¿No tienes hambre?"*

—Hambriento, sí, pero no como tanto y quiero cocinarlo antes de comerlo y eso significa que quiero hacerlo en un terreno plano.

—¿*Cocinar?* Mohan preguntó con curiosidad.

Owailion suspiró frustrado, reprimiendo su temperamento enconado por dentro. "Cocinar es demasiado complicado de explicar. ¿Qué tal si hago una demostración cuando lleguemos al fondo y mientras tú me cuentas sobre estos brujos que están tratando de cruzar tus fronteras? Explícame un poco más sobre este Sello".

El dragón flotaba casi inmóvil sobre el bosque en la base del volcán antes de responder. *"Los dragones mantenemos mágicamente una barrera alrededor de las fronteras de la Tierra. Nadie, dragón o humano, puede entrar a menos que haya armado y puesto el Sello o cuya magia lo respalde".* Mohan respondió con orgullo.

—Ustedes, los dragones, parecen ser muy buenos con la magia. Parece que podrían manejar bien a los invasores incluso cuando estén dormidos.

—*Ah, pero no dormimos. Excepto cuando esto esté por terminar,* Mohan aclaró. *"Cuatro mil años es mucho tiempo para permanecer despierto. Ahora deseamos descansar".*

Owailion hizo una pausa en sus esfuerzos de navegar por la

pendiente para volver a mirar a su mentor en magia. "¿Dormir? ¿Ustedes los dragones no duermen? Ummm... A menos que haya algo muy diferente en mí ahora, también me gusta dormir. No hay forma de que me quede despierto tanto tiempo".

—*No, no lo entendiste*, Mohan respondió cuando Owailion comenzó de nuevo. "*Sabemos que los humanos son como otras criaturas; Dormirás por una noche y luego te despertarás y mientras tanto, la magia no se volverá loca. Sin embargo, no es necesario que los dragones duerman... Hasta que lo sea; un largo sueño, mil años al menos. La magia no puede pasar tanto tiempo sin supervisión. Se liberará y empezará a alterar las cosas, a convertirlas en enigmas enfermizos y retorcidos de lo que podrían haber sido originalmente*".

De forma espontánea, una imagen inundó la mente de Owailion de una criatura parecida a una pantera. Observó fascinado cómo el animal comenzaba a sangrar, se retorcía de dolor, escupía y gruñía. Su piel onduló y los músculos se retorcieron alrededor de sus huesos estirados. El gato torturado trepó a un árbol igualmente retorcido. Allí, a la bestia le brotaron alas de repente y se lanzó al cielo. Entonces la visión se desvaneció del cerebro de Owailion.

—*Los demonios se forman con magia deformada y desatendida. Estos demonios desean poseer a otros y alimentarse de su dolor. Los dragones han desterrado a los demonios de la Tierra a otro reino, pero vendrán más si no estamos atentos. También hay portales donde se cuelan. Seguramente vendrán si nos quedamos dormimos.*

Owailion se estremeció de horror y casi tropezó mientras se deslizaba por un banco de cenizas. ¿Estaría luchando contra demonios así? ¿Con magia? Algo en él se resistió a pensar en ello. En cambio, cambió de tema. "¿Cómo se supone que voy a sobrevivir solo durante mil años? Por lo general, los humanos formamos pequeños grupos agradables y nos ayudamos unos a otros en cosas como esta".

—¿*Manadas?* Esta idea debe haber sorprendido a Mohan. *"No pensamos en eso. No me preocuparía por necesitar a otros. La magia debería ser adecuada para todas tus necesidades, seguramente".*

Owailion resopló ante eso. "La magia puede suplir mis necesidades físicas, pero a los humanos les gusta interactuar con los demás. Dieciséis Sabios no serán suficientes. Nos gusta formar familias. Manada es probablemente una mala palabra. Nuestras familias nos ayudan a criar hijos y nos mantienen emocionalmente estables. Las familias viven cerca unas de otras para hacer aldeas y, a veces, cuando hay muchos de nosotros cerca, lo llamamos ciudad".

El hecho de que tuviera el vocabulario en este idioma aparentemente nuevo significaba algo, razonó Owailion. Sin embargo, necesitaría a otros humanos o se volvería loco, incluso si hubiera algunos otros magos aquí. No podía imaginarse estar tan aislado aquí en la Tierra. Si el nuevo idioma contenía las palabras para familia, pueblo y ciudad, entonces debían ser necesarias.

—*Esto no es algo que no consideramos,* —respondió Mohan en un tono contemplativo. *"Los dragones vivimos separados, dejados en nuestros huevos hasta que hayamos emplumado. Hay un cónclave en el que nos reunimos una vez por década, pero mientras tanto rara vez nos vemos. Con tu llegada, es la primera vez que conozco a muchos de mis compañeros dragones al mismo tiempo. ¿Es necesaria una familia si no tienes crías?"*

De repente, Owailion se sintió mareado y se detuvo en seco. Se sentó en un afloramiento cercano y lentamente comenzó a darse cuenta de todo lo que podría haber olvidado con esta amnesia. ¿Había dejado esposa e hijos? Con suerte, no se habría ofrecido como voluntario para este extraño cambio en sus circunstancias si hubiera dejado atrás a alguien que dependía de él. ¿Pero sin esposa ni hijos? Ninguna otra persona en absoluto... ¿Excepto por la eventual llegada de los otros Sabios? ¿E iba a vivir eternamente? Eso le parecía fuera de su forma de vida.

—*Owailion, ¿estás enfermo?* Mohan se acercó más y luego se dejó caer en la ladera de la montaña debajo de él. *"No estás bien. ¿Hicimos algo mal?"*

Owailion no sabía por qué, pero este golpe final a su limitada comprensión lo sacudió hasta la médula. ¿Solo por la eternidad? No podía comprenderlo y el terror que debería haberlo ahogado desde que se había despertado con la primera explosión mágica ahora descendía sobre él como lluvia. Se acurrucó a su alrededor y se cerró, cerrando todo: el volcán, los hechiceros, la lucha de demonios, un dragón enorme, su propio cuerpo sucio y cansado, todo. Owailion quería dormir lejos del horror y despertar de nuevo algún tiempo después con sus recuerdos intactos y retomar su vida dondequiera que hubiera salido de ella.

Sin preguntar, Mohan extendió una garra y delicadamente recogió a Owailion de la ladera de la montaña. Si no hubiera estado catatónico ya, el humano se habría desmayado de terror cuando el dragón se lanzó sobre el valle y descendió suavemente hacia el bosque de abajo. Saber tan poco sobre los humanos no impidió que Mohan actuara. En cambio, usó lo poco que sabía, encontró un arroyo en la base de la montaña cerca de los árboles y encajó su gigantesco cuerpo de reptil entre los troncos y la pendiente. Luego, colocó cuidadosamente a Owailion en la orilla del arroyo y, con un pequeño pensamiento, conjuró una pila de veinte peces más o menos y una pila igual de bayas junto a la cabeza de Owailion.

—*Owailion, ¿estás ahí?* Mohan preguntó en un susurro mental.

El olor a pescado pudriéndose al final de la tarde y su hambre, finalmente vencieron el terror de Owailion lo suficiente y luego murmurando algo se sentó. Miró los peces, el arroyo y luego de regreso a la montaña, pero solo pudo ver un banco de escamas doradas entre él y la montaña. Entonces, sin nada mejor que hacer, Owailion comenzó a reír histéricamente. Todo era demasiado surrealista para comprender.

Y su risa no ayudó. Mohan se encabritó ansioso. El dragón probablemente interpretó su risa como una señal de angustia porque el reptil comenzó a retroceder con cuidado, lo que rápidamente provocó que los árboles se partieran y se estrellaran en el bosque.

—No, estoy bien Mohan. Por favor, no te muevas más. Estoy bien.

—*No suenas bien. ¿Es ese el sonido que haces cuando tienes dolor? ¿Te lastimé levantándote?*

—No Mohan, es risa. ¿Los dragones no se ríen?

En respuesta a la pregunta, Mohan demostró sentándose sobre sus dos colas, levantándose muy por encima de los árboles y soltando un rugido que sacudió el suelo. Cuando se hubo asentado una vez más, el dragón respondió. *"Así es como se ríen los dragones. ¿De qué te reías? Pensé que te había herido. No te moviste y tu mente dejó de hablarme".*

—Eso es probablemente porque mi mente dejó de hablarme también por un momento, respondió Owailion. "Simplemente me golpeó muy fuerte el hecho de que estoy solo y no me lo tomé tan bien. Estaba abrumado".

—*No estás solo, Owailion,* Mohan trató de tranquilizarlo. *"Todos los dragones saben que estás aquí en la Tierra y te protegerán. Otros Sabios vendrán a ayudarte a hacer tus paquetes. Dios lo ha prometido. Pero eso no explica por qué te reías".*

Dejando escapar un suspiro, Owailion admitió: "O me reía, o iba a comenzar a llorar. Vi este montón de peces y tuve que reír. Los humanos no comen tanto en un mes. En realidad, sí comemos a menudo, pero no tanto. Y ahora que estoy en terreno llano puedo hacer fuego. Te mostraré cómo cocinan los humanos". Luego, en un ataque de curiosidad, hizo otra pregunta. "¿Los dragones escupen fuego?"

—*Sí, en donde están los hechiceros al otro lado del Sello, pero probablemente provocaría un incendio forestal si lo hago aquí, y eso no sería bueno para las personas blandas. Si necesitas un fuego para cocinar, puedo enseñarte cómo hacer uno con magia.*

Fiel a su oferta, Mohan guio a Owailion cuidadosamente a través del uso de su poder para conjurar fuego. *"Debes extraer de lo profundo de la tierra"*, comenzó Mohan. *"Usa tu mente para ver lo que quieres crear. La materia de la tierra se convertirá en fuego si le pides que cambie. Piensa en su tamaño y el lugar donde quieres que crezca y el fuego vendrá".*

Con dudas, Owailion apartó una capa de agujas de pino caídas, despejó un lugar para su fuego y luego se concentró, pensando primero en encender y luego en el inicio de un fuego más pequeño. Si esto funcionaba, no quería ser él quien se ocupara de un incendio forestal. Ante su deseo, leña brotó del suelo como dientes de león y Owailion volvió a reír. Entonces se asomó una nube de humo en medio de la leña y sopló brevemente sobre el humo. Fue recompensado con un simple fuego, y luego tuvo que agregar apresuradamente leña conjurada para mantenerlo. Estaba tan fascinado con la magia involucrada que se olvidó del propósito del fuego en primer lugar.

—*¿Estás haciendo fuego para cocinar?* Mohan preguntó con curiosidad, pero sonando para nada impresionado.

—No, —admitió Owailion. "Ahora necesito un cuchillo y...." Owailion usó la magia para conjurar un cuchillo para destripar uno de los muchos peces que se le habían ofrecido. Mientras trabajaba con el cuchillo y luego conjuraba una sartén para freírlo, explicó la necesidad de cocinar su comida.

—*¿Y cocinas tu comida cada vez que comes?* Aparentemente, esto asombró al dragón, porque comía algunos caribúes, su comida favorita, aproximadamente una vez al mes. *"Pero mira todo lo que comes. No es de extrañar que comas tres veces al día. Parece una pérdida de tiempo hacer que la comida se dore y esté caliente. Bueno, tal vez esto se deba a que los humanos no tienen el fuego dentro de ti, por lo que debes asarlo por fuera. Eso tiene sentido para mí".*

Owailion se rio entre dientes ante la idea de cocinar su comida mientras estaba en su estómago y luego volvió a las preguntas que tenía sobre la magia. *"¿Entonces puedo conjurar cualquier cosa que quiera o necesite con sólo desearlo? ¿Qué me impide conjurar cosas grandiosas, como hacerme más rico que nadie en el mundo?"*

—*Eres un Sabio,* le recordó Mohan. *"No serías tan tonto. Además, ¿a quién le importaría si hicieras una ropa con las más brillantes escamas de dragón? Nadie aquí las verá impresionado. Dios te seleccionó porque no serías tentado por ese tipo de magia. Ahí es donde comienza el mal entre el hombre; usando magia por codicia más que para el servicio de otros. Los hechiceros de otras tierras usan su magia para ese tipo de control y avaricia".*

Owailion miró alrededor al bosque, al vacío de la Tierra y luego juntó un puño lleno de agujas de pino para alimentar su fuego. *"¿Qué pasa si no hay nadie aquí para servir? Los humanos no están destinados a estar solos".*

Mohan gruñó audiblemente ante eso antes de responder. *"Entonces quizás Dios tiene la intención de que estés en tu manada. Él te proporcionará lo que necesites. Nunca olvides que Él te ha elegido. Ten fe en eso".* Luego, después de una pausa, agregó: *"Owailion, tu mente está nublada. ¿Te sucede algo malo?"*

—Oh, ahora estoy cansado, ¿sabes? Nosotros los humanos,

dormimos todas las noches. Si puedo dormir, no estaré nublado por la mañana. ¿Eso es suficiente para ti?

Mohan resopló su acuerdo. *"¿Qué necesitas para dormir?"*

Owailion conjuró una manta para sí mismo y se acostó sin preocuparse por la cama que sabía que alguna vez pudo haber disfrutado. "Oscuro y silencioso", murmuró. Y Mohan le concedió su pedido.

2

SUEÑO DE PIEDRAS

*E*l sueño cayó sobre Owailion como una lluvia ligera, suave y refrescante. No había pensado, dado lo abrumador que había sido el día hasta ese momento, que él también tendría un sueño que le alteraría enormemente su vida. Comenzó con él en la cima de la montaña, en la cornisa, pero Mohan no estaba allí. En cambio, una gran nube de tormenta se cernió sobre su cabeza y Owailion miró hacia arriba con asombro, esperando una explicación.

—No, —anunció una voz desde la nube. *"Tengo una tarea para ti y una bendición. Owailion, has venido a la Tierra para ayudar y serás recompensado. No estarás solo por la eternidad. Si cumples las instrucciones que te doy, la puerta se abrirá para recibir bendiciones inconmensurables. Primero, debes aprender todo lo que puedas de los dragones, porque pronto dormirán. Puedes pedirles ayuda, pero el trabajo deberá ser tuyo. También he preparado a otros Sabios que caminarán por la Tierra contigo. Ten fe en que tu camino estará despejado y cuando no lo esté, será recto".*

Owailion no supo qué decirle a la voz en la nube, aunque

supuso que por eso había venido a la Tierra. Y estaba en el camino, aunque no recordaba el comienzo de su viaje. Dijo lo único que podía decir. "¿Qué debo hacer?"

Otra visión se impuso en la mente de Owailion. En ella, sostenía un pequeño tazón de bronce mientras se encontraba a lo largo de un lujoso valle fluvial, en la orilla del agua verde pacífica. En su visión, Owailion se arrodilló a la orilla del río y llenó el recipiente. Luego miró dentro, esperando ver el futuro como si fuera una bola de cristal. El reflejo en el agua pasó de mostrar el cielo. En cambio, vio montañas desde lejos y dentro del anillo de la montaña, vio un bosque profundo debajo de él. La imagen reflejada descendió en picada tan rápido como un dragón, hundiéndose en los árboles y hasta que se posó en el suelo del bosque.

Owailion sostuvo el tazón firme como una roca con entusiasmo. Estaba a punto de presenciar algo mágico. La escena pasó por la base de los árboles, cientos de ellos, bordeados de helechos y luego hacia un extraño claro. Lo cubría una ligera capa de agujas de pino y helechos, pero ningún árbol lo interrumpía. En cambio, vio ocho piedras erguidas como centinelas dentro. El reflejo era demasiado pequeño para que él pudiera estudiar las piedras de cerca, pero en realidad, fácilmente podrían tener el doble de la altura de un hombre, todas dispuestas en un anillo perfecto. Y lo más intrigante de todo, se jactaban de escribir. Se esforzó por distinguir las marcas en el reflejo, pero eran demasiado pequeñas.

Frustrado, Owailion estaba a punto de tirar el agua del talismán cuando un viento tremendo atravesó el bosque dentro del reflejo y oscureció su vista de las piedras. Cuando las ramas se separaron de nuevo, las piedras rúnicas habían desaparecido.

"¡No!" Gritó Owailion, perturbando la imagen y derramando agua sobre sus manos.

"Las piedras han sido robadas" anunció la voz dentro de la

nube. *"Esto es parte de tu Búsqueda. Construirás palacios, crearás talismanes, enseñarás a los otros Sabios. Y buscarás al ladrón de las Piedras. Estas son tus tareas, Owailion, Rey de la Creación"*.

Owailion se despertó sobresaltado, frenético, esperando olvidar el sueño, pero éste persistió. Se sentó en el bosque junto a una pila de peces pudriéndose, sin el dragón y recordó cada palabra. Temblaba de frustración y asombro, tratando de no sentirse abrumado.

Luego, por encima de él, Mohan apareció instantáneamente volando sobre los árboles, obviamente llamado debido a la alarma de Owailion. *"¿Qué es eso?"*

Owailion miró a su mentor a través de las ramas de abeto y "Acabo de tener un sueño muy... Muy claro. ¿Entiendes los sueños si no duermes?"

—*Sí, he oído hablar de ellos, pero hay algo te ha alarmado.*

Owailion respiró para calmarse. Necesitaba entender que este sueño, aunque profundo, no se resolvería en un instante. Primero tenía mucho que aprender. "No comeré pescado pronto. ¿Cómo me deshago de tus...? ¿De tus ofrecimientos? El olor es fuerte".

—*Estoy de acuerdo, apestan. Solo deséalos de regreso a la tierra y regresarán.*

Owailion se rio entre dientes, pero también experimentó con el deseo de hacer desaparecer el olor ofensivo y en efecto sucedió. Conservó las fresas y se comió un puñado para desayunar mientras pensaba en las cosas.

—*Entonces, has hablado con Dios en este sueño,* —observó Mohan, probablemente escuchando los pensamientos de Owailion sobre el sueño. *"¿Qué te ha pedido que hagas?"*

¿Entonces, ese era Dios? Owailion no sintió ninguna restricción para compartir su sueño con el dragón y, ciertamente, necesitaba ayuda para realizar estas tareas que le habían encomendado.

—Tengo varias tareas. Primero, debo prepararme para los demás construyendo casas para cada uno de los Sabios y elaborando talismanes para ellos; algo que puedan sostener que les ayude en su propia magia. Entonces tengo que encontrar algunas piedras rúnicas.

—*¿Encontrar? No conozco las piedras rúnicas.*

Miró a Mohan. "Son las piedras erguidas, colocadas con un propósito de algún tipo. Las llamé piedras rúnicas debido a la escritura".

—*¿Escritura?*

Owailion suspiró con el esfuerzo de explicar el concepto foráneo a su mentor. No era paciente, se dio cuenta con sorpresa y decidió ignorar la explicación implícita. "Los arañazos en las piedras. Dicen cosas".

"*¿?*" La voz mental de Mohan en realidad nunca dijo palabras formales, pero su curiosidad recorrió el vínculo mental. *"Nunca les he escuchado decir nada a las piedras".*

En lugar de intentar y fallar en enseñarle a leer a un dragón, Owailion intentó una táctica diferente para abordar las piedras perdidas. "¿Conoces este lugar?" preguntó y luego, con poco más que sus instintos, Owailion presionó el recuerdo de las piedras rúnicas debajo de los árboles en la memoria del dragón.

—*Sí, es Zema,* —respondió Mohan. *"¿Llamas a este lugar piedras rúnicas?"*

—Sí, en el sueño tenía un talismán, un tazón mágico. Lo llené de agua y vi algo en él. Vi esas piedras que te mostré. *Zema.* Y luego vi desaparecer las piedras.

—*¿Desaparecer?* —preguntó Mohan, sonando alarmado. *"Muéstrame".*

Owailion accedió obedientemente, presionando más de la

visión del tazón en la mente del dragón de la forma en que le habían mostrado la pantera demoníaca.

—*Esto no es bueno*, —declaró Mohan mientras la visión se desvanecía. *"He estado en Zema varias veces y siempre encontré las piedras allí. Debemos ir a investigar. El bosque está muy húmedo allí y los árboles crecen muy espesos, pero nada crecerá en ese claro excepto esas piedras que han estado aquí desde antes de los recuerdos de los dragones. Debemos ver si este sueño ha mostrado la verdad. Si han desaparecido..."* El dragón dejó que la preocupante amenaza flotara en el aire.

Owailion salió de debajo del borde de los árboles para mirar a Mohan. "¿Cómo? Sé que puedes volar, pero yo no tengo alas y también necesito ver esto".

Mohan retumbó en sus pensamientos por un momento. *"Debo llevarte. Montarás en mi espalda y volaré... Ishulin... Para llegar allí. Es una transmisión mágica. Te enseñaré. Concéntrate en mi espalda, cómo sería estar parado ahí; la montaña en el oeste, mirando hacia este bosque hacia el este. Estarás muy alto. Piensa en eso y luego desea estar allí".*

Owailion se tragó un foso de terror ante esta perspectiva. ¿Qué pasaba si no imaginaba algo correctamente? ¿Se parecía un poco a la sensación que debió haber sentido antes de llegar a la Tierra, de aceptar que le borraran la memoria para poder venir aquí? Debe ser parte de su personalidad, dar estos saltos salvajes e imprudentes hacia lo desconocido. Sintió ese hoyo que quemaba en su estómago e imaginó que quemaba su miedo. Aclaró su mente y lo dejó concentrarse. Cerró los ojos y se imaginó la altura de setecientos pies por encima de él, con las púas de Mohan descendiendo, tan altas como los árboles del bosque. Entonces Owailion saltó.

Y tropezó. El oro a sus pies estaba resbaladizo como el hielo, y Owailion se sentó antes de caer y extendió la mano para agarrar la columna más cercana. "¡Lo hice!" gritó con asombro, y se agarró con más fuerza cuando Mohan inclinó la cabeza, luego la giró, tratando de ver de alguna manera al pequeño humano ahora posado precariamente en su frente.

—*Tienes buenas garras,* —*rugió el dragón.* "*¿Tienes un asiento seguro allí?*"

—Lo haré, una vez que me ate". Owailion puso las palabras en acción y se conjuró un trozo de cuerda, la arrojó alrededor de la estaca del tamaño de un tronco de árbol que sostenía y luego se ató a la frente de Mohan. Entonces se sintió lo suficientemente seguro para mirar a su alrededor. Desde esa posición, vio el lado hundido del volcán y cuando el dragón giró hacia el norte, las vastas llanuras heladas más allá. A esta altura, no podía ver más allá del volcán, pero cuando Mohan comenzó a trepar por la pendiente que Owailion había bajado el día anterior, Owailion vio el océano más allá de la montaña.

Una vez que alcanzó una altitud en la que sus alas no se estrellarían contra los árboles en la base, Mohan extendió sus vastas alas doradas hacia un lado y, sin previo aviso, se lanzó al cielo de verano. Su pasajero humano gritó de emoción. Mohan giró por encima del cráter en la cima del volcán y luego giró hacia el este hacia una larga cadena de montañas como si fuera a volar directamente hacia el sol de la mañana.

—*¿Listo?* Fue toda la advertencia que le dio. Luego, de un solo golpe, la escena cambió. De repente, el sol estaba detrás de ellos, el bosque había cambiado debajo y la larga cadena de montañas se había acercado, asomándose tan abruptamente que Mohan tuvo que inclinarse hacia la derecha para evitar los escarpados acantilados.

—*Eso es ishulin, una transferencia mágica. Una vez que sepas adónde debes ir, es simple. Tienes que visualizarlo con cuidado o te irás a un lugar que no existe,* Mohan aconsejó y luego volvió la cabeza para poder girar sobre el espeso bosque de pinos debajo de ellos.

—*Este lugar es Zema, abreviatura de Imzemalainskalibaz. Significa el lugar donde huelen los demonios. Es un lugar donde hay que tener recelo.*

Sin más explicación que esa, Mohan comenzó a descender en espiral hacia los árboles en su trayectoria de vuelo, hacia las sombras donde el crepúsculo caía rápidamente. Mohan no pudo encontrar ningún otro lugar donde aterrizar sino en el bosque apretado, usando magia para despejar un aterrizaje por sí mismo. Owailion se desató y luego se deslizó por el brazo de Mohan. Debajo del dosel de los árboles, la oscuridad se tragó el sol. Owailion tuvo que conjurarse una antorcha para caminar los pocos metros hasta el claro de piedras.

—No hay animales aquí, —observó, sabiendo que era una verdad, así como una curiosidad. El profundo silencio le dio al lugar una atmósfera inquietante.

—*Sí,* —respondió Mohan, todavía capaz de ver todo lo que Owailion experimentó a pesar de que no podía seguir todo el camino hasta el claro sin pisotear más árboles. *"A ellos no les gusta el olor más que a los dragones".*

—¿Olor? Pero incluso mientras lo decía, Owailion se dio cuenta de que detectó un olor extraño, empalagoso, que quemaba sus fosas nasales. No recordaba haber olido nada parecido. El olor puso al límite sus instintos mágicos. Sostuvo su antorcha en alto, luchando por ver en la penumbra, con los árboles arrojando sombras alarmantes, como paredes a través de su camino. Entonces, inesperadamente, los árboles dieron paso a la tierra desnuda en un anillo de cien metros de ancho.

—*Se han ido, tal como viste en el tazón,* gruñó Mohan. *"Algo se los ha llevado".*

—¿Como que "llevado"? —respondió Owailion. "Mohan, ¿qué eran?"

En lugar de explicar, el dragón creó amablemente una imagen de memoria que le pasó al humano. Owailion fue obsequiado con una exhibición mucho más visible y espectacular de las piedras verticales que había observado en el talismán. Eran de granito oscuro, sin pulir y alineadas en un anillo. Owailion pudo ver las líneas escritas cuidadosamente, aunque las imágenes que Mohan proporcionó no se concentraron en el guion, por lo que nuevamente perdió la oportunidad de leerlo. Los dragones no habrían pensado en las marcas como algo más que los arañazos que un animal podría infligir, pero Owailion se esforzó por verlas. Tenía tantas ganas de leer las palabras para ver si podían estar escritas en su antiguo idioma antes de su llegada a la Tierra.

—¿Qué dicen esos escritos? Owailion no pudo evitar preguntar.

—*Los dragones no entendemos esos arañazos. Te iba a preguntar qué dicen. Nunca miramos de cerca. Solo sabemos que estaban aquí antes de que nosotros llegáramos y que los demonios dejan aquí su hedor.* Mohan gimió de dolor. *"Esto no está bien. Alguien o algo, ha venido y se ha llevado los menhires sin nuestro conocimiento. Eso significa que han roto el Sello. Debemos convocar un cónclave".*

Decepcionado y repentinamente temeroso de que los hechiceros acecharan a su alrededor, Owailion usó ishulin para regresar a la espalda de Mohan, donde se ató firmemente a su lugar, sobre las copas del bosque una vez más mientras el dragón trataba de tranquilizarlo a él y a sí mismo.

"También podrías venir. Quizás alguien haya visto este anillo de piedras más de cerca que yo y pueda recordar las marcas... Escritos para ti. Debemos encontrar a este ladrón".

3

CÓNCLAVE

*E*l cielo despejado en lo alto hacía juego con las estrellas donde sea que Mohan lo hubiera llevado. La luz reflejada en el agua deslumbrante de un lago tan vasto que Owailion supuso que había regresado al océano. En cambio, Mohan aseguró que había llegado a una isla en medio de un lago llamado por los dragones Ameloni o Lágrimas de Dragón. Encima de esta isla había otro volcán, oscurecido por la niebla y la oscuridad. Sus laderas pronto estarían llenas de los dragones que Mohan había llamado, pero que aún no habían llegado.

—*Tenemos nuestro cónclave aquí cada vez que hay noticias importantes que deben ser escuchadas y presenciadas por todos. Es aquí donde obedecemos los mandamientos de Dios. Es aquí donde anunciamos el nacimiento de otro o la partida de alguien que extrañaremos. Hemos hablado de tu venida aquí y de la construcción de Jonjonel, tu montaña. Nunca habíamos tenido tantas reuniones tan rápidas. Esto no tiene precedentes. Tu llegada ha provocado una avalancha de novedades. Por lo general, estos cónclaves se producen una vez cada década en el mejor de los casos.*

—¿Salida? ¿Dejas la tierra? Pensé que los dragones no podían morir, —preguntó Owailion con curiosidad.

—*Por lo general, no, pero se sabe que un dragón se cansa de sus deberes mágicos. Si quitamos nuestra Piedra del Corazón y dejamos la Tierra, podemos partir e ir a las estrellas u otras tierras y servir allí, con menos magia,* —explicó Mohan.

—¿Piedra del Corazón? ¿Qué es eso?

Por alguna razón, este comentario pareció alarmar al dragón, quien refunfuñó sorprendido ante su amigo humano. *"¿No tienes una Piedra del Corazón?"* Entonces Mohan miró hacia el volcán sobre ellos. *"Es algo más que debemos abordar entonces. Te lo explicaré después del cónclave".*

—¿Te irías alguna vez? Owailion preguntó con otra gota de miedo añadido a este día estresante. No estaba listo para que su amigo se fuera.

Mohan murmuró de forma tranquilizadora. *"No veo que eso suceda, incluso con la llegada del Sueño. Me preocupo demasiado por Tamaar, mi compañera, por ti y la Tierra misma. Quiero saber qué pasó con la desaparición de Zema. También espero despertar algún día a una Tierra con humanos protegiéndola. Hay mucho que anticipar y no me gustaría irme".*

Owailion suspiró aliviado. *"Y yo tampoco quisiera que te marcharas, amigo mío. Parece que hay mucho que aprender".*

—*Sería prudente dormir ahora y al amanecer, habrá una reunión de dragones aquí. Entonces verás a los dragones en cónclave y se encontrarán contigo de nuevo.*

Owailion estuvo de acuerdo con esa idea y se deslizó por el cuerpo largo de Mohan y aterrizó en la orilla de la isla donde se iba a celebrar el cónclave. Instantáneamente notó el crujido cuando sus pies aterrizaron. Sonaba como el traqueteo de huesos secos y Owailion se estremeció. *"¿Qué es esto?"* preguntó en privado horror. No podía imaginarse huesos esparcidos por la costa, pero nada más que él pudiera suponer sonaría así y se sentiría tan suelto y perturbadoramente roto bajo sus pies. Se inclinó y recogió con cuidado el material del cual la orilla parecía estar llena.

—Lágrimas de dragón, —informó Mohan. *"Venimos aquí solo cuando compartimos nuestras emociones y estas piedras vienen cuando venimos. Así que las llamamos lágrimas de dragón, aunque no goteamos lágrimas de piedra".*

¿Lágrimas de piedra? Owailion encendió una antorcha conjurada de nuevo para poder ver los guijarros que había reunido y lo que vio lo asombró. ¿Podrían ser estos diamantes? Las piedras blancas nubladas del tamaño de una avellana brillaban a la luz del fuego. Sin examinarlo de día no podía estar seguro, pero anhelaba cortar la piedra y ver cómo se rompía, pulirla y descubrir cómo esas piedras habían llegado a cubrir una isla volcánica en medio de un lago. No pudo obtener mucha información sobre diamantes de su vida anterior, porque probablemente no había sido joyero, pero seguramente las piedras preciosas existían aquí en la Tierra.

Sin respuestas, Owailion arrojó las gemas a las demás en la orilla y se conjuró a sí mismo su ropa de cama. Haría lo que le aconsejara Mohan; Dormir mientras el sol permanecía oculto y prepararse para el cónclave de la mañana.

No había previsto tener un sueño; no como el que Dios le había dicho sobre las piedras que faltaban. Esta vez una mujer envuelta en niebla cruzó la orilla de los diamantes en la bruma de la mañana. Las piedras blancas y azules a sus pies no crujieron ni siquiera se movieron mientras se movía. Su largo vestido plateado parecía una lluvia de agua sobre pequeñas piedras mientras ella flotaba ante él como si consistiera en la niebla que se levantaba del agua. La niebla ocultó su rostro de él, pero sus manos pálidas y la maravillosa longitud de su cabello suelto trenzado por la espalda le dijeron deliberadamente que esta era nuevamente la mujer literal de sus sueños.

Sin saber qué pensar, incapaz de moverse, Owailion la vio pasar frente a él. Quería acercarse o hablar con ella, pero parecía congelado. Luego, cuando ella estaba a punto de disolverse en la niebla, se agachó y recogió una de las miles de piedras de la orilla. ¿Por qué esa? No podía decirlo, pero luego ella se volvió hacia él y le llevó el diamante. La vio sostener el áspero guijarro en la palma de su mano, como una ofrenda, y luego pasó la otra mano sobre él. Cuando volvió a mirar, la piedra se había convertido en una joya tallada y pulida. De hecho, se veía como un diamante en su palma y esta hechicera se lo ofreció.

Owailion tenía las manos temblorosas, y no podía extender la mano para tomarlo, y vaciló cuando escuchó su voz, suave como el agua sobre una piedra. "Úsalos para fabricar los talismanes de nuestro poder. Escóndelos bien. Los buscaremos".

Owailion estaba allí, tan hipnotizado por su voz finamente evocadora, los tonos sensuales de la misma que apenas podía comprender las palabras reales. ¿Talismanes? ¿Buscar? Se sentía incapaz de siquiera tomar una piedra a sus pies, y mucho menos quitarle la joya tallada. Lo intentó de nuevo y con manos temblorosas lo alcanzó. Casi podía tocar su piel de alabastro y sentir la vida allí. Sus propios dedos callosos y tostados se veían tan duros en la niebla, pero lo intentó de todos modos. Antes de que pudiera tocarla, ella se desvaneció en la luz de la mañana y él se despertó.

El amanecer había llegado al lago y Owailion se sentó solo en un dolor estremecido. Vio que la niebla era real, porque la niebla plateada lo empañaba todo. Quería volver a dormir y volver a soñar con esa reina. Y cuando miró hacia abajo, encontró que en su mano sostenía un diamante tallado del tamaño de una nuez, pero pulido y regalado por su sueño. Owailion jadeó y cerró la mano alrededor de la piedra preciosa.

Owailion se levantó y comenzó a pasear por la playa mientras consideraba los mensajes del sueño. Tenía otra misión para hacer "Talismanes de nuestro poder". Obviamente se refirió a los otros Sabios que luego vendrían. ¿Era ella uno de ellos? Owailion lo esperaba sinceramente. Se preguntó por el pequeño tazón que le había mostrado el robo de Zema. Entonces, ¿era un talismán para otro Sabio? ¿Fue por la dama en la niebla? Si es así, se sentía indigno de explorar el tazón él mismo. Era un regalo para ella y cada talismán sería único para el futuro propietario y poseería dones mágicos. ¿Y esta reina había sugerido que los diamantes que había cortado se convertirían en decoraciones y depósitos de poder para algunos de estos talismanes?

De repente, Owailion se sintió abrumado por los deberes que había adquirido; más que los diamantes a sus pies. ¿Encontrar piedras rúnicas faltantes, luchar contra hechiceros, detener demonios, construir palacios y fabricar talismanes para que los otros Sabios los encuentren? ¿Cómo iba a lograr todo esto mientras aprendía magia antes de que Mohan entrara en hibernación? No podía hacerlo todo, se dio cuenta Owailion. Pronto estaría solo y la idea lo aterrorizaba. Y cuando se corriera la voz de que los dragones estaban dormidos, los hechiceros humanos considerarían que la Tierra era la principal propiedad para la invasión. ¿Cómo lidiaría con todo?

Una sensación de pánico comenzó a hundirse en sus huesos y volvió a sentarse sobre los diamantes crujientes, abrumado por el miedo y la desesperanza. Buscó distraídamente las piedras a su lado y sin pensarlo agarró dos puños llenos de las rocas. Su mente frenética estalló mágicamente y sintió que las piedras se convertían en polvo. Owailion jadeó y volvió a abrirlos para revelar que tenía una docena de piedras facetadas y perfectamente pulidas en cada mano.

—Así es como ella lo hizo, exhaló asombrado.

—*Es hora*, Mohan interrumpió sus reflexiones.

Owailion miró a su alrededor en busca del dragón en la persistente niebla. "¿Estás en la cima de la montaña? No puedo verte", preguntó en un esfuerzo por olvidar el extraño sueño y su tema distractor. No quería pensar en nuevos deberes o en la encantadora dama que se los había exigido. Quería concentrarse en una cosa a la vez.

—*Sí, ven a la cima de la montaña. Únete a mí y verás el Cónclave,* Mohan sugirió ya que obviamente Owailion no iba a resolver su confusión en el corto plazo. Owailion esparció las gemas talladas en la costa y se basó en la visión del dragón para hacer ishulin y llegar él mismo a la cima del volcán.

Su primera percepción fue que se había elevado a las nubes y el cielo ardiente de la mañana lo recibió, flotando sobre la tierra. En un examen más detenido, reconoció que la cabeza de Mohan estaba simplemente por encima del banco de niebla que envolvía el lago y que el dragón estaba sentado sobre el volcán inactivo bajo las nubes. La montaña en la que se encontraba el dragón apenas cubría la niebla.

—*Las llamas no son solo para luchar contra los invasores.* Mohan le dio eso como una advertencia y luego un retumbar de gases estalló dentro del cuerpo del dragón y estallaron en grandes gotas de llamas doradas a veinte metros de él. El dragón pasó su cabeza por encima de las nubes y su infierno ardió a través del banco de niebla que desapareció instantáneamente, quemado como si el sol lo hubiera horneado hasta la inexistencia.

Con la niebla que se desvanecía, los otros dragones se revelaron. El brillo de las escamas y el destello del metal cegaron a Owailion brevemente, pero ahora vio el panorama de dieciséis dragones sentados en cada centímetro de la isla volcánica en el centro del enorme lago. Owailion no podía ver la costa exterior, como si la isla fuera todo lo que quedara de tierra y se hubiera cubierto de metales preciosos. Todos sus cuellos retorcidos, alas ensanchadas y colas chasqueantes creaban una mancha de color. ¿Estaban todos agitados?

—*No estamos felices,* Mohan comenzó como una respuesta a la pregunta tácita de Owailion y una apertura al Cónclave. *"Las piedras de Zema han sido robadas".*

Un rugido ensordecedor de consternación de los dragones interrumpió momentáneamente, haciendo que los oídos de Owailion zumbaran. Entonces Mohan continuó. *"No nos dimos cuenta de que el Sello había sido violado y alguien se las había llevado por una razón que no entendemos. Cualquiera que desee hablar, preséntese primero para que Owailion pueda aprender sus voces".*

Un dragón, verde, sin alas y con dos cabezas gruñó audiblemente antes de hablar y, amablemente, Mohan giró la cabeza para mirar hacia la base del volcán y mostrarle a Owailion exactamente qué dragón se dirigía a ellos. *"Ruseval es como me llaman y te advertí Mohan, que la distracción de traer un humano a la Tierra sería nuestra perdición. No has mirado como debías, y por eso alguien pudo venir a robar las piedras. O tal vez es el humano quien se las ha llevado".*

Ese comentario recibió otro rugido rotundo. Owailion no pudo decir si fue en protesta o de acuerdo con esa declaración. Otro dragón, plateado, con tres cabezas en tonos amatista, esmeralda y zafiro habló en contra de eso. *"Somos Tamaar, y tú, Ruseval, no sabes de lo que hablas. Ningún forastero se ha acercado a nuestras costas para robar las piedras o y si ese fuera el caso, lo hubiéramos visto. Mohan está haciendo todo lo posible para preparar a este humano para cuando estemos dormidos. Si temías que su llegada distraería a Mohan, entonces debiste haberte ofrecido como voluntario para enseñarle al humano".*

Entonces, el dragón de tres cabezas en tonos de joyas era Tamaar, la amiga de Mohan. Sus palabras de triple voz cortaron directamente las acusaciones de Ruseval. Ella sería formidable y una compañera adecuada para su amigo, decidió Owailion.

—*Puedes llamarme Imzuli"*, agregó un dragón más pequeño, blanco y plateado. *"Nadie estaba mirando dónde se colocaron esas piedras verticales, tan cerca de la Gran Cadena, con tantos de nosotros cerca. Incluso si el humano no fuera una distracción, es posible que no nos hubiéramos dado cuenta cuando las piedras desaparecieron. Podrían haber desaparecido hace años. Fueron una curiosidad y nada más"*.

—No, Owailion se encontró interrumpiendo. Él no conocía las reglas del cónclave, pero seguramente nunca se había invitado a un humano y, por lo tanto, nunca habían decidido si tenía voz. "No, esas piedras son importantes. Las marcas en ellas, esas son escrituras... Un mensaje de un humano a otro. Quizás un mensaje dejado para mí, para ayudarme a proteger la Tierra. Quienquiera que escribiera en las piedras esperaba que los humanos las leyeran, no los dragones. Ustedes dragones no necesitan escrituras en piedra y ahora no podré saber lo que decía el mensaje".

Esa observación trajo un eco de silencio. Ni siquiera los pensamientos flotaron en el aire por un momento. ¿Sintieron que Owailion había cometido un error? ¿Quizás el concepto de escritura los había aturdido? ¿O lo iban a castigar por hablar en su cónclave?

Afortunadamente, Mohan rompió el impasse. *"¿Alguno de ustedes tiene un recuerdo de las piedras, el cual pudiera compartir con Owailion y que muestre las marcas claramente?"*

Pero el incómodo silencio continuó con cada dragón protegiendo sus pensamientos, dejando un vacío en el aire de la mañana. *"Entonces tenemos un problema mayor"*, se movió Mohan. *"¿Cómo fueron robadas? Alguien ha venido y se ha llevado lo que estaba dentro del Sello. Presumiblemente, alguien*

encontró un camino que no alertaría a ninguno de nosotros.
¿Alguien tiene alguna sugerencia de cómo ha ocurrido esto?"

Nuevamente, el silencio se ensordeció. Los otros dragones podrían haber sido críticos con la participación de Mohan, pero Owailion sabía que respetaban su fuerza como mago y nunca cuestionarían realmente su capacidad para mantener el Sello sólido en todo momento. También respetaron universalmente la seguridad de Tamaar de que nadie había navegado hacia la costa sin que ella lo frustrara. Pero nadie verbalizaría sus verdaderas dudas. Owailion se retorció incómodo bajo lo tácito hasta que se le ocurrió una idea inspirada, emergiendo de sus florecientes instintos de Sabio.

—Esto es una tontería. Con toda la magia a nuestro alcance, ¿nadie puede retroceder en el tiempo para ver cómo era hace unos días? —sugirió audazmente.

Todos los ojos de dragón se volvieron para mirarlo encima del cuello de Mohan. Entonces, ¿no se les había ocurrido a los dragones intentar esto? Dada su tremenda edad, tal vez los dragones nunca se dieron cuenta de que había un pasado y, de alguna manera, podrían regresar y observarlo.

—*No entiendes, pequeño,* Mohan respondió por todos ellos, usando el apodo que le había dado a Owailion cuando nació. *"No sabemos cuándo se llevaron las piedras. No nos interesan mucho, excepto cuando llegan los demonios. Así que ninguno de nosotros las observó activamente o incluso las tomó en cuenta... Probablemente en cien años. ¿Deseas retroceder en el tiempo y observarlos durante un siglo?"*

Owailion sintió como si le hubieran dado una patada en el estómago por la decepción. "Bueno, al menos enséñame a revisar el Sello para asegurarme de que esté intacto. Quizás podamos sentir cómo se rompió... Si realmente se rompió".

—*¿Qué quieres decir?* —preguntó una dragona que no pudo identificar.

—Odio hacer este tipo de acusación, pero... Pero todos ustedes sentirían si algo rompiera el Sello, ¿correcto? La magia de ustedes lo mantiene. Pues bien, ¿y si las piedras no han salido de la Tierra de la mano de un forastero? ¿Qué pasaría si un dragón de dentro del Sello las tomara, las escondiera o luego las sacara de la Tierra cuando se perdiera el interés en ellas? Los dragones abandonan la Tierra de vez en cuando, ¿no es así? Y el Sello no está roto para ellos.

Ahora el silencio sonaba con el vacío de pensamientos escondidos detrás de poderosos escudos. Ninguno de los dragones quería que lo escucharan pensando en su sugerencia. Implicaba que uno de los presentes había roto su juramento de proteger la Tierra. Desconfiaban de su humano lo suficiente como para no responder hasta que supieran con certeza que la acusación no era cierta. Owailion se sentó en el incómodo silencio y se dio cuenta de que su presencia podría no ser bienvenida. No querían obligarlo a irse, pero también querían abordar sus sugerencias sin influencia humana.

—Si me lo permiten, me gustaría volver a la costa. Deseo estudiar el Sello allí. Cuando quieran que vuelva, llámenme, —anunció Owailion.

Luego, sin su permiso, usó su memoria para regresar a la cima del volcán Jonjonel, donde había "salido del cascarón". Imaginó cuidadosamente que el amanecer aún no había llegado y que aún saldría vapor de la caldera. Owailion usó ishulin y dejó a los dragones para discutir su dilema en privado.

4

GLOBOS DE CRISTAL

Owailion emergió en la cima de Jonjonel, mirando al mar. La niebla anterior al amanecer ocultaba las aguas debajo de él, y la llanura del norte estaba a punto de sumergirse en el otoño. El viento del agua rasgó su ropa y la mañana, tal como estaba, todavía tenía que llegar tan al oeste. Se conjuró una chaqueta y se la puso.

Finalmente, Owailion miró hacia donde la falda del volcán se encontraba con el océano. Toda la costa parecía ser un acantilado hasta donde alcanzaba la vista. Si tuviera que estirar la mano para tocar el Sello, tendría que bajar allí. Se tomó un momento cuidadoso para evaluar cómo sería la escena allí en la base del acantilado y luego hizo la transición nuevamente.

En el borde del acantilado, miró hacia abajo y vio que la marea estaba completamente alta y las olas golpeaban incesantemente contra la piedra escarpada. ¿Cómo podría alguien navegar en un barco por aquí y esperar subir por la faz de la Tierra? No se podía conjurar ningún puerto o muelle seguro para hacer ese intento en ninguna parte de la costa. El rugido y el estallido del agua, incluso ahora en la época más suave del año, dejarían cualquier barco maltrecho y roto contra las rocas. ¿Pero seguía intacto el Sello?

Experimentalmente, Owailion extendió el brazo por encima del borde, buscando algo de resistencia. ¿Dónde empezaba el sello? ¿Se resistiría a dejarlo? ¿Podría volver adentro si se iba? Quedaban muchas preguntas y pocas respuestas. Quería encontrar las piedras rúnicas, pero el miedo humano y las limitaciones instintivas seguían presionando contra la exploración mágica.

Muy osado, Owailion se imaginó a sí mismo en un puente de cristal por el que podría caminar sobre el océano, sintiendo su camino hacia adelante. Se prometió a sí mismo que no se caería y se hundiría en el agua y las rocas afiladas. Luego, con el brazo aún extendido, Owailion dio un paso más allá del acantilado. Su magia funcionó y no se cayó, pero necesitó toda su concentración para no mirar hacia abajo. Dio otro paso, y luego un tercero y su mano encontró resistencia: el Sello.

Invisible, incluso para los ojos mágicos, el Sello se sentía suave como el vidrio, pero más firme y sustancial como una piedra. Llegó lo más alto que pudo contra él, preguntándose si formaría una cúpula en lo alto, lo suficientemente alto como para elevarse sobre las montañas de modo que los dragones forasteros no pudieran simplemente volar. ¿Podría avanzar y abandonar la Tierra? Probablemente podría si tuviera alguna idea de adónde ir, lo cual no era así. ¿Era originario de algún lugar al otro lado del Sello? ¿O era de una de las estrellas sobre él, que acababa de desaparecer de la vista en la luz del amanecer? ¿Alguna vez sabría las respuestas?

—*No*, —respondió la voz de Mohan, y luego su cuerpo apareció detrás de Owailion en el acantilado. Sobresaltado y a punto de caer, olvidando que flotó a cinco pies del borde, el humano se giró y se contuvo y luego caminó deliberadamente de regreso a tierra firme.

—¿No qué? —preguntó Owailion sobre el rugido de su corazón sobresaltado.

—No, nunca tendrás todas las respuestas, —respondió Mohan con franqueza. En cuanto a "¿puedes dejar la tierra?" Tal vez. De vez en cuando me fui para luchar en el mar y otros se fueron a otras tierras y luego regresaron sin romper el Sello, pero los dragones que se fueron también usaron su magia para establecer o mantener el Sello. Tu magia no es parte del Sello, así que no lo sé, y tú tampoco. ¿No es suficiente por hacer? ¿Luchar contra los demonios, luchar contra los hechiceros, construir tus palacios, encontrar las piedras rúnicas e incluso hacer talismanes para los otros Sabios?

Owailion bajó la cabeza avergonzado. "Lo siento. Es una falla de los humanos, supongo. Siempre somos curiosos y deseamos hacer y ver más, incluso cuando ya tenemos demasiado de lo que podríamos lograr. Solo quería averiguar el mensaje en esas piedras".

—Y tocar el Sello, —agregó Mohan. "Hay algunos dragones, te habrás dado cuenta, que no confían en ti como humano. Dejé el cónclave cuando empezaron a acusarte de destruir los menhires. No podrás convencerlos de lo contrario si abandonas la Tierra para ir a explorar. Tamaar confía en ti porque confía en mí, pero ella y yo somos los únicos que hablamos por ti y hay muchos otros que no se han decidido".

—Suena como si me hubieras llevado a un juicio, casi protestó Owailion, sintiendo que su temperamento se elevaba como el volcán. Sin embargo, lo mantuvo bajo control, no estaba dispuesto a descargar su ira contra el dragón que lo había ayudado y lo defendió a pesar de la desconfianza innata que todos tenían por los humanos como raza.

—En cierto modo, te llevaron a juicio. Pero la Tierra es un paraíso, no un exilio. Haría bien en recordar eso, —aconsejó Mohan.

—Es un paraíso, estoy de acuerdo, —coincidió Owailion. "Es solo que siempre que se establecen límites, los humanos intentan superarlos. Hay un viejo adagio; un caballo comerá desde el otro lado de la cerca. Significa que algunas personas nunca verán lo maravilloso que tienen en su vida, solo lo que está fuera de su alcance e inalcanzable. Supongo que a menudo soy así. Lo siento. Debería estar contento".

Mohan rugió un acuerdo. *"¿Descubriste lo que querías saber viniendo aquí al Sello?"*

—Algo. ¿Cómo hago *ishulin* para llegar a un lugar que nunca he visto? Solo pude acercarme al Sello desde el volcán ya que solo estuve aquí y en Zema.

Esa pregunta asustó al dragón, quien resopló y permaneció en silencio por mucho tiempo.

—¿Cómo supiste adónde querías ir? Owailion lo encaró.

Mohan respondió con timidez: *"No lo recuerdo. Quizás siempre he conocido la Tierra. Recuerdo haber nacido aquí y haber aprendido a volar, pero no recuerdo haber tenido que aprender a dónde quería ir. Es como si las visiones de todos los lugares surgieran dentro de mí cuando nací. Acabo de preguntarles a los demás en el cónclave y parece que todos los dragones saben a dónde quieren ir y simplemente ir. ¿No es esto lo mismo para los humanos?"*

—No, —suspiró Owailion con irritación. "¿Cómo vamos a ir a cualquier parte que no sea a pie?"

—*Tomará mucho tiempo. Si no puedes caminar tan lejos, podría llevarte. ¿A dónde quieres ir?* Mohan preguntó con evidente inocencia.

Owailion se rio al pensar en todas las tareas que le habían encomendado. Eventualmente, tendría que ir a todas partes. Estaría revoloteando por un vasto continente, defendiéndolo de una invasión. Además, estaría construyendo casas para los otros Sabios y encontrando demonios formándose. Especialmente necesitaba un viaje instantáneo después de que Mohan se fuera a dormir y eso significaba que debía ver todo. ¿Cómo podía recordar todos los lugares donde necesitaba estar?

—¿Hay alguna forma de saber cómo se ve un lugar si nunca he estado allí? Parece inseguro ir a un lugar que no puedo imaginar.

Mientras preguntaba esto en voz alta, Owailion también se encontró con una visión inusual. No recordaba haber visto nunca globos de cristal en su pasado, pero sabía que existían; globos con réplicas miniaturizadas de enormes edificios, pero revestidos de vidrio. Imaginó mantener esta ubicación exacta, sin importar cómo cambiaran el clima y el océano con el paso del tiempo, sin importar en qué ángulo el sol pudiera alcanzar la montaña. ¿Podría congelar "la costa de Jonjonel" en vidrio y regresar aquí como un recuerdo?

Sin quererlo, Owailion extendió la mano y en lugar de imaginar el lugar en sí, encerró su memoria en una esfera de vidrio y deseó que siempre se actualizara. Sería capaz de mirar y ver cómo aparecería este lugar sin importar la erosión del tiempo. Y en su mano apareció la bola de cristal.

Debajo de él, Mohan retumbó de placer. *"Magia inteligente. De hecho, eres un Sabio. Debes hacer uno de tus globos de todos los lugares que deseas ver. Entonces puedes regresar".*

—Sí, —admitió Owailion, —pero necesito un lugar para poner estos globos. Voy a tener miles si los hago para todos los lugares a los que debo ir.

—*Ponlo con tu Piedra del Corazón"*, —sugirió Mohan amablemente.

Owailion esperó a que eso tuviera sentido y, aunque recordaba el término, no tenía un marco de referencia.

—*¿No conoces la Piedra del Corazón?* Mohan preguntó. *"Es la clave de la magia. Debes tenerla o no serás un mago de la Tierra".*

Owailion negó con la cabeza y agregó: "Salí de la montaña sin nada más que mi piel. ¿Dónde puedo conseguir una Piedra del Corazón?"

Mohan se puso en cuclillas inesperadamente. *"Debemos irnos de inmediato. Sube a bordo".*

Owailion se conjuró obedientemente una bolsa, metió el globo que había hecho en ella y luego lo transfirió a la frente de Mohan, donde se sujetó mientras el dragón giraba y comenzaba a trepar por la ladera del volcán.

Mientras subía, el dragón comenzó a explicar. *"Una Piedra del Corazón es un regalo de Dios. Se lo da a todas las criaturas que son capaces de realizar una buena magia. Es parte del cuerpo de un dragón, como nuestro cerebro o pulmones, se encuentra junto a nuestro corazón desde el principio cuando nacemos. He mirado dentro de ti y no está dentro. Debes haberla dejado en la montaña cuando emergiste. Miraremos allí".*

—¿Qué hace una *Piedra del Corazón*? —preguntó Owailion. "Quiero decir, además de hacerme capaz de hacer magia".

—*Buena magia,* —calificó Mohan. *"Una Piedra del Corazón no te permitirá hacer magia si es malvada. Es... Un juez tuyo. Conecta tu magia con la tierra para que puedas aprovechar la magia de abajo. Hay dragones que deliberadamente la arrancaron y no serán... Serán... Se convertirán en demonios. No pensarán en otros ni harán lo que Dios les ha mandado. Se niegan a sentirse obligados a cumplir con su deber. Son salvajes, feroces, como animales y capaces de maldad, mentira y engaño. No es bueno andar por ahí sin tu Piedra del Corazón".*

Owailion no sabía qué decir, porque sus mandíbulas temblaban con cada paso discordante que Mohan daba al subir la ladera de la montaña. Todo lo que sabía era que su dragón guía temía que faltara una Piedra del Corazón.

—*Estamos aquí. Debes volver a tu caparazón y encontrarla.*

Dios no te hubiera enviado a la Tierra sin una. Es muy peligroso estar sin tu piedra.

Amablemente, Mohan se había agarrado a la estantería donde había salido Owailion unos días antes. Débil de rodillas por el precario viaje por la montaña, Owailion se deslizó por el hombro del dragón y se tambaleó hasta el rellano mientras el dragón colocaba su considerable hocico justo en el borde como si esperara olfatear el objeto que faltaba.

—¿A qué se parecen? Owailion preguntó con bastante inocencia.

La respuesta del dragón fue alarmantemente completa. Mohan presionó una imagen en la mente de Owailion de un gran corazón acelerado, sangre corriendo por las arterias y justo al lado del corazón palpitante, intacto por la sangre y el tejido, un globo de vidrio perfectamente formado, no muy diferente del que Owailion había creado para sí mismo como recuerdo, pero éste se arremolinaba con una nube azul y se iluminaba desde adentro, girando como niebla en la estela de un viento. Parecía pequeño en comparación con el corazón del dragón, pero el tamaño era relativo. El corazón de Mohan debe haber sido del tamaño de un buey.

—*Debes escanear la montaña y encontrarla. Espero que no haya sido destruida cuando alejé al hechicero,* —admitió Mohan preocupado.

Obedientemente, Owailion se volvió hacia la pared de roca aplastada por la que había pasado el día que salió y luego cerró los ojos y caminó hacia adelante. ¿Quedó siquiera una cámara? Con fe, Owailion atravesó el muro de piedra. Deseó una antorcha en su puño levantado y luego abrió los ojos. Rocas y escombros ahora cubrían el suelo una vez desnudo y Owailion se dio cuenta de que la caverna no era tan grande. Su miedo y ceguera lo habían convertido en un abismo. Ahora apenas podía meterse entre las piedras caídas y el techo que casi alcanzaba con la mano extendida.

Owailion sostuvo su luz en alto, buscando el brillo azul de una Piedra del Corazón. Sabía que no había estado allí, al menos visiblemente, porque cualquier rayo de luz en esta caverna habría llenado el espacio. Usando sus instintos nacientes para la magia, Owailion se acercó a su mente y buscó la Piedra del Corazón con sus sentidos de Sabio. El ojo de su mente miró a través de la piedra como si se hubiera vuelto transparente. Y allí, quince centímetros por debajo de la superficie original del suelo, un suave resplandor latía como un corazón.

Owailion no pudo pasar todos los escombros caídos, pero puso su mano sobre las piedras, justo encima de donde su magia le dijo que la Piedra del Corazón estaba oculta. Luego deseó que el globo se elevara hacia él. Observó fascinado cómo el orbe azul brillante flotaba a través de la roca sólida y lo alcanzaba. Una luz brillante llenó la caverna, reflejando el destello de los cristales en los escombros. Owailion apagó la inútil antorcha ahora, simplemente admirando el orbe giratorio. Éste lo hipnotizó.

—Lo tengo, le dijo a Mohan.

—¿*Te sientes diferente?* Preguntó el dragón con curiosidad. *"Se supone que debe asegurarse de que siempre estés usando tu magia correctamente"*.

Owailion caminó de regreso a través de la pared de piedra de la caverna, hacia la cornisa para poder mostrársela a Mohan, aunque sospechaba que el dragón podía ver a través de la piedra por sí mismo. "Supongo que ya debo haber estado usando la magia correctamente. ¿Cómo sabré si lo hago incorrectamente?"

—*No podrás actuar,* —dijo enfáticamente el dragón. *"Te bloqueará. Solo puedes hacer magia buena; es por ello que fuiste elegido porque no querías hacer el mal. Dios te eligió para que vinieras en este momento porque Él te conocía"*.

—Entonces, ¿estoy listo para empezar a buscar las piedras rúnicas y luchar contra los demonios? Owailion preguntó con cautela.

—*¿Listo?* —respondió Mohan, riendo. *"No, pero creo que aprenderás más si empiezas a trabajar con ese fin. ¿Qué quieres probar primero?"*

Owailion miró hacia el bosque más allá del volcán y suspirando vio la vasta cadena de montañas. *"¿Dónde está Zema desde aquí? ¿Me la podrías mostrar en un mapa?"*

—*¿Un mapa?*

5

DIRECCIONES

*O*wailion explicó cuidadosamente el concepto de mapa una vez que estuvieron en terreno plano. Cuando conjuró un trozo de papel para intentar dibujar algo, era demasiado pequeño para que los ojos del dragón se centraran en los pequeños detalles. A continuación, Owailion creó un rollo de cuero del tamaño del piso de una pequeña cabina y luego caminó justo sobre él. Usó su magia y su dedo para grabar una forma directamente en la superficie. "Mira, este sería Jonjonel visto desde arriba. Y aquí está la costa, aquí a lo largo del borde occidental".

—*¿Es esta la escritura que decías que estaba en las piedras?* —preguntó el dragón con curiosidad, bloqueando el sol mientras bajaba su gran cabeza sobre el mapa improvisado. *"No escucho las marcas hablando"*.

Owailion suspiró con frustración y dibujó en el bosque que vio entre la costa hacia la cadena montañosa en la distancia. "¿Cómo llamas al bosque aquí?" Preguntó.

El dragón ladeó la cabeza, perplejo. *"¿Tú le das nombre al lugar donde obtienes tu comida?"*

Owailion sonrió con satisfacción ante el pensamiento. "Los seres humanos nombran montañas, ríos, bosques, nuestras ciudades y todo lo que localizamos en los mapas. Luego escribimos sus nombres en un mapa. Mira, así es como escribiría Jonjonel". Luego escribió el guion. "Y esto dice Océano Occidental".

—*Todavía no lo escucho*, —murmuró el dragón con decepción. *"Este es un dibujo muy inteligente que has hecho. De hecho, eres lo que Dios te llamó; Rey de la creación. ¿Pero no es peligroso poner nombres en el mapa?"*

Owailion no entendió ese comentario y simplemente preguntó. "¿Cómo serían peligrosos los nombres?"

En explicación, Mohan se volvió hacia el volcán que se alzaba sobre ellos y demostró. "Jonjonel, haz erupción".

Owailion sintió que el suelo bajo sus pies se agitaba y luego el eco retumbó en la distancia cuando Jonjonel expelió una columna de gas y cenizas. *"Cualquier mago con suficiente poder puede comandar cualquier cosa en la naturaleza siempre y cuando sepa su verdadero nombre. Nombramos nuestras montañas y algunos ríos, pero nada más. Sería demasiado traicionero"*.

Tragando saliva, Owailion estuvo de acuerdo y luego miró el mapa. "No pondré nombres reales aquí, pero necesitamos algo que muestre dónde está Zema".

Mohan se volvió hacia el mapa y luego se concentró cuando el volcán dejó de rugir. *"Bueno, puedo agregar algunas cosas a tu mapa, ahora que entiendo los símbolos. Esta es la Gran Cadena"* y, en consecuencia, comenzó a aparecer una vasta cadena montañosa, hecha con el mismo estilo que el dibujo original de Jonjonel de Owailion. El rango se movió a través del mapa, de oeste a este y luego se dobló en un punto determinado, yendo casi a la misma distancia hacia el sur creando un codo en el medio del continente.

—Y *Zema está en ese codo,* agregó Mohan a los pensamientos descriptivos de Owailion. *"El lado este de la Gran Cadena actúa como una frontera de la Tierra".*

Owailion miró al dragón con asombro. "¿Tienes idea de cuánto tiempo me tomaría mapear todo eso? Tardaría cientos de años. Eres increíble, Mohan. Gracias por esto".

—*Es mi deber ayudarte y si necesitas un mapa para hacer tu trabajo, entonces haré lo que pueda,* —respondió humildemente el dragón.

Owailion se quedó parado en medio del mapa, entre las dos cadenas montañosas principales, mirando a Zema y luego juzgando las distancias. "Ahora, si yo fuera un hechicero humano, ¿qué dirección tomaría para sacar las piedras rúnicas de la Tierra lo más rápido posible?"

—*¿Un humano? ¿Cargándolas? Su peso sería demasiado grande a menos que usaran magia para hacerlas flotar. Más allá de las montañas hacia la tierra del este sería menos obvio, pero ¿y si no vinieran del este?*

—¿Hay un río cerca? Ustedes, los dragones, no pensarían en hacerlas flotar río abajo. Ni siquiera requeriría magia y podrían llevarlas a cualquier parte una vez que estuvieran en el mar, —sugirió Owailion.

—*Hay un río...,* y Mohan comenzó a quemar una larga línea desde el Codo y otra hacia el sur. Poco a poco, los dos comenzaron a llenar los ríos, las fronteras, los bosques y las costas de la Tierra. Owailion tuvo que informar a su mentor sobre las formaciones terrestres y las distancias, y luego Mohan proporcionaría las características reales en el mapa. Luego, finalmente, Owailion escribió títulos abreviados de las largas palabras draconianas para cada función. En una hora habían elaborado un mapa relativamente preciso de la Tierra.

—Ahora todo lo que tengo que hacer es averiguar cómo las

piedras rúnicas dejaron la Tierra, —declaró Owailion mientras enrollaba el cuero en un pergamino.

—*Sigo pensando que sería más fácil transportarlas por las montañas de la frontera oriental.*

—Quizás, pero nunca has tenido que caminar sobre pasos en la parte alta de la montaña, —admitió Owailion. "Quiero saber cómo entró un hechicero dentro del Sello en primer lugar".

Mohan no tenía respuestas para tal pregunta y gruñó descontento. *"Parece que tenías razón al pensar que quizás un dragón del cónclave había movido las piedras, pero, ¿con qué propósito; para frustrar la llegada de humanos a la Tierra? Debo admitir que no todos se sintieron favorables a la idea del Sueño o de que algunos humanos se hicieran cargo de la protección de la Tierra".*

—No tienes ninguna razón para confiar en los humanos, —declaró Owailion. "¿Son todas tus interacciones con los humanos como aquella en la que los hechiceros intentaban atravesar el Sello?"

Tanto Mohan como Owailion voltearon hacia el oeste, mirando al mar. Fresco en sus mentes se hizo eco el ataque contra el volcán mientras los hechiceros intentaban pasar el Sello porque Jonjonel había crecido más allá de su barrera. Y eso solo empeoraría una vez que comenzara el Sueño. Ese pensamiento quemó un dolor en el estómago de Owailion el cual temió nombrar. ¿Cómo valdría la pena vivir la vida en soledad, incluso una vida mágica aquí en la Tierra? El vacío se cernía como una amenaza de tormenta. Había disfrutado de la curiosidad y la animada conversación de Mohan, un antídoto perfecto para el puro terror de la amnesia, pero ese conocimiento inminente de que todos los dragones se iban a quedar dormidos durante mucho tiempo y que él se quedaría solo en esta vasta tierra, con un problema demoníaco pendiente y brujos que se avecinaban los cuales tenía que enfrentar, amenazaba con tragarlo por completo.

—*Tus pensamientos se han vuelto nublados de nuevo. ¿Ya tienes sueño?* —preguntó Mohan, reaccionando a la alarma de Owailion.

—¿Qué pasa si el Sello no aguanta cuando estés dormido? Owailion se sintió alarmado ante el recordatorio de que estaría protegiendo a todo un país de las invasiones de forasteros, posiblemente sin las protecciones que los dragones ya habían establecido. "Simplemente asumí..."

—*Y nosotros, los dragones, esperábamos que los humanos de los barcos ya se hubieran rendido. También asumimos que el Sello se mantendría después de que nos hayamos ido, pero fue construido con nuestra magia.* Mohan advirtió. *"Es importante que aprendas a usar el Sello y también a rostizar a los hechiceros o cómo los humanos luchan contra otros hechiceros antes de dormir.*

—¿Cómo vienen aquí los hechiceros humanos? —preguntó Owailion. "¿Sólo en barcos?"

Mohan retumbó incómodo y Owailion pudo escuchar el descontento de su amigo. *"En su mayor parte, y siguen intentándolo. No entendemos el por qué".*

Owailion preguntó con temor. "¿Son todos hechiceros? ¿Cómo puedes saber que no son solo comerciantes?"

—*Si intentan acercarse, tienen un hechicero con ellos.*

—¿Saben sobre el Sueño? —preguntó Owailion, también preguntándose por qué alguien sería tan tonto al acercarse a costas protegidas por dragones.

Mohan retumbó de nuevo, —*No lo sabemos y es una preocupación para nosotros. Quizás por eso se siguen lanzando contra nosotros; esperando a ver cuándo dormimos. ¿Qué harán los forasteros cuando se den cuenta de que estás solo aquí en la Tierra? Sigamos la línea de la costa y verás,* —sugirió Mohan.

No tardó en subir y llegar a los acantilados que se hundían en el océano. Por lo que podía ver, el continente se hundía bruscamente en el mar sin puertos ni playas protegidas para que un barco se acercara a la Tierra. "No hay ningún lugar para desembarcar o incluso echar el ancla", observó Owailion.

—*Mira, puedes verlos allí*, Mohan comentó, proyectando una imagen a Owailion. *"Con las cosas altas que sobresalen, son fáciles de atacar".* Las palabras de Mohan agitaron algo y proyectó una escena hacia su amigo humano.

En su imaginación, Owailion vio un recuerdo de Tamaar, plata dorada destellando a través de un reflejo de la luz en el agua, saliendo del resplandor hacia un gran barco de tres mástiles lleno de hechiceros vestidos de oscuro vagando entre los marineros. Se lanzó del cielo, rompiendo las velas y luego aterrizó atronadora como una enorme mascarilla en el bauprés. Los gritos de pánico de los marineros recorrieron el agua mientras los hechiceros y marineros se reunían, con la esperanza de ahuyentarla antes de que su peso y sus fuegos partieran el barco en dos.

—¿Cosas altas? Oh, mástiles. Luego, sin que la visión impuesta por Mohan interrumpiera su vista, Owailion entrecerró los ojos mientras se movían hacia el sur a lo largo de la costa y, de hecho, vio muchos barcos, todos corriendo hacia el norte o el sur a lo largo del horizonte. En su mayoría, formaron un amplio atracadero cerca de la costa de la Tierra, tal vez porque sabían que el Sello no les permitiría una abertura y no se atreverían a chocar contra ella.

—*Sabemos que tienen un hechicero cuando se acercan. Como ese de ahí. Se mueve hacia el sur muy rápidamente pero también está cerca de los acantilados. ¿Quizás son los mismos que te atacaron en Jonjonel? ¿Vamos a ver?*

Sin esperar la opinión de Owailion, Mohan se ladeó abruptamente hacia la derecha y salió a toda velocidad sobre el océano.

—*Ahora,* —*interrumpió Mohan los pensamientos de Owailion sobre dejar la seguridad de la Tierra,* "*debes aprender a luchar contra los hombres. Puede ser más difícil que simplemente cazar un animal. Los hechiceros en los barcos son... Son...*"

—Como yo, —dijo Owailion. — ¿Alguna vez has tenido que pelear con alguien de tu propia especie?

Mohan suspiró audiblemente. "*Raramente. Enviamos dragones al exilio si deciden no seguir los mandatos de Dios y el cónclave*".

—Eso no puede ser fácil, —agregó Owailion, esperando una lección sobre cómo librar una batalla mágica. "¿Qué debo hacer?"

—¿*Puedes sentir el barco?*" Mohan preguntó mientras se inclinaba y volaba en círculos por encima del barco muy visible. En otras palabras, Owailion debía abrirse a sus sentidos mágicos.

—No, —respondió con decepción. "¿Qué voy a hacer cuando estés en hibernación y ni siquiera sé que vendrán? ¿Dejarlos acercarse? Eso no va a ser prudente".

Mohan se rio entre dientes ante el pánico de la tripulación. "*El barco tiene un escudo para que no lo sientas. ¿Sientes el vacío en el agua? Así es como podrás saberlo. En cuanto a cómo atacarás, realmente no sé cómo un humano puede hacer esto. Los dragones hacen lo que te mostré; aterrizamos en el barco y les recordamos que no nos molesten o los asamos. Los humanos no pueden soplar ese tipo de fuego*".

Owailion suspiró preocupado. Simplemente tendría que resolverlo. "Ya veremos. A veces, estos instintos mágicos surgen una vez que los necesito".

Este barco desplegaba velas llenas, navegando hacia el sur,

bordeando la Tierra y ahora Owailion podía sentir algo, un escudo alrededor del barco. Saboreó el miedo de la tripulación que frenéticamente derribó las velas en un vano esfuerzo por evitar que la tela se rompiera en las garras del dragón que descendía rápidamente.

—¿Todos los hombres a bordo son hechiceros o los tripulantes no son mágicos? Preguntó Owailion mientras se acercaban lo suficiente para ver caras individuales.

Los pensamientos de Mohan tenían un elemento de sorpresa. *"¿Tripulación? ¿Qué es eso? Simplemente les decimos que se vayan a casa o los atacamos. ¿Hemos hecho mal?"*

—La tripulación... Los hombres que dirigen el barco. No creo que sean mágicos. Owailion señaló por encima de la nariz de Mohan. "Sólo él lo es".

Este hombre estaba erguido y estaba solo en la proa con una túnica negra fluida con mangas ondeando en el viento. Con un gesto arrogante de sus brazos en sus caderas, miró al dragón de arriba. Probablemente se había apoderado del barco o comprado un pasaje, pero definitivamente estaba separado de la tripulación y sus objetivos.

Owailion comenzó a rezar frenéticamente para que sus instintos de Sabio se activaran. Recordó la demostración de Tamaar casi partiendo un barco en dos. En esa visión, los hombres habían estado luchando y en pánico cuando ella aterrizó en su barco para que él no pudiera ver cuáles eran mágicos y cuáles eran simples marineros.

—Tenemos que hablar con ellos, le advirtió Owailion a Mohan. "No puedo luchar contra lo que no conozco".

—*Entonces habla con ellos,* —aconsejó Mohan. *"Pero nos quedaremos aquí arriba".*

Owailion miró hacia abajo desde la altura que mantenía el dragón, mirando al hechicero con túnica. "¿Quién eres tú?"

Preguntó Owailion, proyectando la voz de su mente en un tono conversacional. "¿Por qué has venido?"

El hechicero le gritó. "Finalmente un humano ha venido a recibirnos en lugar de enviar a tus dragones". Su acento era tan fuerte que Owailion apenas podía entenderlo. "Muchos han dudado que incluso hubiera humanos en el territorio sellado después de todo. Pensábamos que estaba deshabitado".

Owailion gruñó al pensar que los dragones eran solo lacayos en la perspectiva de este hombre. Mohan también rugió con desaprobación, sorprendiendo a los marineros y haciendo que incluso el hechicero se estremeciera.

—¿Despoblado? Owailion le gritó a la mente protegida. "Los dragones viven aquí. Han salido todo el tiempo y los han enviado de vuelta con sus naves destrozadas. Explíquense. ¿Por qué han venido?"

El mago atado al barco se burló con desdén de la ignorancia de Owailion. "Venir a sus costas, comerciar con ustedes, aprender sus costumbres y compartir las nuestras. ¿Por qué más una tierra visita a otra...? Pero la tuya ha sido sellada. ¿Por qué?"

Mohan rugió, y Owailion reconoció que esto no lo estaba llevando a ninguna parte. Hasta este viaje en particular, ¿la idea de comerciar con una tierra "deshabitada" era todo lo que cruzaba por sus mentes retorcidas? Improbable, Owailion lo sabía.

Entonces, de repente, sintió un indicio de una estrategia. En privado, le hizo a Mohan una pregunta rápida. "¿Hay alguna forma de saber si alguien está diciendo la verdad? ¿Hay un hechizo o algo así?"

—*Un hechizo de la verdad,* —instruyó Mohan. "*Si deseas lanzarlo sobre una sola persona, concéntrate en esa persona y desea verla cómo realmente es. Este hombre usa un escudo, por lo que primero debes perforarlo con una garra de tu mente y luego aplicar el hechizo de la verdad. Si está en todos los hombres del barco, piensa en ello como una lluvia, descendiendo, mojándolos a todos. Entonces observa. El mal se muestra a sí mismo".*

Owailion asintió y luego se concentró en toda la nave. Imaginó la pared de escudos alrededor del hechicero y luego se dio a sí mismo garras imaginarias tan grandes como las de Mohan. Se imaginó a sí mismo perforando la pared del escudo, aplastándola a medida que avanzaba y luego inundando el interior del escudo con una niebla de verdad. La apariencia del hechicero cambió de inmediato. El forastero sabía que sus defensas personales habían sido violadas, porque entró en pánico, corriendo para salir de la cubierta, luchando por la bodega, pero a su paso, parecía llevar pesadas cadenas con un rastro de sangre. Antes de que pudiera escapar, Owailion instintivamente añadió un hechizo de tiempo, ralentizando al hombre en seco antes de que pudiera desaparecer bajo cubierta. El hechicero se detuvo a mitad de movimiento como una extraña estatua.

—*Veo sangre, por lo tanto, este hombre ha matado antes,* — informó Mohan. *"¿Qué significan las...? ¿Las cosas que le siguen?"*

—¿Las cadenas? Significa que es esclavo de otra persona o que lleva una carga pesada, —interpretó Owailion. Él también es un mentiroso. Su lengua está partida como una serpiente y su piel se está pudriendo... Supongo que es malvado".

—*¿Y qué hay de los otros hombres...? La tripulación.* Mohan preguntó.

Owailion examinó rápidamente a los hombres restantes que también estaban congelados, pero con miedo, no en un hechizo mágico. Vio algunos con harapos y muchos puños ensangrentados. Así que podrían estar enojados o peleadores. Ninguno de ellos parecía estar podrido o ser asesino. "No son malvados", observó Owailion. "Simplemente hombres comunes haciendo su trabajo. Deberíamos enviarlos a casa, pero tenemos que hacer algo con el hechicero aquí".

—Sí, —aconsejó Mohan, *"pero no tienes un fuego lo suficientemente caliente. ¿Cómo podría un humano lidiar con este mal?"*

Como para enfatizar el punto, una ola de poder puro se elevó desde la cubierta hacia ellos mientras el hechicero trataba de arrebatarlos del cielo. Owailion sintió este ataque, pero apenas movió a Mohan, rozando los escudos del dragón, raspando y chillando como metal contra metal.

El humano miró la vulnerable embarcación, del tamaño de un juguete a esta altura y sintió que su ira aumentaba. Toda su vida, la vida que no recordaba, Owailion debió haber luchado contra su ira. Odiaba no comprender. Estaba furioso por sentirse abrumado o por las cosas que no funcionaban en sus bien pensados planes. Sobre todo, se enojó con la frustración. Se suponía que los Sabios eran buenas personas por naturaleza, pero, ¿qué mancha mostró Owailion bajo un hechizo de la verdad? ¿Sus cadenas eran aún más largas si solo se miraba a sí mismo bajo tal encantamiento?

Furioso por el descarado ataque del hechicero y las suposiciones racistas, Owailion extendió su mano hacia el forastero que permanecía congelado. Aquí había una frustración, un peligro venía a estropear la santidad de la Tierra, con la esperanza de invadir, manipular y difundir su apestosa arrogancia sobre las llanuras y montañas de su nuevo hogar. Owailion no lo planeó, pero ese temperamento dentro de él salió de su mente y levantó al hechicero de la cubierta, lo prendió en llamas y lo catapultó al cielo. Owailion escuchó la consternación del villano apagarse cuando golpeó las delgadas nubes.

El rugido complacido de Mohan rompió en el shock de Owailion. "Ya veo que tienes el fuego".

Horrorizado, Owailion se estremeció cuando retiró la magia que había invocado. ¿Qué había hecho? No debió haber...

Mohan interrumpió la creciente ola de autodesprecio. *"Tenía que hacerse como lo hiciste. Si no lo hubieras hecho, yo habría tenido que asar todo el barco".*

Owailion miró con sentimiento de culpabilidad a los tripulantes que aún estaban a bordo. El hechizo de la verdad todavía cubría a estos hombres y Owailion no lo eliminó, pero necesitaba aprender más y estos marineros eran su mejor fuente. "¿Pueden decirme, ustedes lo llevaban al volcán en el norte?"

Los marineros asustados se miraron vacilantes y luego uno de ellos dio un paso adelante. "Sí", dijo en voz alta. "Había varios magos. Nos encargaron llevarlos al volcán, pero tres de ellos murieron cuando entró en erupción. Ese sobrevivió y nadó de regreso a bordo".

—¿De qué tierra zarparon? —preguntó Owailion a continuación, observando a los hombres encantados en busca de alguna señal de que estuvieran mintiendo.

—Malornia, hacia el oeste.

Mohan rugió una advertencia a eso. *"Ahí es donde se originan la mayoría de los ataques. ¿Por qué siguen viniendo?"*

—Se los preguntaré, le aseguró Owailion. Luego alzó la voz. "¿Quién los envió?"

Nada cambió en la apariencia de los tripulantes mientras se movían nerviosamente. "Nuestro rey ha encargado muchas exploraciones en su tierra. Él cree que tiene un gran poder, o no estaría cerrada y sellada. Somos solo uno de los muchos barcos que han llegado".

El corazón de Owailion se hundió de preocupación. "Entonces, ¿pueden decirme si uno de los barcos llevaba un juego de piedras rúnicas como carga? ¿Serían muy grandes, más altas que un hombre y con escrituras en ellas?"

—No, señor, —admitió el líder. "Solo hemos navegado hasta el volcán y ahora nos dirigimos a casa".

—El hogar es hacia esa dirección, no hacia el sur, —señaló Owailion. Sería bueno que abandonaran la costa. No me importa con qué corrientes lucharán. Enviaré un viento que los llevará directamente. Gracias por su honestidad. Por favor, no vuelvan a traer a nadie así a nuestras costas. Pueden volver a casa".

Owailion entonces trajo un viento conjurado hacia adelante que hizo temblar los mástiles del barco. Obedientemente, la tripulación se apresuró a izar las velas de nuevo. Luego, sin esperar a ver que realmente se estaban alejando, Owailion y Mohan dieron la vuelta y se dirigieron a la orilla.

6

LA DAMA Y EL PALACIO

Owailion conjuró un fuego para cocinar y una tienda de campaña mientras observaba los barcos que poco a poco se desvanecían en la puesta de sol. Más allá de él, Mohan se cubrió con la llanura, observando las acciones del humano con fascinación. La sutileza del humano intentó bloquear la obvia habilidad de Mohan para leer sus pensamientos, queriendo algo de privacidad. ¿Tenía el poder de bloquear a su mentor?

—¿Qué está mal? Preguntó el dragón. "¿No estás abierto a mí?"

Owailion se sobresaltó. "¿Funcionó? ¿Puedo aislarme de ti? No sabía si funcionaría. Sí, supongo que lo hice. A veces solo quiero pensar un poco y no ser juzgado por nadie", admitió.

Mohan casi murmuró. "Yo nunca te juzgaría. Los humanos son demasiado difíciles de entender. ¿Qué pensabas que te avergonzaría de compartir conmigo?"

Owailion se encogió de hombros inquieto antes de responder. "Hasta aquí los escudos. Estaba pensando en ese rey, queriendo entrar en la Tierra porque está sellada, y también en las piedras rúnicas. No nos hemos acercado más a saber adónde las llevaron. Y estaba pensando acerca de estar solo". La cabeza de Mohan se disparó. *"No estás solo"*.

—Lo sé, pero...

—*No*, —interrumpió Mohan. *"No estamos solos. Alguien nos está escuchando"*.

Owailion se dio la vuelta, mirando más allá de la luz del fuego, buscando en el horizonte a través de las llanuras y luego hacia el mar. Podía distinguir una luz distante en un barco mar adentro, mucho más allá del Sello.

—*Allí no, en la costa*, —susurró la voz mental de Mohan. *"¿Puedes oírlo? Ese es el comienzo de un demonio. Todavía no es un demonio, pero algo en la playa está tratando de cambiarlo. La magia se ha combinado con la naturaleza y está tratando de convertirse en algo maligno"*.

Owailion se agachó y se arrastró hacia el oeste. Una caída de treinta metros se percibía debajo de él en una playa relativamente estrecha y luego el mar adentro. Sobre su vientre, Owailion asomó la cabeza por el borde, esperando que no fuera visible. Mohan no se movió, sino que aconsejó.

—*Mantén tus escudos en alto o la criatura sabrá que estás allí. En cambio, sigue mis pensamientos. Yo te guiaré y te mostraré qué hacer.* Con esa voz mental de Mohan adquirió una cualidad de eco, como si Owailion lo estuviera escuchando desde la distancia. El humano se esforzó por aferrarse a los pensamientos del dragón. Entonces Owailion se sintió arrastrado por una marea de magia hacia el acantilado y sobre el borde. Owailion podía sentir un fuerte olor como el metal golpeado por un rayo. *"Ese aroma es magia volviéndose salvaje. Míralo y ataca antes de que se convierta en un demonio"*, dijo Mohan.

Un dragón no podía gatear como un humano, pero Owailion sintió que su mentor intentaba hacerlo, asomando la cabeza hacia el borde del acantilado. *"Ahora, puede que no podamos ver, pero huelo el nexo del poder mágico. Se está combinando con... ¿Un cangrejo? Hay un cangrejo ahí abajo que se convertirá en demonio si lo dejamos. Esto es lo que debes hacer".*

Owailion no podía ver ningún cangrejo y apenas veía el brillo más claro de la playa sobre las olas, pero sintió que Mohan era consciente de ello. Algo chasqueando y con los ojos brillantes estalló en su mente. Luego, una ráfaga de llamas salió inesperadamente de la garganta de Mohan y cayó sobre el cangrejo invisible que estaba debajo. Owailion estaba cegado, sorprendido y jadeando, pero se controló y escuchó de nuevo los pensamientos de Mohan. Cuando el dragón cortó la llama, Owailion reconoció que el extraño olor a metal electrificado había desaparecido. El demonio se había ido.

—No, *todavía no era un demonio. ¿Recuerdas el olor de Zema? Era diferente. No puedes matar demonios; simplemente haz que se torne, de vuelta a otra cosa. Y así es como evitas que se forme un demonio,* —anunció Mohan con orgullo y se apartó del acantilado para reanudar la observación sobre Owailion.

—Apenas podía sentirlo y tú sabías dónde estaba sin siquiera poder verlo, —dijo Owailion con temor.

—*Eso requiere tiempo y entrenamiento,* le aseguró Mohan. *"Es algo que debes practicar antes del Sueño".*

Entonces, por primera vez desde que Owailion se había despertado en la Tierra, sintió que Mohan también estaba bloqueando algo, construyendo un escudo alrededor de los pensamientos del dragón. La enorme criatura estaba pensando en privado, escondiendo su preocupación detrás de un gran muro de piedra de magia que dejaba la calidez de la presencia del dragón distante y casi fría.

—¿Qué es? Me estás... Estás... Bloqueándome también. ¿Por qué?

Mohan suspiró, calentando el aire con su aliento, lo cual era bienvenido, porque la noche se había vuelto fría. *"Estoy... Preocupado por ti. Mi llamado es hacerte feliz y prepararte para cuando los dragones nos hayamos dormido. No puedo dejarte solo. Los dragones nos contentamos con ser solitarios, pero no los humanos. ¿Cómo puedo aliviar eso, especialmente si no estoy aquí para ser tu amigo?"*

Owailion no se atrevía a pensar ni siquiera en el miedo que le llegaba al alma. Mohan podría enseñarle cómo derrotar a los hechiceros y prender fuego a la formación de demonios, pero nada podría aliviar la soledad. Owailion respiró hondo y luego miró hacia abajo. No podía ni quería pensar en ello. En cambio, cambió de tema.

—Me ocuparé de eso con el tiempo, —murmuró Owailion. "Mientras tanto, enséñame cómo hacer ese muro alrededor de tus pensamientos".

Al día siguiente, mientras volaban hacia el sur a lo largo de la hermosa costa, en busca de barcos, Owailion le pidió abruptamente a Mohan que aterrizara. "Hay algo aquí", anunció, sorprendido de haberlo sentido y el dragón no.

Owailion se deslizó por la espalda de Mohan antes de que el dragón plegara adecuadamente sus alas y el humano comenzara a buscar en este nuevo terreno. "Justo allá atrás, sentí... Sentí algo. Es una picazón extraña. Es mágico, pero todavía no sé lo suficiente para darle un nombre".

Mohan pareció ignorar la pregunta implícita, pero luego se alejó del mar para hablar con Owailion. *"Investiguemos tu picazón, como la llamas".*

—¿Puedes sentir eso?

—*No siento nada... De mí mismo. Aunque puedo sentir lo que estás sintiendo. ¿Llamas a esto picazón?*

Owailion sintió cosquillas en las palmas de las manos y se las frotó contra los muslos, pero no pudo aliviar la incomodidad. "Es exactamente una picazón. Se siente como si estuviera a punto de estornudar, pero eso no sucederá o como si alguien estuviera acechando detrás de mí y no pudiera verlo. Solo sé que se supone que debo hacer algo aquí".

—*Los dragones lo llaman compulsión. ¿No has sentido esto antes? Es una señal de que hay algo aquí que puedes hacer. Se requiere de tu acción. Debes hacer magia aquí o te "dará ansiedad" hasta que actúes. Así es como encontramos demonios, hechiceros e incluso nuestros compañeros. Dios nos guía hacia lo que necesitamos encontrar.*

Owailion se congeló en el acto de deslizarse por el hombro de Mohan. "Espera un minuto, ¿Dios organiza sus apareamientos? ¿Ustedes no se enamoran?"

—¿*Enamorarse*? —preguntó Mohan, con la misma curiosidad que había aplicado a la ropa y los mapas. Obviamente, el concepto lo eludió.

Owailion se deslizó hasta el suelo, caminó hasta el borde del acantilado y se sentó abruptamente con las piernas sobre el borde. No podía explicar el concepto, así que preguntó: "¿Dios te da esta picazón?"

Mohan casi logró un encogimiento de hombros humano. "*Sí, al menos así es como lo hace con un dragón. No sé si esta picazón es la forma en que encontrarás a tu pareja y supongo que será otra Sabia. Si no estás destinado a estar solo, ella vendrá y tú la ayudarás como yo te estoy ayudando*".

—¿Y cómo vendrá otro aquí si la Tierra está sellada? Por alguna extraña razón, Owailion no se sintió alarmado por la perspectiva de tener una picazón mágica que lo guiara hacia otros humanos, especialmente de la persuasión femenina, pero no pensó que se enamoraría de ella instantáneamente. Dudaba que una compulsión pudiera llevarlo a eso.

Mohan debe haber estado escuchando sus pensamientos, ya que comentó. *"Piensas eso ahora, pero la compulsión que sientes ahora no es fuerte. Te está pidiendo que hagas algo y luego se desvanecerá"*, advirtió Mohan. *"No sé qué sentirás cuando conozcas a tu futura pareja, pero es mucho más poderoso que esta picazón que nos ha detenido aquí"*.

Owailion se rio de la idea, pero lo hizo para restarle importancia a lo confundido que estaba. Quería deshacerse del picor que sentía. "Entonces, ¿qué se supone que debo hacer en este lugar en particular donde la magia me exige tanto?" Preguntó para cambiar de tema.

Mohan intentó encogerse de hombros, imitando sus gestos humanos. *"Yo no sé. Debe ser algo humano, porque no siento esta magia a menos que esté escuchando tu alma. Si un dragón estuviera destinado a hacer este acto, lo sentiría en su lugar. ¿Ves algo o imaginas algo aquí?"*

Owailion suspiró. "No, solo siento la picazón. ¿Siempre sabes lo que tus indicaciones te piden que hagas mágicamente?"

—*Rara vez conozco el propósito completo de la compulsión. Por ejemplo, sabía que la Tierra albergaría a un humano cuando se me dio la indicación de crear un volcán, Jonjonel, pero no tenía idea de que los dos estaban conectados. Yo tampoco entiendo todavía las razones del Sueño. Sin embargo, ya he aprendido a obedecer las indicaciones, aunque no conozca su propósito. Dios se revelará a sí mismo con el tiempo.*

—¿Estás cansado entonces? ¿La necesidad de conciliar el sueño es demasiado fuerte? Preguntó Owailion.

—*No me pidas que espere aquí mucho tiempo sin algo en qué ocuparme*, —advirtió Mohan. *"No es un lugar muy cómodo ni seguro para dormir mil años"*.

—¿Seguro? ¿Por qué sería peligroso? Owailion preguntó alarmado. Luego miró hacia el mar y recordó los barcos llenos de hechiceros a los que todavía no podía enfrentarse solo. Podía imaginar fácilmente ataques contra la Tierra después de que los dragones se durmieran, especialmente si el Sello se debilitaba bajo la vigilancia de Owailion. Deliberadamente se apartó de la visión y se dio cuenta de que había obtenido una respuesta a una pregunta. "Sé que necesito construir aquí. Dios quiere algún tipo de protección aquí en este acantilado", anunció.

Mohan retumbó complacido. —El "dónde" y el "por qué" indican el punto de partida. El "qué" y el "cómo" vendrán si meditas en ellos. Esto es bueno.

Owailion se encontró sacudiendo la cabeza incluso antes de que las palabras murieran en su cabeza. "No, tengo que seguir adelante. Te estás poniendo somnoliento, puedo afirmarlo. Debería seguir buscando todos... Los... Los palacios. ¿Palacios? Se supone que debo construir un hogar y esta picazón, me está diciendo que este es el lugar para uno. Algún día este lugar tendrá un Sabio que vigilará la costa occidental por todos nosotros. Esa es la compulsión que estoy sintiendo".

Owailion no podía creer que esta idea hubiera llegado tan fácilmente, pero la picazón disminuyó incluso cuando dijo las palabras.

—Eso es bueno. Entonces es una tarea humana. Para empezar, un dragón no sabría lo que necesita un Sabio humano en un palacio... Inclusive si supiéramos lo que es un palacio. Es un deber para ti. ¿Cuánto tiempo requerirá construir un palacio humano?

Owailion casi resopló de sorpresa. "No tengo idea de cómo se vería un palacio. ¿Qué tan grande? ¿Cuáles materiales? ¿Por qué un palacio? Los humanos nunca necesitan algo tan grande. Un palacio... Es algo ridículamente grandioso... Como llevar diamantes y oro para arrancar las malas hierbas. Una casa sencilla es todo lo que la mayoría de los humanos necesitan".

—*Tú entiendes de eso más que yo,* —contó Mohan. *"¿Qué puedo hacer para ayudarte?"*

Owailion se puso de pie y miró arriba y abajo de la costa y el borde del acantilado. Su mente giraba con la abrumadora sensación de todo lo que estaría involucrado, incluso con la magia. ¿Cómo movería las piedras, traería agua, buscaría materiales, diseñaría estas casas? ¿Había sido arquitecto en su vida anterior?

—*Bueno, no sé qué es un palacio, pero supongo que llevará mucho tiempo crearlo, incluso con magia. ¿Te importa si voy a buscar algo de comer mientras trabajas en eso? Si me quedo mucho tiempo aquí, me quedaré dormido y eso no será bueno.*

Horrorizado por haber incomodado a su amigo, Owailion inmediatamente animó a Mohan a ir y tomarse el tiempo que necesitaba. El humano sospechaba que pasaría semanas aquí y no podía imaginar que el dragón se petrificara lentamente o, peor aún, se volviera hambriento mientras esperaba. Vio como Mohan despegaba hacia el este, lanzándose sobre las llanuras. ¿Qué comía un dragón? Se preguntó Owailion ociosamente y se tranquilizó, justo cuando Mohan desaparecía de la vista. *"Ha pasado mucho tiempo desde que probé el búfalo. Ese es el gran juego aquí en la llanura abierta"*.

Owailion se rio entre dientes mientras se alejaba, agradecido de no tener que ver a un búfalo siendo cazado por un enorme dragón. Mientras tanto, consideró lo que quería comer para sí mismo, y comenzó a conjurar un fuego y su tienda nuevamente, solo para tener la tranquilidad de la normalidad, y tan pronto como oscureció, Owailion se fue a dormir.

Owailion durmió profundamente con el viento suave, incluso aquí en el borde de la Tierra y el océano retumbando en la base del acantilado. Soñó que caminaba por la playa de abajo, mirando la pared blanca del acantilado sobre él como una barrera, bloqueándolo. Ese pensamiento lo heló y miró más arriba, buscando la cima del acantilado. Y ahí la vio, la mujer de sus sueños.

Estaba de pie en la cima del acantilado, envuelta en velos brumosos que fluían como agua. Y detrás de ella se alzaba una gran mansión reluciente, una fortaleza de piedra facetada que miraba hacia el océano, enfrentándolo desafiante. En el sueño Owailion deseó verse a sí mismo en lo alto del acantilado junto a ella y su deseo fue concedido.

Se encontró a sí mismo de pie junto a ella, con su elegante vestido deslizándose, mezclándose con la pasarela de piedra y por la ladera del acantilado, derramándose como agua. Su cabello y su rostro permanecían oscurecidos bajo una cascada de velo, sostenidos en su lugar por un aro de oro y plata de lirios tejidos. Owailion anhelaba levantar el velo y ver su rostro, conocer su nombre e ignorar el propósito obvio de que ella entrara en sus sueños.

—No, Owailion, —susurró con su voz como agua. Ella no le permitió desviarse de la tarea que tenía entre manos. En cambio, ella extendió la mano y lo atrajo hacia el palacio, y él se emocionó con su contacto.

Obedientemente, miró hacia el palacio que se suponía que debía construir allí. Paredes fuertes y gruesas revestidas de mármol con estilizados herrajes en la cima se alineaban en el acantilado, a la vez amenazantes y, sin embargo, hermosas de una manera majestuosa, desafiando a cualquiera por venir. Los dibujos grabados en bajorrelieve en las paredes blancas y desnudas reflejaban la luz del sol poniente. Y sobre las protecciones exteriores una torre en espiral, con un techo de oro cegador. Las puertas de hierro repetían el tema decorativo sin dejar de parecer ferozmente inexpugnables contra cualquiera que se acercara. En lo alto de la torre más alta, Owailion vio un estandarte azul ondeando como olas en el cielo y un águila dorada dando vueltas, protegiendo todo el complejo.

La dama luego lo empujó hacia adelante, hacia las formidables puertas que se abrieron para ellos, abriéndose de par en par a medida que se acercaban. Juntos entraron por un sendero hecho de pedernal y ágata a través de jardines, fuentes y patios de práctica ubicados bajo árboles de sombra cultivados. Las dependencias para armas y caballos se escondían entre los jardines, distribuidas discretamente por los terrenos y complementando el paisaje. Con un esfuerzo, Owailion tomó nota. Sabía que este sueño le mostraría qué construir si no cómo hacerlo y necesitaba tener una idea de la persona que viviría aquí, no ser distraído por la maravillosa belleza que caminaba en silencio junto a él.

Cuando se acercaron a las puertas del edificio principal, se detuvo maravillado y miró la madera gris pulida que se extendía dos pisos por encima de su cabeza. Había dos caballeros a cada lado del pasillo, tallados con armadura completa en bajorrelieve, uno sosteniendo una espada y el otro, una lanza como si estuviera protegiendo el camino. La Reina de los Ríos siguió moviéndose, deslizándose de sus manos y Owailion avanzó para tomar su mano nuevamente mientras las puertas pulidas se abrían para él.

En el interior, habían entrado en un gran vestíbulo, con dos escaleras que llegaban a las alturas y un candelabro dorado que se reflejaba en los suelos de mármol azul y gris pulido. Las armaduras completas estaban en nichos alrededor del espacio ovalado, y varias puertas, con incrustaciones de oro y más soldados de bajorrelieve salían del piso principal. Owailion lo tomó, maravillado por la belleza y la grandeza, incluso en una fortaleza militar. Este Sabio sería un guerrero, estaba seguro. Siguió a la elegante reina mientras subía las escaleras de caracol. Su dulzura contrastaba con las armas que colgaban como obras de arte entre grandes tapices que representaban escenas de águilas y dragones en vuelo. Madera, metal, vidrio y piedra se mezclaban ricamente como materiales de construcción y Owailion se sintió agradecido por la magia, porque nadie podría haber reunido tal variedad y cantidad de materias primas, y mucho menos construirlo todo en una vida. Este era un palacio para perdurar.

Con cuidado, la reina de los sueños abrió todas las habitaciones para él y una parte de la mente de Owailion catalogó cada característica. Descubrieron una fragua, una biblioteca, más tiendas de armas y una sala de trabajo completamente dedicada a afilar y reparar todas las herramientas y armas. Luego encontró lugares más típicos; una cocina con varios hornos y una enorme superficie de cocción de madera. Junto a ella había una gran mesa con sillas sencillas para ocho. Cerca de allí encontró una despensa con acceso a un huerto rodeado por una pared de mármol para que nadie de afuera supiera que existía. La reina, con su atuendo, encajaba mejor en un comedor mucho más grandioso que fácilmente podría acomodar a veinte con tapices azules y dorados reales alineados en cuatro chimeneas y brillando con la luz de candelabros y braseros. Ocho dormitorios privados, cada uno con retrete y baño, llenaban los pisos superiores, cada uno con pequeños balcones y vidrieras con el motivo militar grabado en ellas.

—¿Dónde hay un lugar privado donde un Sabio pueda sentarse y simplemente relajarse después de un largo día de defenderse de demonios o hechiceros...? ¿O en este caso, de ejércitos enteros? Le preguntó a su reina que lo escoltaba.

—Arriba, —susurró ella, enviando escalofríos por su columna.

Luego le hizo una seña con gracia para que la siguiera por un tramo más de escaleras de mármol. Allí se detuvo ante una única puerta de madera gris custodiada por los centinelas esculpidos, esta vez con un águila posada en un hombro cada uno.

Ella abrió estas puertas para él, pero luego levantó la mano para evitar que entrara.

Dentro descubrió la habitación que había previsto; cómodas sillas en azul real, grandes hogares acogedores y una espléndida luz proveniente de aberturas de cristal en el techo abovedado, así como una gran lámpara de araña de hierro, plata y oro. Los pisos de mármol continuaban con el motivo militar, pero una alfombra azul celeste con una estrella dorada cubría la mayor parte de la sala de estar y una impresionante armadura de acero dorado, platino y plateado estaba lista, completa con un casco emplumado azul. Owailion, de pie aturdido en la puerta, anhelaba acercarse para un examen más detenido y dio un paso hacia la hermosa habitación, pero encontró su camino bloqueado.

"No, mi amor", la suave voz de la Reina de los Ríos ondeó en su mente. "Mira y recuerda, pero aquí no puedes entrar. No hasta que se lo dé a otro. Esta es la Cámara de la Verdad. Cada uno tendrá una. Aquí solo se revelará la verdad y verás todo como debería ser".

Owailion no tuvo respuesta, pero el escalofriante desafío sofocó su pesar y dio un paso atrás. Construiría este palacio tal como se le había mostrado y un día vería los frutos de su trabajo. Se alejó con pesar de la maravillosa habitación, queriendo hablar con la dama, pero las puertas se cerraron detrás de él. Su rostro cubierto con velo se volvió y Owailion se despertó sobresaltado del sueño de la Dama y el Palacio.

Owailion sintió la repentina alarma de Mohan y, de repente, el horizonte sobre la llanura se llenó con la alarmante visión del dragón que se avecinaba como una tormenta dorada sobre él, con las alas extendidas, un búfalo colgando de sus mandíbulas y otro extra aferrado en una garra. *"¿Qué está mal?"* Preguntó el dragón frenéticamente, sentándose en el suelo, escupiendo a su presa y lamiendo sus sangrientas chuletas con su lengua negra. *"¿Estás herido?"*

Owailion trató de calmarse, tragándose el miedo al ver al depredador mordisqueando su comida en trozos diez veces más grandes que un hombre. "Oh, no", Owailion trató de sacudir su corazón atronador. "Continúa y come. Me acabo de despertar de un sueño. Come y hablamos más tarde".

—*Puedo hablar y comer al mismo tiempo. ¿Qué te ha hecho este sueño?*

El amanecer alcanzó su punto máximo en el horizonte y Owailion se dio cuenta con pesar de que tendría que explicarlo. Comenzó a empacar sus mantas y conjuró un fuego para cocinar algo de desayuno mientras trataba de pensar en cómo explicarlo. Deliberadamente le dio la espalda al dragón mientras Mohan recogía a su presa caída y la metía de nuevo en sus fauces, piel, cuernos y todo.

—Volví a soñar con la Reina de los Ríos y ella me mostró el palacio que necesito construir aquí. Creo que puedo construirlo, pero... Quiero conocerla y... ¿Y por qué mantener alejado al resto de la humanidad si somos los únicos aquí para disfrutar de estas grandes casas? Tener solo dieciséis humanos no tiene ningún sentido para mí.

Owailion también permitió que Mohan escuchara los pensamientos que no podía expresar con palabras. Tenía sentido que los dragones fueran los únicos seres sensibles en un país sellado contra los humanos. Dudaba mucho que tener humanos y dragones al mismo tiempo fuera muy bueno para ambas especies. Y, sin embargo, tener una Tierra sellada, con dragones durmiendo y solo un puñado de humanos, tenía poco sentido. ¿Se esperaba que estos dieciséis Sabios repoblaran todo el continente? Bueno, si es así, él tenía la responsabilidad de hacer que los recién llegados se sintieran cómodos también.

Owailion suspiró, sin respuestas. "Ve a terminar tu comida", le aconsejó a Mohan. "Me voy a sentar aquí y pensar en cómo construir un palacio sin tener idea de quién vivirá aquí en un futuro lejano".

—*Estos sueños que tienes, parecen enseñarte mucho,* —comentó Mohan. *"Ojalá los dragones pudieran dormir como lo hacen los humanos y obtener tal conocimiento y guía. ¿Cómo lleva el sueño a esto? No parece que estés haciendo nada".*

—Soñar es todo lo que hacemos cuando dormimos. No sé si los dragones soñarán, pero eso espero.

—*Sueño, no entiendo muy bien esta palabra.*

—Aquí, déjame mostrarte, y Owailion pasó una visión comprimida de todo lo que había ocurrido en la noche a la mente de Mohan. Luego agregó: "Cuando dormimos, la mayoría de las veces vemos muchas cosas que son tontas o al azar. Y a veces, como en este sueño, son un mensaje de Dios de lo que debo hacer".

—*¿Debes crear ese...? ¿Ese lugar?*

—Sí, para uno de los Sabios que será un guerrero, o algo así.

—*¿Y cuál es su propósito? Es una caverna muy grande... Para una criatura pequeña como un humano.*

Owailion se rio entre dientes ante esa observación. "Así es. La mayoría de los humanos encontrarían una habitación en ese lugar adecuada para toda su familia. Sin embargo, debe significar algo más. Se supone que cada uno de los Sabios tiene uno de estos palacios como hogar. Me mostraron cómo se ve y sé que puedo hacerlo con magia, pero no conozco el propósito. Tal vez los magos que atacan la Tierra nos teman más si ven esta... Esta extravagancia".

—*Ese es a menudo el caso,* —comentó Mohan sabiamente. *"Cuando los hechiceros forasteros ven la magnificencia de un dragón, a menudo temen y retroceden",* dijo Mohan con humildad, sin una gota de comprensión de los instintos humanos.

—Dudo mucho que sea justo tu magnificencia... Únicamente. Owailion iluminó a su amigo. "Un dragón de tu tamaño va a congelar a cualquier humano con miedo en primera instancia. Olvidas que no corremos rápido, que no tenemos garras, ni que soplamos fuego. Tu tamaño es de lo más intimidante".

—*Soy el más grande,* —observó Mohan, nuevamente con una vergüenza inocente por tener que señalar esto. *"¿Cuánto tiempo te llevará construir este lugar?"*

—No lo sé, —consideró Owailion. "¿Tengo que estar aquí para monitorearlo si le digo a la magia qué hacer?" Sin esperar respuesta, se puso de pie y consideró el esfuerzo necesario para convertir este sueño en realidad. Sus instintos mágicos comenzaron a agitarse, tamborileando más profundo de lo que había llegado hasta ahora con sus escudos y conjuros. Podía sentir en las profundidades donde el agua, acumulada durante mucho tiempo en cisternas naturales, se había acumulado y podía aprovecharla. Buscó el lecho de roca del acantilado bajo la espesa capa superficial del suelo y con un movimiento de su mente comenzó a levantar esa tierra, haciéndola desaparecer en el éter. Encontraría el palacio en piedra muy por debajo de la superficie de la pradera. Le dio a la magia sus instrucciones y luego se dio la vuelta, buscando algo para distraerse, probando si necesitaba concentrarse en la excavación una vez que había ordenado a la magia para hacerlo.

—¿Terminaste de comer? Le preguntó a Mohan como si no hubiera un gran agujero apareciendo justo al lado de él en el acantilado.

Mohan pareció un poco sorprendido; sus ojos dorados se desorientaron ante este prestigioso uso de la magia y tuvo que apartarse de ver la suciedad volar. *"Ummm, nunca antes había comido tanto y, sin embargo, no siento que esté lleno. Gracias por preguntar".*

—Suena como atiborrarse, —señaló Owailion, "como osos y otros carnívoros que hibernan. Comen una enorme cantidad antes de dormir durante el invierno. ¿Es eso lo que estás haciendo?"

—*No lo sé. Ningún dragón ha hibernado antes. Entonces, ¿es normal atiborrarse? Me comí dieciséis búfalos y creo que podría volver a comer tantos y no sentirme mal por eso.*

—Recuérdame que no me vaya a vagar solo por las montañas en el corto plazo si toda tu especie está hambrienta en este momento, —bromeó Owailion. "¿Te sientes con ganas de continuar nuestro viaje o necesitas tiempo para digerir? Este palacio parece estar construyéndose solo una vez que le digo a la magia qué hacer y si seguimos moviéndonos, permanecerás despierto más tiempo".

Mohan le aseguró que podría seguir volando sin problemas. Owailion se comió su propio desayuno rápidamente mientras observaba el progreso del agujero cada vez más profundo y ensanchado que su magia fabricaba en la tierra, asegurándose de que funcionaría independientemente de su concentración.

—Necesito darle un nombre, para ubicarlo en el mapa, —comentó Owailion antes de abandonar el sitio. Sacó el mapa y anotó la ubicación aproximada con un diamante en la costa occidental. "¿Cómo se dice fortaleza en tu idioma?"

El dragón inclinó la cabeza con torpeza, bloqueando el sol para que Owailion no pudiera ver lo suficientemente bien como para continuar con su dibujo. *"Es otro idioma, supongo. Yo diría... Paleone. Es extraño, no lo pensé como otro idioma. Lo que tú y yo nos hablamos no es lo mismo cuando nombramos las cosas. Los nombres verdaderos son hechizos para tener poder sobre una cosa. Cuando lo nombramos le damos magia. Esto de poner nombre a las cosas... Creo que es magia humana".*

"Paleone, ese es".

7

EL PRIMER TALISMÁN

—*C*reo que deberías reunirte con Tamaar, —anunció Mohan.

"¿Por qué?" Owailion casi chilló de súbita alarma ante esa perspectiva cuando despegaron de nuevo, dejando a Paleone como un sitio de excavación activo en el acantilado.

—*En primer lugar, es una experta en sellos. Ella ha establecido un doble escudo alrededor de su territorio y puede enseñarte los fundamentos. Además, protege la costa suroeste. Ahí es donde se encuentran la mayoría de los barcos. Si alguien ha tomado las piedras como tú dices, quizás ella las haya visto en sus incursiones.*

Esto le sonó bastante bien a Owailion, al menos en principio. Necesitaba una nueva forma de buscar las piedras rúnicas, así como un objetivo para alejarse de Paleone mientras se estaba formando. Había hecho un globo de memoria para poder mirar fácilmente y conocer su progreso, pero ahora necesitaba un nuevo proyecto. Frente a Tamaar, la compañera de Mohan puede parecer un paso positivo, pero también conllevaba una gran cantidad de intimidación.

—Muy bien, —coincidió Owailion.

No les tomó tiempo llegar al borde del territorio sellado de Tamaar, y aterrizaron en el borde norte de una península boscosa que se adentraba en el océano. Justo cuando aterrizaron y Owailion se deslizó hacia abajo, el cielo más allá del acantilado, se llenó con el destello cegador de plata, oro y bronce de un dragón. Tamaar, de tres cabezas y con alas oscuras llenó su vista. No podía igualar a Mohan en tamaño, pero los ojos de amatista, zafiro y esmeralda lo hipnotizaron. Ella flotaba, sin querer aterrizar, mostrando una alarmante variedad de dientes, cada uno del tamaño de su brazo. Owailion se enderezó con miedo repentino cuando los cuellos y cabezas increíblemente largos se deslizaron sobre él. Entonces un instinto lo llevó a hacer algo extraño.

Owailion se inclinó ante el dragón, agachó la cabeza y murmuró: "Lady Tamaar, gracias por conocerme". Exponer su cuello a un dragón fue el acto más antinatural que pudo recordar, pero apretó un escudo de acero sobre ese pensamiento y esperó a ser reconocido.

—¿*Lady*? La voz mental de Tamaar llegó en tres tonos, todos hablando en momentos ligeramente diferentes.

—Un término del más alto honor para las mujeres más hermosas, —añadió Owailion mientras levantaba la cabeza, preguntándose si también tendría que traducir "humano" a Tamaar, o si ella simplemente estaba sorprendida por sus modales.

—*Sabemos lo que es una dama*, —respondió la triple voz de Tamaar con altivez. "*Nos sorprende que un guerrero use el término para referirse a un dragón*".

—No soy un guerrero... Al menos no creo que lo sea. En mis recuerdos y en mi magia, solo tengo unos días y no recuerdo mi vida anterior. Por eso he venido a hablar contigo. Deseo aprender más sobre los sellos como parte de mis deberes para cuando los dragones estén todos en el Sueño.

"¿No eres un guerrero? Lo serás," la respuesta de Tamaar fue extremadamente sarcástica. Luego volvió un par de brillantes ojos esmeralda hacia Mohan, manteniendo la amatista y el zafiro en guardia con cautela en Owailion. *"¿Ha habido más noticias sobre los menhires, mi amado?"*

Los modales de Mohan parecieron elevarse con el cariño, y se puso en cuclillas antes de responder, extendiendo sus alas. "Owailion cree que las piedras han sido sacadas de la Tierra en barco y pensaba que tal vez tú supieras de un barco que pasó llevándolas".

—*¿En barco?* Esto captó la curiosidad de Tamaar nueva-mente y sus tres pares de ojos giraron hacia atrás para inspec-cionar a Owailion aún más. Finalmente llegó a aterrizar en el acantilado justo al lado del humano muy enano, casi derriбán-dolo con las alas hacia atrás. Se sintió expuesto y desnudo de nuevo en la ladera de la montaña frente a su intensa mirada como si ella pudiera ver en su alma. *"¿Qué te hace pensar que esto?"* El triple tono sonó en su cabeza. *"Antes, en el cónclave, pensaste que podría haber sido un dragón quien se los llevó. Un dragón no usaría un barco para transportarlos".*

Por un momento aterrador, Owailion no pudo encontrar una respuesta. "Sí, pero un dragón tampoco pensaría que son importantes. Sin embargo, un humano los valoraría mucho. Podría haber persuadido a un dragón para que le entregara las piedras y luego habérselas llevado para su casa".

—*¿Y qué harías tú, sin alas, si encontraras el barco que las transportaba?* Tamaar preguntó con un tono insinuante como si se burlara de él por su impotencia.

Owailion sintió que su corazón se hundía. Ella tenía razón; en esta situación estaba impotente. Sin embargo, no pudo negarse a responderle. Esperó sin aliento, pensando detrás de sus escudos. Entonces los instintos del Sabio finalmente entraron en acción y no luchó contra las indicaciones.

—Señora, defenderé la Tierra con todo el poder a mi disposición, —juró Owailion, sintiendo la Piedra del Corazón palpitando en su pecho.

Y bajo su juramento, sucedió lo más asombroso. En un momento se paró en el acantilado con la ropa sencilla y utilitaria que originalmente se había conjurado ese primer día en Jonjonel y al momento siguiente, sin ninguna intención, su ropa cambió. De repente se encontró vestido con unos pantalones de cuero cepillado teñidos de un suave gris paloma, con puntadas plateadas en las costuras y encima llevaba un jubón de terciopelo que brillaba y cambiaba a través de tonos plateados, con puntadas estampadas de oro y plata, ricamente decorativas. Las mangas de una camisa blanca como la nube ondeaban en un viento que no se sentía. A lo largo de su cuerpo, una bandolera de acero moldeado llevaba una espada de platino con incrustaciones de diamantes. Sujetaba una capa de terciopelo plateado, forrada con piel blanca, también bordada hasta que quedó rígida, apenas movida por el viento mágico. Y lo más alarmante, en su cabeza podía sentir una corona. No se atrevió a levantar la mano para inspeccionarla, porque los dragones, ambos retrocedieron alarmados ante esta transformación. Owailion pudo entender la reacción.

—¿*Qué es esto*? Las tres voces de Tamaar y la de Mohan resonaron simultáneamente en la cabeza de Owailion.

—Yo... Yo... No lo sé, —respondió con sinceridad. "Yo no hice esto".

—¿*Tus coberturas...*? ¿*Cambian*? Tamaar señaló lo obvio.

—*Él las llama ropa*, —apuntó Mohan amablemente. "*Pero nunca antes las había visto cambiar. Un dragón no cambia sus escamas*".

—Un humano se cambia de ropa para poder lavarlas, pero...

79

Pero esto... Esto es mágico. No lo hice, lo juro, —balbuceó Owailion.

—*Creo que esa es la palabra. Juras o haces un juramento y esto sucede. ¿Te has encontrado con esto antes?* —preguntó *Mohan.*

—No, —respondió Owailion honestamente, y mientras lo hacía, su ropa, sin ninguna acción de su parte, volvió a su atuendo original. "No, nunca imaginé que algo así pudiera pasar. Es como los palacios que se supone que debo construir; demasiado grande para cualquier persona normal".

—*¿Palacios?* —preguntó la mente zafiro de Tamaar.

Mohan proporcionó la respuesta amablemente. *"Dios le ha encargado que construya cavernas... Las llama casas o palacios, para los otros Sabios. También son relucientes... Como esa ropa. Pero Dios los quiere de esa manera".*

Owailion asintió con la cabeza y luego se dio cuenta de que tenía una oportunidad para continuar su entrevista con Tamaar, a pesar de la distracción de la vestimenta que había aparecido. "Esa es otra razón por la que he venido a hablar con usted, Lady Tamaar. Dios me ha pedido que construya palacios en toda la Tierra... Como puestos de avanzada para que los Sabios puedan tomar la guardia de la Tierra. Uno de estos palacios puede estar en su territorio y debo estar cerca de él para sentir dónde estoy para construirlo. ¿Podemos tener su permiso para entrar y ver si podemos ubicar un Sabio que deba hacer guardia en sus tierras?

Tamaar dejó escapar un sonido extraño, mitad ladrido, mitad chirrido, alarmado, y se echó hacia atrás, con la cabeza amatista incluso silbando. Mohan gruñó en voz baja, un ronroneo tranquilizador. *"Tamaar, él viene con la comisión de Dios. No puede hacerte daño a ti, a la Tierra ni a nadie bajo tu protección. No puede hacer ningún mal".*

Owailion quería saber qué le causó angustia por su visita,

pero se mantuvo en silencio. Mohan tenía más credibilidad de la que cualquier humano podría obtener con ella, y si alguien podía convencer al dragón tricolor, sería su compañero.

—*Tiene una Piedra del Corazón, sí, pero puede quitársela. ¿Qué le impedirá tirarla a un lado?* Tamaar razonó.

—*Por naturaleza es bueno. Los humanos son así. O son esclavos de su naturaleza como aquellos con los que has luchado, o son como Owailion; entrenado para ser bueno mediante la crianza. Míralo en verdadero hechizo y sé testigo por ti misma de su alma.*

Owailion nuevamente se sometió a la mirada seria de Tamaar y esta vez observó qué magia de dragón podría surgir. Esperó alguna ola de poder, pero en cambio no sintió nada hasta que descubrió que su apariencia una vez más había cambiado, de vuelta a las insignias plateadas y blancas. Esta vez se quitó la corona de la cabeza e inspeccionó el aro de plata decorado con un diamante facetado del tamaño de su ojo. No podía catalogar los cambios que había soportado, pero sabía que la semana pasada había sido un humano típico, ignorante de este mundo de dragones y magia. Lo habían llamado el Rey de la Creación y ahora se vestía de rey. Se había convertido en hechicero e inmortal... A menos que esta dragona se lo comiera, y él nunca sería capaz de comprenderlo todo.

—*No veo ninguna falsedad en él,* —declaró Tamaar.

Ese comentario hizo que Owailion apartara la mirada de la corona y volviera a mirar al dragón. Ella le había hecho lo mismo que él le había hecho al hechicero del barco; Ponerlo en un hechizo de la verdad. ¿Era este maravilloso disfraz como realmente era ahora y su ropa común era el disfraz para ayudarlo a integrarse como una persona normal? Casi se rio al imaginarse vagando cruzando la Tierra con tales galas.

—*Debes ser lo que dices que eres; un buen hombre, porque apareces como este... Este... Humano reluciente y eso te muestra* como honesto, —explicó Mohan a la ráfaga de preguntas que tropezaron con la mente de Owailion. "No eres sangriento, con lengua de serpiente o mostrándote como un demonio. Es difícil para un dragón decir una falsedad, pero el hombre tiene la habilidad. Sin embargo, como Sabio, probablemente tampoco puedas mentir si lo pareces... ¿Cuál es la palabra en términos humanos?"

—Parezco como... Creo que el término es un Rey. Solo un rey en el mundo de los hombres se vestiría de esta manera. ¿Y puedo mentir? No sé por qué no puedo... Y....

Owailion intentó experimentalmente decir algo, cualquier cosa falsa. Apenas podía pensar en algo; prefería el verano al invierno, pero las palabras no salían de su boca. ¿Por qué no podía decir una simple mentira?

—No puedo. Puedo pensar en una mentira, pero las palabras no salen de mi boca, jadeó después de luchar por formar solo unas pocas sílabas. "Eso es tan extraño".

—*Que no puedas mentir, es algo bueno. A los dragones les resulta muy extraño, pero a los humanos les resulta demasiado fácil mentir. No hay razón para ser falso,* —aconsejó Mohan y luego se volvió hacia su pareja. *"¿Tiene permiso para entrar en tu territorio y aprender sobre los sellos? Seré su escolta. Él en principio, sigue la línea de la costa... Está creando un mapa".* Y Owailion escuchó al dragón dorado presionando el concepto de "mapa" en la mente de su dama.

—Eres bienvenida a verlo cuando haya terminado, —agregó Owailion.

Los seis ojos de Tamaar lo fulminaron con la mirada. *"No necesitaremos eso. Te daremos acceso".* Tamaar respondió altivamente. *"También te dejaremos algo que hemos encontrado para que puedas entrenarlo",* agregó en nombre de su pareja. Su cabeza de zafiro se extendió y rozó ligeramente la línea de la mandíbula de Mohan y un suave ronroneo felino. Luego ella se apartó. Owailion se inclinó una vez más en agradecimiento a la dama-dragón y luego se subió al cuello de Mohan mientras Tamaar se zambulló por el acantilado y se metió en el mar.

Dos semanas después, Mohan y Owailion volaron lejos de la exuberante selva bajo el dominio de Tamaar. Dejaron atrás el inicio de la construcción de otro palacio, éste con temática del océano, con acuarios y nácar en la planificación. Había disfrutado de otro sueño, escoltado por la encantadora Reina de los Ríos que había permanecido envuelta y esquiva, acompañándolo también a través de este palacio. Si bien se sintió bien comenzar, y poder continuar el palacio en Paleone simultáneamente, la construcción en el territorio de Tamaar sin más respuestas lo perturbó.

Owailion también había aprendido a crear un escudo, al menos en teoría. Podía defender un área amplia, casi tan grande como serían los palacios, pero en ningún lugar lo suficientemente grande como para abarcar toda la Tierra. Eso todavía estaba más allá de sus habilidades y podría ser para siempre a menos que pudiera combinarse con los otros Sabios. Tamaar no tuvo paciencia con él y él no tuvo la capacidad de estudiar más bajo su tutela así que se rindieron. Quizás el anhelo de conocer a la Reina de los Ríos lo distrajo demasiado por lo que él y Mohan abandonaron el territorio de Tamaar justo cuando el otoño estaba por comenzar.

Ahora, en las afueras del sello de Tamaar, Owailion se enfrentó a un dilema; subir por el ancho río que ahora encontró o seguir la línea de la costa. Viajar en montañas vacías (la definición de Mohan de "libre de dragones") que se alineaban en la costa no le atraía, por lo que Owailion decidió seguir por el río, rellenando el mapa en lugar del perímetro de la Tierra. Si confiaba en sus instintos, cosa que no hacía, algo lo esperaba río arriba.

Habían volado solo unos pocos kilómetros río arriba cuando

Owailion le pidió a Mohan que se detuviera. El glorioso valle del río, profundo y ondulado, con el sol naciente reflejándose en el agua le habló y sintió la ahora familiar picazón de otro palacio. Aterrizaron justo donde el agua se extendía hacia el canal y hacia el extremo norte del delta. Allí Owailion encontró una isla en medio del amplio flujo, llamándolo.

—*¿Cuántos de estos palacios puedes hacer a la vez?* Preguntó Mohan mientras Owailion comenzaba a desvestirse para nadar hacia la isla. Quería inspeccionar la isla donde probablemente el dragón no encajaría. El profundo valle del río con las pendientes empinadas estaba cubierto de bosques de manera más natural que la jungla mantenida mágicamente de Tamaar y le acariciaba un recuerdo perdido de su antigua vida.

—No tengo ni idea, —respondió Owailion. Se había registrado regularmente en sus dos proyectos hasta el momento y notó que Paleone había alcanzado la etapa de paredes de mármol blanco que se elevaban hacia el cielo y que los cimientos de Tamaar aún no habían sido excavados.

—*¿Qué estás haciendo?* Mohan preguntó con curiosidad cuando Owailion se sumergió.

Aparentemente, Owailion se sintió como en casa en el agua como si nadara todo el tiempo en su antigua vida. "Nadar, por supuesto. ¿Cómo se llama este río?" preguntó mientras subía a tierra.

—*Los dragones lo llamamos Laranimilirinilolar, pero podrías llamarlo Lara,* —respondió Mohan.

—Lara, el río y yo llamaré al palacio Lolar, lo llamó Owailion. "¿Pasamos la noche aquí esperando inspiración?"

—*Tengo hambre de nuevo,* —admitió Mohan tímidamente. "*A este ritmo, engordaré. ¿Esto es normal?*"

Owailion se rio entre dientes, pero no especuló cuando Mohan se lanzó al cielo para su comida habitual mientras él soñaba. Luego, cuando el valle había caído en las sombras,

Owailion se acostó en su saco de dormir, anticipando un sueño sobre lo que debería construir en esta isla.

Para su sorpresa, el sueño no comenzó aquí a lo largo del río, ni en esta isla. En cambio, estaba caminando de nuevo por las orillas del lago Ameloni, donde se reunía el cónclave. Sin embargo, la nieve cubría los diamantes en la costa, aunque todavía podía escucharlos crujir. El volcán se perdió en las nubes bajas que se sumaron a la nieve hasta los tobillos. Owailion miró hacia la costa y finalmente la vio, la Reina de los Ríos. Extendió la mano hacia ella, esperando que le mostraran un nuevo palacio para construir, pero estaba equivocado.

Ella llevaba el fino velo de plata y oro, con un elegante vestido bordado con más plata sobre seda gris y azul frío. Como el lago helado más allá de ellos, ella no se movió. En cambio, simplemente lo miró y él casi pudo distinguir sus rasgos a través de la gasa y los patrones del velo. Sus manos de alabastro estaban frías, incluso a través de sus guantes y en el momento en que se dio cuenta de esto, miró hacia abajo para ver que él también se había cambiado a la gloriosa vestimenta que llevaba en el hechizo de la verdad.

Su yo onírico comenzó a pronunciar palabras que sabía que debía decir. "Yo, Owailion, ante Dios y este cónclave, te tomo..."

Entonces Owailion se despertó.

Jadeó, sentándose en la oscuridad. Sin luna y solo unas pocas estrellas llenaban el cielo nocturno en el valle del río y no podía ver nada en las sombras de las colinas. Owailion se estremeció miserablemente. No sabía nada de la mansión que debía construir allí y se sentía vacío, inútil. Owailion anhelaba tocarla y ver su rostro. Sintió una especie de compulsión, pero a diferencia de la picazón que lo impulsaba a construir los palacios, no podía rascar esto. La soledad descendió sobre él como un gran peso.

—*Ella está destinada a ser tu pareja,* el comentario inesperado de Mohan interrumpió los pensamientos de Owailion.

El humano miró de nuevo hacia el cielo nocturno, preguntándose si el dragón había regresado temprano de su alimentación.

—*No, acabo de escuchar la alarma en tu mente y pensé que te gustaría hablar de ello. Nunca habías estado más... Agitado. Recuerda, Dios te prometió más porque a los humanos no les va bien por sí mismos. Entonces, ¿por qué no iba a ser tu pareja?*

Owailion se tapó los ojos con las manos, tratando de apartar de su mente las distraídas imágenes residuales de luz ardiente. No podía concentrarse, no con esa forma seductora grabada en sus pensamientos. "No lo sé. Por lo general, nosotros podemos seleccionar a nuestras compañeras, no tenerlas ya seleccionadas para nosotros. Es tan... Tengo demasiado en mi cabeza en este momento. Quizás tres palacios son demasiado... Pero esto, pensar en ella... Distrae mucho".

Una risa draconiana llenó la mente de Owailion. "*Suenas como yo la primera vez que conocí a Tamaar. Esta Reina de los Ríos es tu compañera. Ahora solo tienes que encontrarla*".

—Uf, no puedo pensar en eso ahora. Se supone que debo estar aprendiendo magia, luchando contra hechiceros y construyendo palacios, sin pensar en... En una mujer. Vuelve mi mente a... Estoy confundido. ¿Por qué Dios me mostraría esto cuando se supone que debo estar haciendo tantas otras cosas? No necesito esta distracción.

—*Por supuesto que sí. Nadie, ni siquiera un dragón, puede hacer tanta magia como tú y no tener una distracción,* —declaró Mohan.

—Empiezo un palacio y me marcho, —protestó Owailion. "Todavía no he encontrado ningún demonio con quien luchar".

—*Lo encontrarás. Los demonios vendrán y los invasores ahora saben que tú también estás aquí. No quiero pensar en lo* que sucederá cuando descubran que estás solo aquí en la Tierra y los dragones se han quedado dormidos. No puedes ser el único que protege nuestras fronteras. Ella vendrá antes de que nos vayamos a dormir, creo. Además, debe ser hermosa, para ser humana. ¿Sí?

Owailion dejó escapar un suspiro tembloroso, tratando de recuperar el rumbo de nuevo y luego admitió que probablemente Mohan tenía razón. "Ella era más que hermosa. Yo nunca... Bueno, supongo que nunca he conocido a otra como ella".

—Entonces déjame darte algo más en lo que pensar, — sugirió Mohan. "Esto es un rompecabezas". El dragón luego dejó caer una piedra en el regazo de Owailion, como si la hubiera conjurado.

—¿Un rompecabezas? Repitió Owailion. "Oh, esto es lo que Tamaar te dio para entrenarme". ¿Debería estar sorprendido o preocupado por el trozo de piedra del tamaño de su puño que ahora tenía que levantar y examinar como si fuera preciosa? Le hizo pensar en lo que traería un gato, un ratón muerto con el que había jugado durante demasiado tiempo y ahora lo había dejado caer ante su amo en una exhibición orgullosa. ¿Ves lo que te he dado?

—Mmm, ¿gracias? Owailion dijo en voz alta, esperando que Mohan no entendiera la incómoda comparación.

—No sé lo que es un ratón, Mohan rompió esa esperanza, — pero te he dado un rompecabezas con el que trabajar un poco de magia. Esto mantendrá su mente fuera de la hermosa dama. Puedes trabajar con él y luego, cuando descubras cómo lidiar con él, compártelo conmigo.

—¿Te va a dar sueño si me quedo aquí un tiempo y trabajo en esto? Owailion se preguntó con cautela.

—Hay otras cosas que podría hacer mientras tú trabajas en ello. Puedes llamarme cuando estés listo.

Owailion vio a su amigo despegar en el aire. Apenas en lo alto y libre de los árboles cercanos, el dragón reluciente desapareció en un instante, dejando vacío el cielo de la mañana. Pesado de pensamientos, el humano regresó a su cama, con la piedra desconcertante que Mohan había dejado atrás.

Sin otra ocupación, Owailion aplicó su mente a regañadientes a la simple roca. Con magia, podía sentir que contenía cobre, estaño y silicatos simples. El bronce, recordó, podía elaborarse con cobre y estaño. Esto debe haber sido algo en lo que fue entrenado, no un conocimiento incidental. ¿Fue algún tipo de herrero en su vida anterior? Un rompecabezas de hecho.

Gradualmente, la piedra se movió en el ojo de su mente, cobrando vida, como un insecto que finalmente se desenrolla una vez que el miedo a ser tocado se había calmado. Se retorció y se desdobló. Owailion resistió el impulso de abrir los ojos y ver si la roca realmente se estaba moviendo. Si miraba, la piedra sin duda se vería exactamente igual que la primera vez que la tocó. Inesperadamente, recordó al gato demonio que Mohan le había mostrado que le habían brotado alas y se había ido volando.

Los ojos de Owailion se abrieron de golpe, inseguros y alarmados ahora. No, su imaginación se estaba apoderando de él. Miró el simple mineral y se estremeció. No podía soplar fuego como un dragón, pero algo en esta roca se estaba volviendo demonio. La única forma en que podía pensar en borrar este malestar era hacer algo con él antes de que cobrara vida; algún ciempiés de cáscara dura arrastrándose sobre él en la noche. Owailion dejó caer la piedra del rompecabezas sobre su cama y no pudo evitar frotarse las manos contra las rodillas para apartar ese pensamiento perturbador.

Muy bien, usaría lo que sabía. Su magia se extendió y se abrió camino a través de las entrañas de la piedra, separando el cobre del estaño y otros oligoelementos. Cuando abrió los ojos, vio tres polvos diferentes en pequeños montones sobre la manta sobre la que estaba sentado. Owailion extendió la mano y palpó los materiales, sin sentir nada de vida potencial retorciéndose a través de ellos. Se sentía solo con un propósito, sin ninguna intención persistente. Entonces, ¿qué haría con los minerales?

De nuevo pensó en el bronce, y eso lo decidió. Conjuró un sencillo talismán de madera en el que mezclar el cobre en polvo y el estaño. No sintió la necesidad de encender un horno o derretirlos para formar algo. De hecho, los elementos siguieron su mandato mágico de unirse y solidificarse. El polvo se convirtió en una aleación sólida sin formas ni calor. Se presionaron en la misma forma que la madera dentro de la cual se habían colocado. Luego, por el bien de la belleza, la mente de Owailion grabó una decoración alrededor de la delicada base; flautas y lirios desde la orilla del río hasta el costado de la alfarería. Luego, simplemente sacó el talismán de bronce del de madera y tenía un pequeño plato encantador que descansaba perfectamente en su mano sin el alboroto de una fragua. Brillaba bajo el sol dorado, pero mientras miraba, la edad de los años descendió y se puso verde con pátina.

De alguna manera le gustó más solo por el verde. Se ajustaba a los alrededores del río y, curiosamente, le hizo recordar su sueño de la dama. Ella había sido plateada, dorada sobre verde río, fresca y nueva y todas las otras cosas que este talismán le hacía imaginar. El río siempre pasaría y sería nuevo, nunca el mismo, fluyendo de una fuente interminable. Ahora sabía que este plato que había elaborado también sería mágico de alguna manera. Y sería de ella, su talismán.

Entonces recordó su primer sueño, donde Dios le había dado deberes... Y le había mostrado las piedras robadas de Zema. Había visto esa parte del sueño a través de un talismán pequeño. Él acababa de crear ese talismán tan mágico. No usaría el fuego para evitar que las cosas se convirtieran en demonios; los cambiaría en los talismanes que Dios le había pedido.

Owailion llevó ansiosamente el recipiente hasta la orilla del agua y lo llenó. Quería probar esta nueva creación. Luego lo sostuvo en alto para poder ver el reflejo del cielo y esperó a que algo apareciera en la superficie. Cuando no apareció nada, sintió un momento de duda. ¿Por qué tener un talismán mágico sin poder? Entonces, sus propios dones mágicos le recordaron algo; necesitaba desear algo. Owailion cerró los ojos para concentrarse. Sabía lo que quería ver, lo anhelaba en su mente. Muéstrame la llegada de la Reina de los Ríos.

Obedeciendo a sus órdenes, la superficie del agua quieta cambió. El sol cambió de ángulo para reflejar la puesta de sol, y una suave brisa agitó los árboles, pero poco más cambió. El valle del río visible en el reflejo del Talismán permaneció prácticamente igual. Luego, el suave flujo del agua reflejada que pasaba se agitó como si un pez se hubiera abierto paso y hubiera dejado un solo anillo ondulante. El sol en el agua lo cegó brevemente. Entonces su cabeza se levantó del agua.

Owailion jadeó y el reflejo se hizo añicos cuando dejó caer el talismán. Ella venía aquí mismo, ahora mismo. Presa del pánico, conjuró una caja simple y puso el talismán dentro, enterrándolo allí mismo en la costa, debajo de la arena, en el lodo profundo para que nadie más que un mago pudiera recuperarlo. Sabía que la Reina de los Ríos lo encontraría más tarde. Mientras tanto, él tenía que prepararse.

8

RAIMI

—Éste es el lugar. Aquí es donde ella va a llegar. ¿Puedes sentirlo? Owailion gritó emocionado cuando Mohan se instaló en la otra orilla, llamado por el anuncio de su humano.

—¿*La Reina de los Ríos viene aquí? No la siento. Antes de que vinieras, la tensión era grande... Y el zumbido de bienvenida...*

—¿Zumbido? Pero Owailion no prestó atención. En cambio, miró hacia el agua profunda y quieta y se dio cuenta de que no la iba a ver hasta que todo estuviera en calma; el agua, el aire, los pájaros y, sobre todo, su corazón. La escena aún no estaba preparada para ella. De golpe, Owailion se sentó en la orilla, con Mohan al otro lado de los árboles, pero bien capaz de ver desde su enorme altura.

—No, en la visión del talismán, era tan pacífico.

—*Entonces eso hace que esta sea una experiencia humana. Creo que mi presencia no ayudará a este evento. Ella vendrá si me marcho.*

Owailion no quería decirle a Mohan que su gran cabeza

dorada apareciendo por encima de los árboles probablemente estropearía la llegada anticipada, porque sabía cuánto estaría interesado el dragón en presenciarlo, pero no había nada como el puro terror por tu 'nacimiento'... Además, parte de la mente de Owailion reconoció que esto debía ser completamente privado. Luchó por calmar su respiración y centrarse, dejando ir su anticipación.

—Esto podría llevar mucho tiempo. Además, sé que vendrá cuando te vayas. No estabas en la visión del talismán. No te sientas lastimado, pero no creo que esto sea algo para los dragones.

—*No estoy ofendido. Ella es tu compañera. Este es su tiempo contigo. Llámame cuando estés listo para viajar.* Mohan luego se elevó y desapareció.

Mientras tanto, Owailion se sentó al sol, analizando ansiosamente el sonido de las aves acuáticas vadeando en la curva y el suave viento que susurraba entre las ramas secas de finales del verano. Podía escuchar el agua más rápida corriente arriba, chocando contra las cataratas y sumergiéndose en el flujo profundo y claro justo frente a él. El ambiente permanecía plácido y completamente apacible.

Luego se dio cuenta de que había estado acampando durante semanas y realmente debería intentar arreglarse un poco y cuidar su higiene. Después de todo, podría encontrarse con su futura esposa en unas pocas horas y la idea lo hizo estremecerse. En lugar de perturbar el pacífico río, Owailion conjuró una tina llena que ya estaba caliente y humeante y se lavó a fondo por primera vez desde su nacimiento. Se afeitó y por primera vez se miró a sí mismo en un espejo conjurado. Quizás había olvidado su apariencia junto con su nombre real y su pasado, pero no recordaba tener el cabello blanco como la nieve y los ojos tan oscuros como el carbón. Era perturbador mirar la cara de un extraño.

Torpemente, hizo un triste intento de cortarse el pelo con unas tijeras conjuradas. Los resultados no tranquilizaron. Al final, simplemente se cortó el cabello con magia y, aunque estuvo tentado de cambiar su color, lo dejó blanco. Después de todo, era un mago, y tal vez eso fuera una señal de sus nuevos talentos. Finalmente, se conjuró ropa nueva, de mejor calidad y ajuste que el cuero resistente y el lino que usaba con Mohan, simplemente porque realmente sentía que iba a conocer a la mujer de sus sueños y quería que le fuera bien.

Y, aun así, el sol se arrastró por el cielo y el agua nunca cambió. Finalmente, se sentó en una manta en la playa y se quedó dormido en el suave viento. No supo cuánto tiempo durmió, pero algo en el aire cambió y lo despertó. El sol salía por su derecha, bajo y ardiente. Entrecerró los ojos contra la luz brillante del agua y recordó cómo había sido hipnotizado por la luz del talismán. El sol debía estar bajo y el aire casi congelado por la tensión, esperando un solo anillo en el agua. El olor del río, rico y mohoso de vida, hizo eco de un recuerdo olvidado.

Un solo anillo ondeó desde el centro de las aguas profundas.

Exactamente como la había visto, su cabeza se elevó fuera del agua, cobriza y completamente en silueta. La respiración de Owailion se detuvo cuando la vio levantarse, graciosamente paciente. De alguna manera se puso de pie, mirándola, pero no reconoció que lo había hecho. Su esbelta figura perfectamente formada permaneció bajo la luz del sol que se ponía, y luego comenzó a caminar hacia él. Cada paso creaba un solo anillo en la superficie. Owailion resistió el impulso de estirar la mano cuando levantó el brazo. En cambio, le conjuró una túnica de satén plateado sin hacerlo conscientemente.

Y en el momento en que su pie tocó la tierra y no el agua, pudo ver su rostro. Sus ojos reflejaban el cielo; un dorado cobrizo delineando un verde brillante. Ella sonrió y su dulce boca derritió un hueco en su estómago que no recordaba haber estado allí. Ella bajó la cabeza, notando ahora que no estaba vestida y él deslizó la bata sobre sus hombros desnudos antes de que pudiera sonrojarse.

—Bienvenida, logró susurrar, esperando que su voz no rompiera el hechizo de su llegada. "Soy Owailion". ¿Era mentira? No tenía otro nombre que darse a sí mismo, y no estaba bloqueado como podría haberlo estado con una mentira.

Su mirada tímida fue instantáneamente encantadora cuando susurró: "Raimi".

Owailion casi jadeó. Su voz corrió como agua fría por su espalda cuando sintió que su boca se abría. ¿Ella lo recordaba? Ni siquiera había considerado qué nombre darle, asumiendo que vendría sin recuerdos de su vida anterior como él, pero por alguna razón, Dios había enviado a Raimi a la Tierra con al menos ese recuerdo intacto. Owailion no pudo pensar en cómo preguntar qué recordaba. Le resultó difícil llevar su mente a líneas lógicas con sus ojos brillantes y expectantes mirándolo de esa manera.

—¿Dónde estoy? —preguntó ella simplemente, aliviándolo de la presión de buscar algo que decir.

—Esta es la Tierra. El río Lara. Te hemos estado esperando.

Curiosamente, miró hacia el río como si tampoco lo recordara. La sorpresa recorrió su rostro. "No recuerdo... ¿Caer? No recuerdo..." Su confusión lo apuñaló y él tuvo que liberar esa angustia antes de que ella se enojara.

—Es una larga historia. Aquí, siéntate e intentaré explicarte. Casi conjuró un juego de sillas, pero lo pensó mejor y acompañó a Raimi hasta la manta en la arena. No necesitaba sentirse más abrumada de lo que probablemente ya se sentía.

—Dime, ¿qué recuerdas? Comenzó, con la esperanza de saber cómo ella recordaba su nombre antes de llenar su mente con todas las cosas maravillosas que había encontrado en los últimos meses.

Raimi miró a su alrededor, solo para darse cuenta de dónde se encontraba. Sus ojos brillantes captaron la aparición de la estrella vespertina y el sol poniente. Los sonidos nocturnos a lo largo del río comenzaron antes de que encontrara las palabras. "Recuerdo haber salido del río. Y mi nombre, pero el resto..." Sus ojos se llenaron de lágrimas contenidas. "Todo se ha ido. ¿Qué me pasó?"

Owailion luchó por no estirar la mano para tomarla en sus brazos y consolarla en ese primer descubrimiento, pero nadie había hecho eso por él. No se atrevía a imponer sus emociones a las de ella. En este momento, una emoción abrumadora era suficiente. "Todo está bien. Lo mismo me pasó a mí; amnesia... Solo que ni siquiera recordaba mi nombre. Esta es la Tierra. Fuimos traídos aquí sin un recuerdo de nuestras vidas anteriores porque... Porque... Porque Dios nos necesita para proteger este lugar. Verás, somos mágicos. No recuerdo haber tenido ninguna magia de mi vida anterior. Otras cosas como hablar, escribir y todas las cosas sobre ser humano, esas que recuerdo lo suficiente como para hacerlas, pero nada específico de mi pasado... Y no la magia".

El rostro de Raimi finalmente se quedó quieto, plácido como el agua más allá de ella, y Owailion no pudo interpretar su mirada. Ella bajó la cabeza para dominar sus lágrimas y luego miró hacia arriba antes de hablar. "Magia... Como en... Puf, ¿las cosas se mueven y vuelan y demás?" Su voz goteaba de miedo e incredulidad.

—Aquí, déjame mostrarte, —aportó. Luego, sin necesidad de manipular nada, solo extendió la mano, tocó la arena en el borde de la manta y luego levantó la mano mientras creaba un fuego que ardía alegremente en la madera conjurada, iluminando el crepúsculo creciente. "A esto se le llama conjurar.

Solo me concentro y deseo que se haga realidad. Si quieres, también puedes conjurar algo. ¿Tienes hambre...? ¿Frío?

Raimi miró el fuego con asombro en sus ojos, y escuchó sus pensamientos cuando se dio cuenta de que le había ofrecido la oportunidad de hacer esto por sí misma. "¿Ropa más cálida?"

La sonrisa de Owailion se hizo más profunda. Su deseo también reflejaba su primera magia. —Muy bien. Simplemente imagina lo que quieres crear, —aconsejó. —Y luego piensa en cómo te lo dará el centro profundo de la tierra. Entonces desea que la ropa aparezca, aquí mismo, frente a ti.

Raimi asintió con la cabeza como si entendiera y luego bajó la cabeza para concentrarse. Su cabello todavía húmedo se le pegaba a la cara, y Owailion sintió la tentación de apartarlo a un lado o agregar un peine conjurado, pero se resistió. Mohan no había hecho nada de eso por él y de repente estaba agradecido por el entrenamiento que le había dado el dragón.

—¡Oh! Ella susurró, atrayendo a Owailion de regreso al aquí y ahora. En su regazo, había creado un sencillo camisón, un vestido de lana gris-verde y un corpiño para cubrirlo. No pudo resistirse y extendió la mano para sentir la tela con su mano suave. "Funcionó".

—Lo hiciste muy bien. ¿Puedes probar con unos zapatos y un peine tal vez? Sugirió Owailion.

Su sonrisa de sorpresa dejó sin aliento a Owailion. El puro placer de niña ante la idea de poder agregar algo con tan poco esfuerzo la hizo casi reír. Owailion escuchó su mente cuando reconoció que ella misma podría estar abrumada. Reprimió una punzada de miedo y Raimi se calmó visiblemente, obligándose a concentrarse y cerró sus ojos brillantes. Owailion observó sin vergüenza cómo su mente trabajaba con cuidado en lo que quería y al poco tiempo un simple peine de huesos se materializó en su regazo. Luego frunció el ceño antes de que un par de botas resistentes aterrizaran a su lado.

—¿Botas? —preguntó Owailion con una mirada burlona.

Raimi abrió los ojos y luego miró significativamente hacia la noche. "Parece Sabio. No veo las luces de ningún pueblo cercano. Podríamos estar caminando kilómetros y... Y creo que podría estar acostumbrada a este tipo de terreno. He usado botas antes".

Owailion se rio entre dientes. Ella tenía los mismos instintos que él, recuerdos latentes de lo que se necesitaría, pero ningún recuerdo verdadero de cómo lo sabía. "¿Por qué no vas dentro de los árboles y te vistes?" sugirió. "Haré algo para la cena. Tienes razón; no hay pueblos cercanos".

Raimi miró hacia la playa hacia la densa maleza y la oscuridad allí. Owailion podía leer su mente fácilmente, porque no había usado escudos para proteger sus pensamientos de él. En ellos, escuchó las preocupaciones de Raimi sobre los osos y otros grandes depredadores, pero también sobre él. ¿La seguiría a los árboles para molestarla? Debe haber tenido un pasado lleno de peligros y ataques, si le preocupaban esas cosas que resonaban en su mente. No era de extrañar que fuera tímida y tan cautelosa. Sin querer, Owailion extendió la mano para aliviar mágicamente su miedo, borrándolo y al mismo tiempo esperando que no lo empeorara al hacerlo.

Mientras ella tomaba su ropa nueva y cruzaba la arena hacia la maleza cercana, él preguntó: "¿Qué te gustaría cenar?" Deliberadamente lanzó su voz para que Raimi supiera que no la estaba siguiendo mientras se abría camino más profundamente entre los arbustos.

Debió de haberse adentrado en los árboles, porque él apenas pudo oír su respuesta. "Lo que tengas está bien. ¿Tú cocinas?"

Él no respondió. En cambio, cuando ella regresó a la luz del fuego, él había conjurado una mesa con una fina porcelana blanca, un mantel y velas. Sacó una silla para ella, pero ella se quedó atónita, al borde de la playa, vestida con su ropa nueva, dudando en acercarse. Con la boca abierta de asombro ante la obvia demostración de magia, Raimi le tendió la túnica.

Owailion sonrió afablemente como si no se hubiera congelado por la conmoción. No quería avergonzarla, sino dejar que dominara sus sentimientos. Así que continuó: "No, en realidad no cocino. Conjuro todo lo que me apetece comer. Si necesita algo de tiempo, la cena no se va a enfriar. ¿Te encuentras bien?"

Raimi dio un paso vacilante sobre la arena. "¿Cómo dijiste que te llamabas?" Ella parecía avergonzada, lamentando haber olvidado algo tan simple como su nombre.

—Soy Owailion... Y es fácil olvidar cosas cuando hay tantas novedades.

Le tendió la bata de nuevo, dando otro paso hacia la mesa. Owailion negó con la cabeza. "No, también puedes deshacer el conjuro de algo. ¿Puedes hacer que desaparezca de regreso a la tierra de la cual la hice?"

Raimi se detuvo y miró con duda el satén en sus manos y luego trató de no jadear cuando desapareció.

—Ves, eres buena en esto, —señaló con orgullo. "¿Estás dispuesta a probar algo más complejo?" y de nuevo hizo señas a la silla.

—Eres mejor en la magia, —comentó Raimi, pero dio otro paso y se sentó a la mesa. "Esto es hermoso", agregó con sus ojos bebiendo en la fina mesa. "¿Dónde pensaste en esto?"

Owailion se encogió de hombros y se sentó en la otra silla. "Debo haber visto una cena elegante como esta en mi vida anterior. Yo tampoco lo recuerdo. Solo he estado aquí en la Tierra desde mediados del verano y ahora empieza el otoño".

Los vivos ojos de Raimi volvieron a los árboles, al otro lado del río y al cielo, como si verificara su estimación de la estación. "¿Y tu primer recuerdo fue caminar sobre el agua?" ella preguntó.

—No, me desperté dentro de una montaña, completamente sellada en ella, como un huevo. Tuve que abrirme paso. Mohan sabía que yo estaba allí y me animó, pero tuve que usar magia para salir y cuando lo hice, me encontré cara a cara con Mohan. Es un dragón enorme.

A fin de prepararla para eventualmente conocer a Mohan, presionó el recuerdo de ese primer encuentro en su mente, para que tuviera una idea de su tamaño. La visión del dragón no pareció asustar a Raimi más de lo que ya parecía como si hubiera estado familiarizada con las criaturas en su vida anterior, no como Owailion que sí fue sorprendido.

Más aterradora para ella era la situación desconocida. "¿Podrías explicarme qué está pasando? ¿Dijiste que puedo usar magia? Pero no recuerdo haber sido mágica... Aunque parece que sé otras cosas, como cómo vestirme o hablar... ¿Es este mi idioma?"

—Yo también pensé lo mismo cuando vine... Desperté aquí en la Tierra, le aseguró Owailion. "Parece que ciertas palabras son extranjeras y otras no. A menudo tengo que explicarle ciertos términos a Mohan porque no tiene el concepto de ser un dragón. Por ejemplo, escribir. Le era ajeno y cuando digo esa palabra, es como si fuera mi idioma original, no este con el que me desperté hablando".

—Extraño, coincidió Raimi. "Y es conjurar todo lo que tú... ¿O yo puedo hacer?"

—Oh, no, y Owailion casi se rio, "Pero es lo más básico. Si vas a hacer el conjuro por algo de comer, te lo diré. Hay tanto para compartir".

Raimi miró los platos vacíos y luego cerró los ojos. Se concentró con cuidado en un pequeño trozo de pan integral crujiente y luego añadió una almohadilla de mantequilla. Owailion solo estaba esperando algo de carne cuando agregó un trozo de conejo asado y luego, por si acaso, una verdura que

Owailion nunca había visto antes. Cuando abrió los ojos y vio su plato, sus ojos se agrandaron, como si nunca hubiera visto una comida tan grandiosa.

—Eso es perfecto, la felicitó, aunque se dio cuenta de que debió haber tenido una educación sencilla si esta comida rústica era la mejor que podía imaginar. ¿Había tenido una vida dura y difícil? Quería saberlo, pero ella no podía proporcionar esa información. Ella parecía tan elegante y regia a sus ojos; gentil y de voz suave en sus gestos. Le costaba imaginarla andando con botas y comiendo comida campesina. "¿Cómo llamas a esta verdura?" pidió reenfocarse.

—Es repollo, —respondió con sorpresa. "¿No lo conoces?"

Owailion negó con la cabeza. "Bueno, hemos establecido que tú y yo no venimos del mismo lugar. Nunca he escuché sobre *repollo* ni la he comido, pero se ve deliciosa", y tomó su cuchillo y tenedor. Luego, como prometió, comenzó a abrirse con ella sobre todas las habilidades potenciales.

Lo primero que introdujo, la lectura de la mente, la alarmó de inmediato. "No quiero eso, señor" protestó. "Es... ¿Qué pasa con...? Yo no podría... No quiero saber lo que otros están pensando. Sería demasiado..."

Estaba empezando a comprender un poco la angustia de Raimi cuando finalmente lo conceptualizó en su mente, aunque no habló en voz alta. En cambio, lo escuchó todo. *¿Cómo puedo soportar todos los demás pensamientos? Apenas puedo soportar los míos. No quiero conocer las inseguridades y dudas de los demás y no quiero que ellos conozcan las mías. Es una invasión de la privacidad. No me gusta estar cerca de la gente solo por esa razón. Me iré para que no sepan lo mal que estoy. Sigo adelante y no se darán cuenta de que todo lo que hice salió mal. Soy como el río; nadie se da cuenta y estoy contenta.*

Owailion dejó que su mente continuara hasta que reconoció todo su miedo, pero eso lo tomó por sorpresa. Había sido lo suficientemente valiente como para aceptar la invitación de Dios de venir aquí y explorar la Tierra con él, pero ¿no podía enfrentarse a otros que podrían ser críticos con ella? ¿Tenía miedo de lo que pensarían de ella, no de lo que pudiera oír de ellos? Bueno, Owailion podría al menos tranquilizarla un poco. Algún instinto latente del Sabio lo guio a responderle gentilmente, sin abordar sus miedos, pero casi ignorándolos.

—No es necesario que escuches sus pensamientos si no lo deseas. Un mago puede proteger a otros, pero querrás estar abierta a algunos pensamientos, en el caso de que quieras hablar con Mohan o con cualquiera de los otros dragones. Puedes hablar en voz alta y te entenderán, pero solo comparten palabras mentalmente. Incluso puedes hablar con ellos a miles de kilómetros de distancia".

—¿Un Escudo? —preguntó, y él la escuchó dejar caer su miedo como un guijarro perdido en el fondo de un arroyo. "¿Puedes enseñarme?"

Owailion asintió de manera tranquilizadora. "Por supuesto. Y también, considera esto; no puedes malinterpretarme, y yo no te malinterpretaré si escuchamos los pensamientos del otro".

—Pero la privacidad... Parecía ser algo que Raimi valoraba mucho.

—Te enseñaré cómo bloquearme para que no escuche tus pensamientos al mismo tiempo que te enseño a escucharlos. Es una habilidad que va de la mano. ¿Qué pasa si quieres compartir un pensamiento solo conmigo y no con Mohan? Eso requerirá un uso un poco más deliberado de magia. No he tenido que intentarlo todavía... Ya que solo he trabajado realmente con él.

—¿No has usado magia con otras personas? —preguntó Raimi sorprendida.

Owailion reconoció, para su disgusto, que se había resistido a decirle que de hecho eran los únicos humanos en la Tierra.

¿Había sido a propósito o estaba evitando instintivamente ese hecho porque sabía que la alarmaría? Bueno, tenía como mejor opción revelárselo de inmediato.

—Raimi, solo estamos nosotros. La tierra ha estado sellada para los humanos durante más de mil años. Los dragones son los primeros que se asentaron aquí y la sellaron de la humanidad. Yo he sido el primer humano al que se permitió pasar el Sello y ahora tú también has venido. Nos trajeron aquí y nos dieron magia para convertirnos en los administradores de la Tierra, formamos parte de los dieciséis Sabios que Dios prometió a los dragones para que pudieran dormir.

Mientras hablaba, la ráfaga de preguntas que recorrían la mente de Raimi le permitió seguir adelante, ayudándola a comprender antes de que pudiera expresar sus preocupaciones u observaciones. Curiosamente, se sintió casi aliviada de que la Tierra estuviera vacía. Quizás las multitudes de su vieja vida a medio recordar la intimidaron. Con cuidado, Owailion evitó la implicación de que estaban destinados a ser compañeros y, en cambio, se concentró en el hecho de que eventualmente habría otros con quienes compartir su magia. Ella podría haber sabido por intuición que inevitablemente se unirían. Pero cuando dejó de hablar, permitiéndole absorber todo lo que Owailion le había explicado, la única respuesta de Raimi lo tomó completamente desprevenido.

"¿Es por eso que me agradas?"

9

HACIA LAS AFUERAS

*M*ohan no había engañado deliberadamente a su amigo. Iría a cazar, pero el dragón tenía una presa que no tenía la intención de comer. En cambio, la gran criatura de oro conjuró una docena de búfalos muertos para sí mismo mientras se instalaba para pasar la noche en el bosque de Zema para observar las piedras rúnicas perdidas. Simplemente tenía la intención de comer y hacer magia profunda al mismo tiempo. Owailion tenía razón; solo habría discordia si el humano retrocediera en el tiempo para ver quién había tomado los escritos en piedra. Y a los eternos dragones nunca se les habría ocurrido volver para presenciar el robo, pero Mohan había aprendido mucho de su humano.

Mohan usó cuidadosamente su comprensión innata de la Tierra, sabiendo cómo se veía cada lugar a pesar de los cambios, para imaginar el claro con las piedras en el pasado invierno. Sería helado y terriblemente lluvioso, no apto para volar. Podría trabajar en su camino hacia adelante y ver las distintas épocas y estaciones en este lugar. En buena medida, Mohan también se echó invisibilidad sobre sí mismo para que el dragón o humano que vino a buscar las piedras no supiera de su observación. Como sospechaba, las piedras permanecieron inmóviles en pleno invierno, sólo dos temporadas antes.

Mohan comió los jugosos búfalos mientras consideraba el siguiente pasaje hacia el que podía moverse. Había comenzado a construir Jonjonel a principios de la primavera y la ceniza de su crecimiento habría dado lugar a espectaculares puestas de sol en toda la Tierra. Se basó en el equinoccio de primavera en la primavera alta de la tarde y cambió el tiempo. Esta nueva escena, con la ceniza alta en el aire visible en el oeste y la puesta de sol roja sobre los árboles, proporcionó el ancla para llevar al dragón ligeramente hacia adelante hacia cuando llegaría el ladrón. Aun así, las piedras de Zema le devolvieron la mirada.

El siguiente turno llevaría al dragón al día en pleno verano cuando Owailion había nacido. El bosque brillantemente verde, alrededor del dragón se balanceaba con gracia en el aire cálido. La ceniza en la atmósfera se había desvanecido, dejando el horizonte dorado nuevamente, pero el cielo todavía estaba ligeramente brumoso por las erupciones de principios de año. Mohan sería un tonto si no pensara que la llegada del hombre inició este robo. Con todos los dragones emocionados y atentos a la inminente llegada del humano prometido al otro lado del continente, alguien se había aprovechado de la distracción. Tuvo que ser entonces cuando el ladrón dio el golpe.

Y, aun así, las piedras rúnicas permanecieron intactas. Mohan se quejó por su falta de éxito. Estos cambios en el tiempo requirieron mucha energía y no podía comer lo suficiente sentado aquí esperando compensar su pérdida. Era mejor sentarse en un lugar y mirar, que cambiar de nuevo. Esperaría unas horas y luego probaría un camino diferente.

Finalmente, el atractivo de quedarse dormido descendió sobre Mohan con una fuerte garra. No podía quedarse aquí mucho más tiempo y simplemente mirar las piedras sin convertirse él mismo en una. Sin embargo, justo cuando estaba a punto de darse por vencido, un fuerte ruido sacudió el aire y sacudió los árboles alrededor de donde descansaba el dragón. Casi rugió de sorpresa.

Entonces vio que las piedras se habían ido.

El sonido fuerte y su desaparición instantánea sucedieron simultáneamente. Frenéticamente, Mohan estiró su mente, buscando la magia de alguien cercano, pero todo lo que sintió fue un escudo sólido y decididamente dracónico alrededor de los pensamientos de alguien. ¿El eco que todavía ondeaba en el aire tenía la intención de distraer o era el resultado de la remoción de las piedras? Mohan no tenía manera de saberlo.

Mohan permaneció perplejo, ahora completamente despierto y alerta, con la cola moviéndose con irritación. No podía oler a los humanos cerca. Por lo general, reconocía ese olor a kilómetros de distancia. El olor a dragón, fósforo y azufre lo impregnaba, pero eso se debía a que había estado sentado aquí durante horas. Había perdido su oportunidad. Mohan contempló regresar a Owailion, decepcionado y frustrado, pero todavía pendiente de la caza.

En cambio, Mohan decidió probar otra posibilidad de investigación. Llamó brevemente a Owailion y se aseguró de que su amigo estaría ocupado con la nueva Reina de los Ríos durante varios días. Mohan decidió aprovechar ese tiempo al máximo. Este sería el más peligroso y atrevido de su enormemente larga vida. Solo él podía realizar este servicio antes de irse a dormir.

Mohan estaba dejando la Tierra.

Mohan voló rápidamente por encima de la capa de nubes, con el cielo azul arriba y las nubes otoñales por todo el mar. Si Owailion tenía razón y se fueron por mar, entonces habían cruzado el Mar Occidental. La mayoría de los intentos de invasión procedían de allí y llevar las piedras por tierra hacia el sur o al este parecía engorroso.

Mientras volaba, Mohan mantuvo su mente sellada y protegida con fuerza. Los dragones exiliados huían principalmente a Malornia en el oeste y estos renegados podrían guardar rencor. Según la leyenda, los bosques y las montañas inexploradas albergaban demonios que pasaban sin control en esta frontera y cada momento que Mohan permanecía en Malornia corría el riesgo de ser atacado en todos los frentes. Al menos en lo alto podía ver venir el peligro.

Mientras volaba sobre la tierra extraña, Mohan se lamentó por la gente, tanto humanos como criaturas draconianas que vivían en Malornia. Había escuchado los cuentos. La magia había deformado el paisaje. Montañas retorcidas, árboles deformados, desiertos tóxicos y lagos plagados de sal evolucionaron con el uso incontrolado de la magia; un paraíso para los demonios. Los humanos que vivían aquí se apiñaron en busca de protección en ciudades de la costa, detrás de altos muros con aún más magia para mantener a los demonios alejados de ellos. Los magos humanos mantuvieron un control cuidadoso sobre la población, pero era difícil decir cuál resultó en un mejor estilo de vida. Los dragones en Malornia se convirtieron en armas de terror, controlados y abusados por los poderosos hechiceros humanos, pero voluntariamente se sometieron para tener acceso a algo que solo una población humana podía darles; poder a través del miedo. Mohan no entendía la atracción.

Aunque volaba muy por encima de las nubes, invisible para los de abajo, Mohan podía ver fácilmente a través de sus ojos mágicos cómo era la vida debajo. Los humanos luchaban por cosechar sus cultivos y traer sus provisiones mientras los hechiceros y sus dragones mascotas vigilaban codiciosamente. Estos encantadores contaban a las personas bajo su influencia como joyas. Más al oeste, los bosques y lugares salvajes se unieron con demonios e incluso algunos de esos dragones exiliados de la Tierra. Mohan temía buscar a alguien a quien podría haber conocido alguna vez, pero tenía que saber.

Mohan había participado en el Cónclave del Exilio por un solo dragón en su vida, pero Tilziminik había elegido su suerte. El dragón negro había estado tan ansioso por extender las fronteras de la Tierra, expandiendo el Sello que había estado dispuesto a atacar otras tierras, expulsando a los humanos para expandirse, sin importar el costo para los demás. Esto era contrario a la Ley y Tilziminik eligió el exilio en lugar de someterse a las fronteras que Dios había prescrito para la Tierra. Ahora Mohan recordó a su antiguo amigo con pesar. El orgullo era un defecto tanto dracónico como humano.

Y ahora temía ver cómo vivía Tilziminik en esta tierra retorcida. Malornia, la tierra de los perdidos, pensó Mohan. ¿Pero querría Tilziminik castigar tanto a los humanos que regresaría a la Tierra para robar las piedras verticales? ¿Le importaba siquiera? Mohan había venido a hacerle tal pregunta a su antiguo amigo.

"¿Tilzim?" Mohan llamó a su rango más fuerte y más largo, esperando que su llamada se encontrara en la mente correcta. Mohan sintió un destello de reconocimiento hacia el noroeste, pero se sofocó rápidamente. Así que el dragón dorado desvió su trayectoria de vuelo hacia esa dirección, aceleró y volvió a llamar. *"Mi viejo amigo, necesito hablar contigo"*.

Un gruñido enviado mágicamente, completamente desprovisto de palabras, atravesó la mente del dragón dorado.

—*¿Te has vuelto tan salvaje que has perdido tus palabras?* Mohan respondió, esperando insultar al dragón para que se revelara. La degradación final, volverse salvaje, tendría una reacción si de hecho, no fuera cierto. Pero si Tilzim hubiera cedido en sus tendencias animales, abandonando todo discurso civilizado y razonamiento lógico, entonces el dragón no se sentiría ofendido. ¿Podría un dragón refinado y bien educado caer tan bajo en solo cien años?

—*No, pero podría volverme salvaje con tus alas insultantes si te acercas más,"* —respondió Tilzim con un gruñido resonante, ayudando a Mohan a acercarse a su ubicación. *"Vienes aquí bajo tu propio riesgo".*

Mohan sabía que era mejor no molestarse. No necesitaba estar más cerca para estar seguro de que era su antiguo conocido; habían sido amigos antes del Cónclave y aún conocía la voz de Tilzim. El dragón dorado flotaba en el aire sobre una montaña, probó las presencias allí y luego se posó en la cima de una montaña deformada como un pájaro en una rama, listo para tomar vuelo de nuevo a la menor provocación.

—*He venido a hablar contigo, lo que puedo hacer sin entrar en tu territorio. Solo necesito hacer algunas preguntas y luego los dejaré en paz.*

—*¿Qué tendría que decirme el sabelotodo Mohan ya que él era parte del Cónclave que me envió aquí?* Tilzim gritó.

Mohan respondió con cuidado. *"No lo sé todo. Solo un tonto pensaría que lo sabe todo, especialmente cuando he aprendido que siempre hay más que aprender. Eso es lo que me trae aquí. ¿Recuerda las piedras erguidas de Zema, en el bosque del Codo?"*

El silencio saludó a esa pregunta, pero Mohan se dio cuenta de que Tilzim estaba escuchando y pudo comprender las palabras, por lo que el dragón dorado continuó. *"Han desaparecido. Tenían marcas en ellas que un humano puede leer, por lo que son valiosas solo para otro humano. ¿Puedes pensar en alguno de los hombres que conoces aquí que las querría?"*

El rugido de disgusto llegó a los oídos físicos de Mohan, así como a su mente, pero hizo eco en las laderas de las montañas, lo que hizo imposible señalar un lugar específico y el dragón dorado no se atrevió a intentar rastrearlo. Había hecho una promesa implícita de no acercarse y Tilzim todavía estaba dispuesto a hablar con él... Desde esta distancia.

—*No he caído tan lejos como para asociarme con humanos para conocer sus tipos o deseos. Aquí en Malornia los humanos esclavizan a otros seres mágicos. ¿Por qué debería dejar que eso me suceda?*

Mohan suspiró resignado. *"Solo esperaba que, dado que el mensaje en las piedras fue escrito para los hombres, y sin embargo detrás del Sello, tal vez predijera cuándo vendrán los hombres y lograrán romper el Sello... Como un mensaje para los que están por entrar".*

—*El hombre nunca entrará en la Tierra,* —declaró rotundamente Tilzim. *"Los dragones se encargan de eso y defienden las fronteras".*

De modo que Tilzim no conocía la promesa de los Sabios. No sabía nada sobre Owailion. Esto no sorprendió a Mohan porque Dios lo anunció al cónclave y presumiblemente a nadie más. En consecuencia, Mohan pasó a otros temas. *"¿Y has sentido la necesidad de dormir?"*

—*¿Dormir?* La respuesta de Tilzim goteó con burla. *"Los dragones no duermen. ¿Por qué crees que me rebajaría a un acto tan humano? Debes pensar que soy un tonto".*

Esta noticia sorprendió a Mohan. Había asumido que todos los dragones, sin importar en qué lugar del planeta, tendrían que obedecer el instinto de dormir. De manera alarmante, Tilzim ya no tenía las compulsiones de los dragones en la Tierra. Entonces, ¿por qué solo dragones en la Tierra? Eso parecía extraño. ¿Por qué Dios...?

Interrumpiendo los pensamientos de Mohan, Tilzim hizo un comentario voluntario final. *"Una cosa sí te diré; Hay muchos hombres malvados y hechiceros aquí en Malornia que pagarían tu peso en oro por la posesión de esas piedras. Algunos tienen el oro para hacerlo".*

Ahora era el turno de Mohan de quedarse en silencio, manteniendo sus pensamientos sólidamente detrás de escudos. ¿Cómo iba a saber Tilzim esto y sin embargo no saber sobre la llegada de Owailion y el Sueño? Toda esta situación era increíblemente confusa. ¿Cómo ayudaba esto a descubrir al ladrón que se había llevado las piedras? De hecho, ¿Debía confiar en las noticias de Tilzim?

—*Lo tendré en cuenta, amigo mío,* —respondió Mohan con cuidado. No sabía qué más decir, porque temía pensar profundamente y distraerse en sus pensamientos mientras permanecía inseguro aquí. "Si no vuelvo a hablar contigo, mantente bien y libre". Mohan luego se lanzó de nuevo al cielo, se elevó hacia las nubes y luego giró hacia el este para regresar a la Tierra.

Mohan podría haber usado magia para lanzarse directamente de regreso a casa, pero en cambio, eligió no hacerlo. Owailion no lo necesitaba en ese momento y, aunque Mohan todavía se sentía en peligro volando directamente sobre el corazón de Malornia, codiciaba el tiempo para pensar. Su discusión con Tilziminik había hecho poco para tranquilizarlo.

Obviamente, los dragones en el exilio, incluso aquellos que conservaban su sensibilidad y magia, quedaron fuera de algunos de los factores de esos dragones en el Cónclave. ¿Cómo no estar incluidos en el Sueño? ¿Dios estaba permitiendo que solo el Cónclave durmiera porque lo necesitaban y los dragones salvajes o exiliados no? ¿Era solo por la carga constante de proteger la Tierra? ¿La vigilancia tenía tal costo? De alguna manera Mohan lo dudaba. Debía haber algo más. Antes, cuando Tilzim había sido desalojado de la Tierra, nadie sabía ni sospechaba que se acercaba el Sueño. Las profecías de hombres que vendrían a la Tierra se habían introducido al mismo tiempo que el Sueño, por lo que los dos eventos estaban relacionados. ¿Por qué Dios había ocultado esa necesidad a otros dragones? ¿Por qué se había ocultado ese hecho al Cónclave?

Mientras volaba, Mohan consideró por qué Dios los habría mantenido desinformados de esto. Mohan se aferró con fuerza a su fe absoluta en los motivos y propósitos de Dios, pero el no saber tenía una forma de molestar a la mente, llevándote a dudar de otras cosas que antes no necesitas cuestionar.

—*No has necesitado saberlo y no necesitas saberlo ahora,* —advirtió una voz suave en la mente de Mohan.

Mohan lo reconoció; la paz y el amor que le transmitía la voz no se podían fingir ni olvidar. De repente, el dragón necesitaba dejar de volar, solo concentrarse y estar en el estado mental adecuado para escuchar lo que Dios compartiría con él. Giró hacia el suelo y con alivio descubrió que había llegado lo suficientemente lejos como para estar mar adentro una vez más. Se posó en el agua, metió las alas como un pato y esperó esta singular entrevista.

—*Si no necesito saberlo, por favor no lo comparta si no es prudente. No soy digno,* —respondió Mohan con humildad, esperando no ser demasiado atrevido.

—*Pero Mohan, tienes curiosidad y lo pensarás hasta que tengas todas las preguntas y ninguna respuesta. No, hijo mío, necesitas saberlo, aunque solo sea para no especular. Pero esto que compartiré contigo no debe ser revelado; no al cónclave y tampoco con los humanos que vendrán después de ti. No debe compartirse cuando transmitas tu conocimiento de la Tierra. Esto es solo para ti hasta que yo se lo revele a quien yo quiera.*

—*Sí, mi Señor,* —prometió Mohan.

—*Muy bien,* —dijo Dios. "*Este es el misterio que compartiré. El Sueño es solo para los dragones del Cónclave. Es por un Sabio propósito que hago esto. Debes dormir, porque emprenderás un largo viaje hacia un nuevo mundo que te he preparado. A donde vayas, los otros dragones fuera del Cónclave y la humanidad no pueden ir. La Tierra ha sido preparada con un propósito, donde los dones de la magia son controlados y refinados solo por aque-*

llos que son dignos. Primero se hizo con sabiduría con los drago-
nes. En el hombre, todavía tiene que triunfar, ya que la
humanidad no se deja llevar tan fácilmente por los senderos de
la magia virtuosa. Si los Sabios que vienen después de ti pueden
aferrarse a los valores que la Piedra del Corazón les inculca,
entonces también se les confiarán poderes más grandes y más
profundos. Entonces pueden progresar como lo han hecho los
dragones del Cónclave".

Mohan suspiró asombrado. ¿Un largo sueño para un largo
viaje, como el que había tenido Owailion para llegar a la
Tierra? ¿No iban a dormir simplemente, iban a viajar? ¿Todos
en el Cónclave? ¿A un mundo nuevo? La mente de Mohan se
tambaleó con asombro y emoción. Quería hacer muchas más
preguntas, pero sabía que la paciencia lo recompensaría y eventualmente sabría todas las respuestas. Sería impropio pedir más.
Pero...

—*¿Y las piedras rúnicas que fueron robadas? ¿Le corres-*
ponde al hombre o al dragón descubrir su significado? Mohan
no pudo resistir preguntar.

—*Hay muchos propósitos en las piedras rúnicas. Los escritos*
son para los Sabios. Contienen una profecía de su venida y su
tipo. Las piedras también fueron plantadas allí como un misterio
para el Cónclave. En ellas, uno en el Cónclave se revelará como
no Sabio. El mal se pondrá en movimiento... No por la creación
de un dragón. Un simple e inocente empujón de un guijarro
puede provocar una gran avalancha. Es doloroso que las piedras
se pierdan, pero más aún lo es el acto que las ha enviado fuera de
la Tierra. Owailion las encontrará eventualmente y el mensaje
será revelado. En este momento, antes del Sueño, lo que debe
revelarse es quién vendería las profecías. Fueron entregadas a
hombres malvados que intentarán usarlas para derrocar la
Tierra cuando te vayas. Esa no es la misión del Cónclave.

—*Quédate en paz, Mohanzelechnekhi. Lo has hecho bien.*

Tu administración está casi completa. La agencia de los demás ya no es asunto suyo. Debes saber que a Owailion le irá bien, sin importar cuánto tiempo dure su camino. Volará solo, pero mantendrá el rumbo y un día encontrará la alegría que tú has encontrado.

Mohan se sintió con humildad y aliviado. No tenía que encontrar las piedras rúnicas. Owailion supervisaría esa tarea. El dragón bajó la cabeza, casi hasta el agua sobre la que flotaba en agradecido honor a Dios que le había revelado esto. No compartiría esto con nadie, no hasta el momento en que se le diera permiso para que todo fuese revelado.

—¿*Entonces no debo confrontar al ladrón?* —preguntó Mohan, sintiendo una última y muy lúgubre tarea.

—*Serán revelados y tú sabrás qué hacer cuando llegue ese momento. Quiero que estés en paz y sepas que todo irá bien con la Tierra y sus habitantes. Ahora vete, cumple con tu deber y mantén el rumbo.*

Y con eso, la entrevista con Dios había terminado. Con humildad y con una mente solemne, Mohan se sacudió, levantó sus alas y se elevó sobre las olas, buscando la Tierra.

EL REY Y LA REINA

Owailion y Raimi hablaron durante toda la noche, centrándose en la magia como tema principal, pero también en lo que pudieron extraer de su pasado, talentos e intereses. Compartió cómo encontró las habilidades para construir cosas y se convirtió en el Rey de la Creación, pero se resistió a hablar de los demonios y hechiceros. En cambio, le mostró el mapa con la esperanza de que reconociera la escritura que había aplicado a su trabajo. Cuando lo miró, pasó los dedos por las palabras con asombro.

—Estos no son los símbolos correctos... Y, sin embargo, puedo leerlos, —comentó Raimi con perplejidad. "¿Cómo es eso que puedo leer este nuevo idioma?"

—Yo mismo me lo preguntaba. Había algunas piedras rúnicas que Mohan intentó mostrarme, pero las piedras fueron robadas. Se supone que debemos encontrarlas para poder leerlas. Tenía tanta curiosidad por ver si estaban escritas en un idioma que tú o yo entendiéramos, —respondió Owailion. "Es un milagro que hayamos venido aquí, como el solo hecho de que nos entendamos y podamos hablar y leer el mismo idioma".

—Ciertamente es un milagro, asintió Raimi, pero luego preguntó. "¿Por qué no traer magos ya entrenados? ¿Qué vamos a hacer aquí? ¿Porque nosotros? ¿Qué necesita la Tierra con protección?"

Ante esta pregunta, al menos Owailion se sintió calificado para explicar. "Fuimos elegidos porque la magia no nos corrompería. Somos buenas personas por naturaleza. Otras tierras más allá del Sello tienen hechiceros humanos, y ya he luchado contra uno que intentaba infiltrarse. Con demasiada frecuencia, estos hombres y mujeres se corrompen y ansían más poder. Entonces, los dragones desconfían de los humanos debido a su naturaleza malvada. Sin embargo, tú y yo fuimos traídos aquí con una Piedra del Corazón. Lo cual me recuerda; por la mañana tenemos que ir a buscar la tuya. Probablemente esté en medio del río".

Amablemente, antes de que pudiera preguntar, Owailion sacó su Piedra del Corazón y se la mostró a Raimi. "Esto actúa como una conciencia que nos impide hacer el mal con nuestra magia. Descubrirás que ni siquiera puedes mentir actuando como un Sabio".

Raimi miró fascinada el globo brillante que él le tendió. El orbe blanco y azul iluminó sus ojos más que la luz del fuego. Antes de que él pudiera quedar igualmente deslumbrado por sus ojos gloriosos, volvió a poner la Piedra del Corazón cerca de su corazón antes de continuar. "Y con ella vienen otros regalos. Ya he encontrado ideas con las que sé que mi antiguo yo nunca se toparía. Nuestros deberes son usar esa magia en la protección de la Tierra de la magia externa y de los demonios".

—Protección de... ¿De demonios? La fascinación de Raimi tenía una nota de imprudencia. Ella no era tan gentil como parecía, más bien feroz ante un desafío.

—Sí, y Owailion luego compartió una visión del demonio cangrejo y cómo Mohan lo había manejado. Estaba a punto de contarle más sobre los talismanes que había creado a partir de la piedra "demonio en marcha", pero algo lo bloqueó. El talismán que había elaborado para ella debía permanecer en secreto.

En cambio, fue ambiguo. "Yo no les disparo con fuego. Simplemente redirijo esa energía mágica hacia Talismanes que luego escondo y los otros Sabios deben descubrir. El esfuerzo de buscar estos talismanes fortalecerá nuestras habilidades mágicas".

Raimi pensó en su explicación mientras Owailion escuchaba descaradamente su mente y aprendía más sobre ella con cada momento. Comenzó a darse cuenta de que ella no le tenía miedo a nada, excepto quizás a sí misma.

—Así parece, —suspiró finalmente, — que ser pionera es lo que vine a hacer en la Tierra. Te dije que pensé que había usado botas antes. Bueno, tengo la sensación de que mi experiencia ha sido una especie de vida en la frontera. Creo que dejé atrás mi antigua vida a propósito. Quería irme sola y explorar, cortando mi camino. ¿Eso suena realista?

Owailion sonrió al reconocer el simbolismo de sus palabras. "Como el camino de un río nuevo," respondió. "No suena más irreal que mi experiencia. A veces incluso tengo sueños que me dan instrucciones sobre qué construir. Sabía esperar aquí en el río a tu llegada, aunque nunca he estado aquí. Solo tengo que ser lo suficientemente Sabio para escuchar las indicaciones".

Raimi asintió con la cabeza en comprensión. "En mi caso, creo...", hizo una pausa pensativa y cambió de táctica. "No soy muy extrovertida. No quiero interactuar con personas ni dirigirlas. Quiero que me dejen sola para explorar".

Y en el fondo de su mente, sin decir Owailion escuchó algo lamentable.

—*Simplemente no quiero lastimar a otros*, —susurró la mente de Raimi.

Fue suficiente para hacerle preguntarse si recordaba más de

lo que estaba admitiendo. ¿Cómo había herido a otros en su vida pasada?

Mientras tanto, Raimi continuó, sin darse cuenta de su distracción. "Por eso fui una pionera. Nadie me hará exigencias que yo no pueda cumplir. Quiero estar sola para no tener que estar..."

¿Sola? Owailion se balanceó hacia atrás sorprendido y sus escudos encajaron de golpe, incluso si Raimi aún no había aprendido a escucharlos. ¿Quería estar sola? Bueno, la Tierra estaba vacía, pero para él y algunos dragones. Podría estar sola si eso fuera lo que quisiera, pero Owailion se tragó una terrible decepción. Raimi era adorable, dulce y tímida. Sabía que nunca se había encontrado con una mujer más atractiva para él. Con el tiempo, comprendería su personalidad, pero si ella decía que quería estar sola, ¿eso cómo lo consolaría? Owailion sintió exactamente lo contrario; Quería una compañera, una confidente, un sistema de apoyo que lo ayudara a construir lo que Dios había querido.

Algo protestó en Owailion. Ella estaba siendo fría. Raimi tenía los dones para ser su compañera y ella era tan mágica como él. Las impresiones que sintió el propio Owailion no podían estar tan mal. ¿Lo rechazaría a él y a su ayuda solo por falta de privacidad o por un miedo olvidado a la responsabilidad? Entonces, justo cuando se dio cuenta de que estaba molesto con ella, una impresión de Sabio se apoderó de él y lo calmó instantáneamente. Esto sofocó la tonta reacción que probablemente habría hecho el viejo Owailion. En cambio, lo ralentizó y le recordó que poseía magia.

Escucha sus pensamientos.

Obedientemente, Owailion se sumergió más profundamente en la mente desprotegida de Raimi. Y lo que escuchó lo apuñaló en el corazón.

—*No puedo, no puedo. Está mal. Si me involucro, todo*

saldrá mal. Todo lo que toque se arruinará. Él estará tan herido por mí. ¿Cómo puedo querer esto? Quiero magia y está mal. ¿Cómo puede Dios cambiarme tanto? No soy digna de este mundo, de Owailion, de la magia. Y...

Owailion interrumpió su escucha y miró el rostro de Raimi, tan plácido, como el río detrás de ella en la oscuridad. Al mirar su expresión refinada y gentil a la luz del fuego, nunca pensarías que tiene miedos, dolor o una autoestima tan lamentable. No es de extrañar que haya rechazado la interacción con cualquier persona y se haya convertido en pionera. Sus pensamientos y temores la llevan a dejar el mundo atrás porque 'todo lo que toque se arruinará'. ¿Por qué? ¿Recordaba más de lo que estaba compartiendo? Instintivamente, Owailion esperó a que la inspiración le abriera la puerta por la que podía caminar para entender a Raimi. Ahora se dio cuenta de por qué había conservado su nombre. Necesitaba saber quién era para poder reconocer cuánto podía cambiar.

—Raimi, —susurró para tranquilizarla, —no arruinarás todo lo que toques. No puedes hacerme daño; Soy inmortal, como tú. Si aprendes magia, solo será buena magia. Puedes confiar en eso.

Con cuidado, lentamente, extendió la mano y tocó sus manos suaves, frescas como el agua. El toque se sintió bien; no apresurado ni alarmante para ella. Lo dijo de nuevo, esta vez solo en su mente. "No puedes lastimarme".

El rostro de Raimi parecía de piedra, inexpresivo, pero el agua plácida que fluía más allá de ellos en la noche comenzó a agitarse en respuesta a su miedo oculto. Las aguas profundas parecían tranquilas, pero la resaca podría derribarlo y el fondo oscuro y turbio permanecía inexplorado. Deliberadamente, Owailion envió pensamientos calmantes y lentamente el río volvió a calmarse, todavía rápido y profundo, pero las emociones de ella no se expresaron en el agua.

—¿Ves lo que hiciste allí? Eres la Reina de los Ríos. Cada uno de los Sabios tendrá una afinidad. La tuya será para los ríos y cualquier agua que fluya, profunda, pero siempre en movimiento. Eres esa pionera. Te sentirás más a gusto en el río. Quizás se parezca un poco a tu vida anterior. Siempre quisiste seguir adelante porque eso es lo que hacen los ríos. Siempre están avanzando.

Lentamente, Raimi volvió a sonreír, más profundamente, con alivio. ¿Podía creer eso?

—Ven, —anunció de repente. "Quiero mostrarte algún lugar". Owailion la ayudó a ponerse de pie y luego volvió a poner su bolso en existencia. "Encontré una manera de viajar por arte de magia". Levantó la mano y su colección de globos apareció en el mundo real, luciendo como estrellas traídas a la tierra para flotar sobre la arena. Luego, en voz alta para que ella pudiera escuchar cómo lo hizo, convocó el orbe que quería. "Paleone", ordenó.

El globo correspondiente flotó hacia ellos y lo sacó del aire. "En cada lugar que visito, hago un orbe de memoria para poder regresar. Se actualiza constantemente para que sepa a dónde iré, incluso si los eventos cambian su apariencia. ¿Te hablé de los palacios que tengo que construir? Bueno, me ayudaste al mostrármelo. Soñé con este lugar, Paleone. Me lo mostraste en mis sueños".

Los ojos de Raimi se agrandaron de admiración y la luz del orbe de la memoria captó el verde de sus ojos, reflejándolo en la noche. "¿Quieres que lo vea?" susurró con asombro teñido de miedo. "¿Dónde se ubica en un mapa?"

Amablemente sacó el mapa. "Estamos aquí", y le mostró dónde el Lara se encontraba con el mar. "Bueno, se supone que hay un palacio aquí en esta isla en medio del río, pero todavía no me han inspirado sobre cómo construir allí. Creo... Sé que se supone que es donde estará tu hogar".

Luego, Owailion volvió a levantar el orbe de la memoria para que pudiera ver qué imagen se había colocado en el cristal. "Y Paleone ya ha comenzado, aquí". Señaló el diamante en la costa. "Si tomas mi mano, puedo mostrártelo en persona", prometió, deleitándose con el aleteo emocionado de anticipación en sus pensamientos. Podría tener miedo de arruinar cualquier cosa que tocara, pero tenía un espíritu aventurero que también la impulsaba. Esto, ella no lo pudo resistir.

Sus manos agarraron las suyas y él miró deliberadamente el orbe para que no se distrajera con sus ojos emocionados. Se concentró un poco y luego la arrastró con él hacia el acantilado sobre el océano, a quinientas millas del resguardado valle del río. Su jadeo de asombro le dijo que habían llegado, y volvió a abrir los ojos, deleitándose con la majestuosidad del viento sobre el océano. Las aves de alto vuelo navegaban en el cielo brillante. Un poco más allá de ellos, la excavación y el anillo conjurado de piedras fundamentales del palacio se destacaron perfectamente.

—Déjame mostrarte cómo se verá, ofreció Owailion y luego introdujo en su mente abierta el sueño de Paleone. En el sueño Raimi lo escoltó una vez más a través de los lujosos jardines, las habitaciones terminadas, el arte exquisito. Owailion la miró mientras ella atendía a la visión, sonriendo a todo lo que él vio al observar su deleite.

—Es... Es el cielo, —susurró Raimi con reverencia. "¿Y dices que vas a construir un palacio así, para mí?"

Owailion esperaba no haber sido demasiado atrevido al mostrárselo. Ahora es demasiado tarde, pensó. "Sí, cuando tenga la inspiración. Construiré allí en el delta cuando los sueños me digan qué construir. He comenzado otro, pero yo... Me dijeron que esperara. Quizás necesite tu opinión. Raimi, esta será tu casa, a salvo del mundo".

Sus ojos verdes se volvieron hacia él como una piedra imán.

"¿Soy la Reina de los Ríos? ¿Y de qué eres tú el rey, Owailion?" La forma en que susurró su nombre lo conmovió. Amaba el sonido de su voz; suave como juncos en un viento suave mezclado con el lejano canto del agua sobre las rocas.

Owailion se sacudió la voz de abruptamente gana para romper su hechizo sobre él. Respiró profundamente el aroma del mar por la mañana y luego habló. "Tengo afinidad por crear cosas. Me encanta estudiar cómo funcionan las cosas y hacer que funcionen para ayudar a las personas. Por eso Dios me eligió para ser el constructor. Es mi deber hacer de la Tierra un lugar apropiado para los humanos. Tu deber será buscar algunas cosas que creé para ti; Talismanes de tus poderes".

—¿Y por qué yo ahora? —preguntó Raimi, mirando alrededor del edificio "¿Por qué traer a la Tierra a alguien que solo quiere andar errante?"

Owailion luchó con esa pregunta él mismo. Tuvo que esperar un poco para que la sabiduría que había llegado a esperar de sus dones lo iluminara. Y cuando supo qué decir, reconoció que esto la alarmaría.

—Raimi, estaré cien años en mi trabajo, moviéndome por la Tierra, construyendo y creando. Pero había una cosa que le pedí a Dios cuando acepté esta tarea. Le pedí una compañera, le pedí por ti.

La mirada en blanco que le dio Raimi apuñaló a Owailion en el corazón. "Tu pediste..."

"...Por alguien que estaría dispuesta a recorrer la Tierra conmigo. Este país es salvaje y vacío. No hay ciudades, carreteras u otras personas. Hago todo esto porque no hay nadie más que pueda hacerlo. Si... Si estás acostumbrada a seguir adelante, dormir en una tienda de campaña durante años, querer dominar la magia y usarla para defender este nuevo país, eso es lo que estamos comprometidos a hacer. No habrías venido aquí, no habrías salido del agua como lo hiciste si Dios no supiera que eso es lo que eres capaz de hacer".

Los ojos de Raimi perforaban como una pica, brillando a la luz de la mañana, hasta que la perdió en la silueta nuevamente bajo el sol. Ella no pudo decir una palabra. Owailion escuchó sus pensamientos durante más tiempo mientras la miraba. ¿Tenía ella la fe que él tenía para confiar en el plan de Dios al dejarla caer en este mundo? ¿Se atrevería a confiar en sí misma con magia? De alguna manera recordaba lo suficiente su antigua vida, las malas decisiones y los miedos. Debió haberse ofrecido como voluntaria para esta aventura porque necesitaba un escape.

Pero la fe implícita de Owailion en ella derritió el miedo helado que cubría su vida, amenazando con encerrarla en un invierno de su creación. Dios y Owailion juntos tenían suficiente fe en ella. Ella solo vaciló por miedo a algún error del pasado. Temía lastimarlo y sabía que la magia no podía prevenir todo el dolor. ¿Owailion era lo suficientemente fuerte como para enfrentarla y satisfacer las demandas de su pasado? ¿Podría seguirle el ritmo? Ella seguiría adelante, lo sabía. Algo saldría mal y...

—Y lo afrontaremos juntos, —interrumpió su cadena de pensamientos. "Si tan solo compartes conmigo cualquiera que sea el problema".

Finalmente, las emociones de Raimi, los pensamientos espesos y oscuros, como los árboles y las colinas de algún pasado olvidado, se desvanecieron, sin bloquear su camino. Podía ver las posibilidades. Esa feroz independencia la abrió camino. Dio un paso más cerca, tan cerca que Owailion pudo sentir su aliento fresco en su piel y ahora estaba en la sombra, capaz de ver su rostro de alabastro. Casi se ahoga en esos ojos y de nuevo se preguntó por la magia que podría hacer que la amara tan profundamente en ese momento. Sintió las tranquilas y profundas aguas de su alma y supo de alguna manera que Raimi se sumergiría y lo encontraría aquí.

"Lo haré".

Como imanes, parecían atraídos el uno al otro. A Owailion le encantaba el olor a agua dulce de su cabello y podía ahogarse fácilmente en el verde de sus ojos. No tenía ganas de pedirle un beso, solo sabía que podía. Bajó la cabeza. En ese momento, Mohan apareció como una tormenta sobre ellos, inmenso y con la espalda lo suficientemente grande como para derribarlos.

Ellos se separaron, el momento se fue.

Las manos de Raimi se apretaron en las de Owailion ante la repentina interrupción, pero ella dominó su miedo instintivo y se alejó de su brazo protector.

"Bienvenida", Saludó Mohan alegremente.

Owailion reprimió cuidadosamente todos los pensamientos murmurados que pasaban por su cabeza e hizo las presentaciones. "Mohan, ella es Raimi, Reina de los Ríos. Raimi, él es Mohan, mi guía y maestro".

Para alivio de Owailion, Raimi no mostró miedo al enorme dragón, como si los hubiera encontrado en su vida anterior. Ella habló con él sin reservas y compartió libremente su experiencia en la Tierra hasta el momento, por pequeña que fuera. Cuando comenzó a explicar cómo salió del río, Mohan encontró esto fascinante como una desviación completa de todo lo que implicaba el nacimiento de un dragón. En su primera magia experimental, incluso compartió una visión con el dragón para que él pudiera presenciar por sí mismo su "nacimiento". Owailion se quedó atrás y observó cómo se deleitaba con el dragón y estas hazañas mágicas. Ella era una aventurera, de acuerdo. Dejando a un lado su autoestima, nunca se alejaría de nada que pareciera.

Pero, ¿qué iban a hacer ahora? Owailion tenía algunas ideas de lo que quería hacer para su Búsqueda, pero no se sentía bien llevando a Raimi con él en un viaje peligroso, especialmente si también debía entrenarla en magia durante el recorrido. Había demasiado que hacer.

—Raimi, Mohan, tenemos que decidir cuál es nuestro próximo paso. Necesitamos encontrar la Piedra del Corazón de Raimi y entrenarla en viajes mágicos, más conjuros, escudos, todo. Y necesito encontrar quién robó las piedras rúnicas. También debo investigar a ese Rey que está enviando a todos los hechiceros a invadir la Tierra, lo que requerirá tu ayuda, Mohan. Tal vez el rey fue el que tomó las piedras rúnicas, pero no es seguro que Raimi vaya conmigo hasta que tenga una mejor comprensión de la magia. Y no me atrevo a quedarme aquí mucho tiempo para enseñarle mientras esperas porque te pondrás somnoliento, Mohan.

—Y quiero explorar. Eso es lo que vine a hacer aquí, le aseguró Raimi. "Pero también quiero..." No terminó verbalmente la oración, pero Owailion pudo escuchar sus pensamientos restantes. Ella quería estar con él.

Gratificado, Owailion sonrió, porque sentía lo mismo. "Y, sin embargo, tampoco será tan seguro".

—¿*Por qué?* —preguntó Mohan. A pesar de que había escuchado toda la conversación, no parecía entender la tentación de estar juntos para Raimi y Owailion.

—Porque una dama y un hombre no deberían estar juntos sin un acompañante hasta que se casen, —suspiró Owailion, mirando a los ojos a Raimi.

Mohan al menos tuvo el sentido común de no pedir más aclaraciones.

—¿*Sería útil otro maestro?* Mohan sugirió.

—¿Qué tenías en mente? —preguntó Owailion con entusiasmo.

—*Hay otro dragón que podría ser persuadido para que se lleve a Raimi, la guíe como yo lo he hecho contigo.*

—¿De Verdad? Raimi y Owailion dijeron a la vez y luego sonrieron ante la coincidencia.

—*Imzuli, una dragona blanca que vigila las montañas del noreste sobre Zema, está más que ansiosa por conocer a los humanos. Ella estará dispuesta a acompañar a Raimi si estás dispuesta a responder sus preguntas sobre el ser humano. Imzuli ama todo lo relacionado con los humanos.*

—Pero... Raimi miró a Owailion con un repentino destello de pánico en sus ojos. "Yo solo..." Y ella no pudo terminar el pensamiento.

Owailion comprendió de inmediato. "Imzuli necesitará alimentarse y nosotros, como seres humanos, todavía necesitamos dormir. ¿Qué tal si todas las noches hablamos entre nosotros sobre nuestras aventuras y compartimos lo que hemos aprendido?" Él también sintió algo profundamente malo al dejar el lado de Raimi cuando ella acababa de llegar a la Tierra. ¿Era esta compulsión parte de ser un Sabio? ¿O ya era capaz de decir que la amaba y que no podía soportar estar separados? Sin embargo, también albergaba el temor de que, si permanecía con ella, cedería a las tentaciones que sentía cuando estaba cerca de ella. Sería incorrecto seguir tales deseos, al menos antes de casarse.

—¿Y cómo nos casamos aquí? Raimi preguntó.

El estómago de Owailion dio un vuelco y se sintió más asustado que cuando se despertó por primera vez con una lluvia de rocas sobre él en Jonjonel. ¿Había dicho ella lo que él creía haber oído? ¿Ella ya se estaba comprometiendo a casarse con él? Sí, se habían unido de inmediato, física, emocional y, sobre todo, mágicamente, pero nunca pensó que ella esperaría eso. Nunca había insinuado...

Pero incluso Mohan podía sentirlo.

—Mohan, ¿podemos Raimi y yo hablar en privado un

momento? Owailion dijo después de tomar un respiro para calmarse.

—*Por supuesto,* el dragón estuvo de acuerdo. *"Necesito alimentarme de nuevo, hablaré con Imzuli y veré si está disponible".*

Mientras veían al dragón partir de nuevo después de su llegada, Owailion se sintió avergonzado por su miedo. "No sé cómo hablar contigo sobre esto con él aquí. ¿Eres tú...?"

Sin decir palabra, Raimi cortó sus palabras con su beso interrumpido. Sus dulces labios limpiaron su miedo y Owailion se hundió en la hermosa luz de su corazón ante su atrevida frescura. Raimi nunca cuestionó su destino aquí en la Tierra o que Dios estaba arreglando sus emociones para ayudarlos a enamorarse. Una vez más, ella simplemente saltaría y lo haría funcionar.

Cuando pudo respirar de nuevo, se apartó y miró con asombro sus ojos de borde dorado. "¿Cómo puedes ser tan valiente? No me conoces. No tienes idea de en qué tipo de mundo has caído. ¿Qué pasa si no soy quien digo que soy, y todo esto es una ilusión? ¿Y si...?"

Nuevamente lo interrumpió, esta vez con un dedo en sus labios y luego pasó los dedos por su espeso y alarmantemente blanco cabello. "Eres como un ángel. ¿No te sientes en paz? Paz y fuerza. Eso es todo lo que siento y nunca antes me había sentido así".

—No sabes lo que has sentido antes, —señaló lógicamente Owailion.

Raimi negó con la cabeza, "Pero sé lo que no he sentido antes; paz. Funcionará. Tengo la esperanza y la fe de que de alguna manera esto funcionará. Te lo prometo..."

Raimi se detuvo cuando su ropa sencilla se transformó en el atuendo de una reina. Ella lo miraba a través de un velo plateado y blanco, adornado con oro y con un vestido de seda damasco azul muaré y verde que fluía sobre la hierba a sus pies como agua. El verde de sus ojos cambió de asombro y Raimi tembló, casi como si se fuera a desmayar.

—Ten cuidado con lo que prometes, Owailion la rodeó con el brazo, sosteniéndola con seguridad. Finalmente pudo ver su rostro a través del velo acuoso ahora que miraba sin ojos de ensueño. "Aquí en la Tierra, cuando un Sabio hace un juramento, suceden cosas maravillosas como esta. También sucede cuando usas mucha magia". Para demostrarlo, surgió mágicamente y también se puso sus mejores galas.

—Y... Y... Esto...

"Cada vez que haces un juramento. Me prometiste que mi fe en la magia y el plan de Dios para nosotros funcionarán", terminó por ella.

Raimi se estabilizó y Owailion retiró su mano sin querer hacerlo. "Bueno, quise decir lo que dije. Si todo esto es el plan de Dios, entonces es mejor saltar con ambos pies. Haré todo lo que esta vida de Sabio me pida".

—¿Incluso si eso significa casarte conmigo? Owailion preguntó con cuidado.

Raimi se congeló, su rostro tan plácido y sin rasgos como un estanque de invierno. Luego, en un ataque de irritación, levantó el molesto velo sobre su cabeza para poder mirarlo sin su interferencia. Luego dejó que la emoción se desvaneciera antes de esbozar una sonrisa. "Especialmente eso".

Y ella volvió a besarlo con entusiasmo.

—¿*Qué están haciendo?* —preguntó una voz de dragón desconocida, femenina y una octava más alta que la de Mohan. Imzuli, sin duda, pero Owailion no soltó a Raimi mientras disfrutaba de este beso lujoso y la curiosidad draconiana podía esperar.

—*No lo sé*, volvió a interrumpir la voz mental de Mohan. *"Pero usan esas extrañas coberturas cuando hacen magia"*.

Owailion podía escuchar a los dos dragones asentarse en el borde del acantilado antes de soltar a Raimi. Luego, con un suspiro de satisfacción, explicó. "Eso se llama besar. Es lo que hacen los humanos cuando se van a casar".

Solo Raimi jadeó cuando los humanos volvieron a su ropa normal ante ese comentario, pero se recuperó rápidamente y sonrió a la recién llegada. Imzuli era una dragona mucho más pequeña, quizás tres veces la altura de un humano y brillantemente blanca. Sus acentos de plata y diamantes brillaron bajo el sol de finales de verano hasta que los humanos casi tuvieron que entrecerrar los ojos.

—*¿Puedo presentar a Imzuli, de las montañas del noreste y mi hija?* —expresó Mohan.

—*Estoy muy contenta de ayudar a una integrante de los Sabios,* —añadió Imzuli con dulzura. —*¿Y qué es esta palabra, "casado"?*

—Ella prometió unirse a mí y lo hacemos con una ceremonia llamada matrimonio," —agregó Owailion, aunque sus ojos seguían desviándose hacia Raimi. "Y un beso muestra esa promesa", agregó por si acaso. "¿Cuándo es el próximo cónclave para que podamos casarnos? ¿Los dragones pueden ser nuestros testigos? Buscaremos un sacerdote y lo traeremos aquí si es posible".

—*El cónclave suele establecerse en pleno invierno, en unos tres meses,* —respondió Mohan.

—No podemos... —comenzó Raimi torpemente, pero sus pensamientos continuaron abiertamente. ¿Podrían llegar a entenderse mutuamente, alimentar su relación con Owailion viajando por todo el continente durante meses? ¿Sobrevivirían sin ceder a las tentaciones? ¿Quizás podrían reunirse para compartir todas las noches y así llegar a conocerse? "No podemos continuar solo.... Tres meses..."

Owailion podía sentir la tensión de Raimi aumentando,

pero su causa aún lo eludía. ¿Dónde estaba esta pionera valiente y abierta? ¿Qué le preocupaba? Quería enviar a los dragones otra vez para preguntarle en privado, pero no podían seguir haciéndolo. En cambio, experimentó y construyó un escudo privado alrededor de la mente de Raimi para que sus pensamientos fueran solo hacia él. Luego le habló en ese caparazón privado.

"No comprenden la atracción que sentimos el uno por el otro. Los dragones solo se aparean cuando hay necesidad de crías. Quieren vigilarnos," le advirtió Owailion. Luego intentó una táctica más burlona para probar la comodidad de Raimi. "Siempre pudimos demostrar. Yo probablemente soy un exhibicionista".

Raimi reprimió un grito ante la sugerencia y se tapó la boca con la mano. Sabía que era una broma, pero la intimidad humana iba mucho más allá de la necesidad de saber de cualquier dragón. Entonces Raimi tranquilizó su mente, sumergiéndose de nuevo en su fría reserva, y practicó tentativamente compartiendo sus pensamientos sin palabras. "No sé si sería el mejor prospecto para eso. Owailion... No estoy segura de que... Eso..."

Owailion la acercó para que solo él pudiera ver su expresión completa. "¿Que alguna vez has estado con un hombre?" le dio las palabras incómodas que ella ni siquiera pudo pensar. "Estoy bastante seguro de que no soy virgen, aunque no recuerdo a ninguna esposa o hijos en mi vida anterior. Dudo que Dios nos hubiera seleccionado para este llamado si abandonáramos las obligaciones y los amores en nuestras otras vidas. No importa. Eso está literalmente en el pasado olvidado. Cuando sea el momento adecuado, como dijiste, seremos perfectos estando juntos".

Raimi respondió intensamente, sus ojos enfocados en las llanuras que se extendían más allá de los dragones. "¿Cómo?

Aquí no hay sacerdotes. No me las arreglaré con lo que haya. Quiero que salga bien la primera vez. La magia puede unirnos y hacer que nuestras emociones se activen, pero no somos animales, impulsados por instintos básicos. Te quiero, Owailion, demasiado para sólo ir en la cama contigo sin ese compromiso. Solo lo haré bien", juró y su ropa cambió de nuevo, haciendo que Imzuli ladeara la cabeza con curiosidad.

—No podemos quedarnos en un solo lugar, o los dragones se quedarán dormidos, —señaló Owailion lógicamente y luego soltó su escudo para incluir a los dragones. "Y es por eso que te hemos invitado, Imzuli, a unirte a nosotros. Necesitamos tu ayuda".

Owailion esbozó cuidadosamente sus planes. Él y Mohan viajarían a Malornia para investigar al rey y verificar era responsable de las piedras perdidas. Además, mientras estuvieran allí, con suerte encontrarían un sacerdote que pudiera venir a la Tierra para celebrar la boda. Mientras tanto, Imzuli le enseñaría a Raimi los puntos más sutiles de la magia, los viajes mágicos y la lectura de mentes, así como los escudos. Si se encontraban con algo que se volviera demonio, con suerte, los instintos de Sabio de Raimi surgirían para ayudar a entrenar sobre eso sin la necesidad del fuego de dragón. Finalmente, debían localizar la Piedra del Corazón de Raimi. Todas las noches se contactaban entre sí y compartían todo lo que habían aprendido ese día. Ojalá estas tareas fueran suficientes para hacer que los tres meses pasaran más rápido y darles la esperanza de seguir su camino.

—Te enseñaré cómo hacer los orbes de memoria para poder volver a donde tú también has estado. Con tu ayuda tendré la Tierra mapeada en poco tiempo, —agregó Owailion, haciendo que sonara como un privilegio. Hizo reaparecer el mapa y se lo entregó a Raimi. "Tú eres la aventurera. Es hora de ir de aventuras".

11

VIAJES POR EL RÍO

*D*espués de una breve despedida y para el deleite de los dragones, Raimi volvió a besar a su nuevo prometido. Owailion, en contra de su voluntad, se separó del abrazo de Raimi y luego se montó en el cuello de Mohan. Se fueron en un instante, dejándola sola con la dragona blanca. De repente, aterrorizada, Raimi miró a Imzuli y suspiró. "No he tenido tiempo para planificar esto. ¿Qué deberíamos hacer primero?" Dijo desesperadamente.

—*¿No has tenido tiempo? Yo tampoco"*, *chirrió Imzuli. "Pero estoy emocionada con esta oportunidad. Centrémonos en lo que debemos hacer primero. ¿Estás cansada? ¿Hambrienta? Sé que los humanos necesitan dormir todas las noches y comer varias veces al dí".*

Raimi miró a su nueva maestra y sonrió. "No ahora. Hay tanto que quiero aprender. Como montar un dragón. Eres más pequeña que Mohan. No creo que pueda cabalgar sobre tu frente como lo hacen ellos. ¿Experimentamos? Nunca he volado".

Tomó un poco de prueba y error antes de que las dos establecieran lo que podría funcionar. Raimi pudo trepar a un lugar entre las alas de Imzuli y conjuró un poco de amarre para atar, como un collar alrededor del cuello de la dragona. *"Como un collar"*, comentó Imzuli. *"He visto a damas humanas usarlos, pero son más bonitos que solo una cuerda. Yo haré mi diamante"*. Y la dragona puso las palabras en acción y agregó plata y piedras al nuevo accesorio.

—¿Y adónde vamos a volar? —añadió Raimi. "El palacio de Owailion aquí y la isla del delta son los únicos dos lugares que he visto aquí en la Tierra".

—*Eres la Reina de los Ríos. Por eso te llevaré a los ríos,* —anunció Imzuli, y se lanzaron al aire.

Las dos nuevas amigas viajaron lejos y Raimi se enorgullecía de volar. Rogó que fuera lo suficientemente alto como para poder ver los bordes de la tierra. Volando hacia el sureste, sobre el territorio de Tamaar, volvieron a visitar la isla en el delta donde finalmente se construiría la casa de Raimi, y luego pasaron por las montañas del sur sin nombre. De estos, un río fluía hacia el este e Imzuli voló bajo sobre ellos hasta que se fusionó con un río llamado Hedanilinidon, más grande que la dragona.

—Lo llamaré el Don, —insistió Raimi. "Es extraño que ninguno de nosotros use el idioma con el que nacimos. Compartimos este idioma únicamente. ¿Qué Hedana...? Lo que sea, ¿significa?

Imzuli descendió en espiral, hacia el lugar donde el río oriental se encontraba con el Don y aterrizó en una isla en el centro. "Significa 'El agua que fluye directamente al mar'. Y sí, el idioma es diferente. Dios te ha dado estas palabras, pero no palabras de dragón. En otros países, también hablan otros idiomas".

—Supongo que Dios quería esto. ¿Te das cuenta de que Owailion y yo no venimos del mismo lugar y probablemente nunca hablamos el mismo idioma tampoco? Raimi luego se desató ansiosamente del cuello del dragón y bajó. "Si alguna vez otras personas vienen a la Tierra desde otros países, deben poder hablar entre ellas. Ojalá pudiéramos dar ese regalo, poder hablar lo mismo a todos los que vienen a estas costas".

—*¿De Verdad? ¿Van a venir más humanos...? ¿Más humanos aparte de los Sabios que vendrán a la Tierra? Preguntó la dragona blanca con asombro. "Los humanos se reproducen mucho más rápido que los dragones... Pero tampoco necesitan el espacio que nosotros necesitamos. Entiendo que ustedes también mueren bastante rápido. Quizás vendrán otros y no habrá demasiada gente".*

—Sería una lástima terrible si no hubiera otras personas con las que compartir la Tierra", respondió Raimi con cuidado. "Pero el Sello no debe dejar entrar a nadie que no esté dispuesto a seguir los valores de la buena magia". Hizo una pausa, cautelosa de contradecir al dragón, pero también se le había ocurrido una idea única. "¡Eso es! Podemos vincular su deseo de venir a la Tierra con un compromiso con los valores de la Tierra. Ningún mago puede venir, solo aquellas personas que desean liberarse de la magia y el cuidadoso cultivo de la Tierra. Y la forma en que contamos su compromiso: lo vinculamos a un hechizo de lenguaje. Solo aquellos a los que se les dé el idioma de la Tierra podrán pasar el Sello".

—*Eso sería una profunda pieza de magia, —comentó Mohan. "Tendrías que vincularlo a la Tierra misma, no a ti misma como fuente de poder".*

—Ciertamente magia profunda, —murmuró Raimi y luego con cuidado se metió en el río. "¿Crees que otras personas vendrán a la Tierra después de que los dragones se hayan quedado dormidos?"

Con el río alrededor de sus rodillas, Raimi sintió una profunda convicción de que vendrían otras personas, pero decirlo en voz alta de alguna manera lo hacía realidad. "La Tierra debe ser siempre un refugio para la buena magia", prometió Raimi, y en consecuencia se puso de nuevo su traje real, esta vez con una tela reluciente que no empapaba el agua. Suspiró con irritación por la interrupción, se quitó el velo y luego continuó. "Si los Sabios son los únicos aquí, tal vez Dios nos dé a todos el don de la misma lengua, pero ¿qué hay de los que vienen y desean entrar pero que no son magos? ¿No deberían tener la misma oportunidad?"

—Dios no ha dicho que incluso permitirá la entrada a otros de más allá del Sello, —señaló Imzuli lógicamente.

—La magia es para el servicio de los demás, —respondió Raimi de manera uniforme. "Si los únicos humanos aquí son otros Sabios, ¿cuál es el propósito de la magia? No, sé en mis huesos que Dios permitirá que otros humanos entren a la Tierra. Incluso podría ser la razón por la que los dragones se van a dormir. No creo que los humanos pudieran estar aquí y no molestar a los dragones si estuvieras despierto. Necesitas tu espacio y los humanos tienen una forma de extenderse por todas partes, llenando el espacio que se les da. Este hechizo de lenguaje será un medio para ayudarnos a conocer a aquellos que pueden limitarse a las leyes de la Tierra".

—¿Los humanos molestarán a los dragones que están durmiendo? —preguntó Imzuli en desacuerdo. "Dices que los humanos tienen la costumbre de propagarse por todas partes".

—Los Sabios no lo permitirán, —prometió Raimi, renovando su transición a su glorioso disfraz. "Estas montañas del sur... No tienen dragones en este momento. Si los humanos necesitan recursos como minerales o madera de las montañas, deben utilizarlos solo si no hay dragones en ellas. No te molestaremos".

Luego, renunciando a hacer juramentos, Raimi se sumergió

en el río, deleitándose con la maravilla del agua y extrañamente pudiendo respirar en ella.

—¿*No tienes frío?* —comentó la dragona. *"Me recuerda a mi hogar en el norte. ¿Y no sientes este frío?"*

A Raimi no le importaba lo frío que pudiera estar. Su deseo de flotar a lo largo del río se sentía más fuerte que nunca. "No, en absoluto. Deberías probar a nadar", respondió Raimi con una nota de desafío y burlona y luego cambió de tema. "Es mi afinidad con el río. ¿Los dragones también tienen estas afinidades?"

Imzuli no intentó nadar, sino que mantuvo una estrecha vigilancia sobre su amiga humana. *"No creo que tengamos las afinidades que tendrán los Sabios. Para nosotros, es un lugar al que estamos atados. Amo mis montañas en el noreste, el lago y la tundra. Hace demasiado calor aquí en el sur".*

—Muy bien, no tienes afinidades precisamente como humanos, pero seguro que hay algo de magia que te gusta, que puedes compartir conmigo. Sé muy poco. Yo puedo conjurar, leer mentes, usar mis escudos y ahora me gusta la idea de un hechizo de lenguaje, pero no he probado otro tipo de magia.

—¿*Puedes viajar por arte de magia?* Imzuli preguntó. *"No debería ser difícil para ti".* "¿Quieres decir, como con los orbes que muestran un lugar como realmente es? Eso me recuerda que necesito hacer un orbe para Owailion que muestre este lugar". Había estado flotando de espaldas, pero ahora se dio la vuelta y vio a Imzuli encaramada entre los árboles en la orilla de la isla. Raimi imaginó cuidadosamente un globo terráqueo que capturaría el encantador lugar.

—No, —respondió la dragona. *"Esa es la manera que tiene Owailion de ver adónde necesita ir. ¿Cuál será tu forma de viajar? Para mí, recurro a las mentes de otras tierras para ir a otra parte del planeta".*

La sugerencia de Imzuli fascinó a Raimi, pero una inquietante duda la mantuvo a raya. Le preocupaba ese recuerdo latente de dañar a otros sin querer. Las ondas seguirían sus acciones. ¿Era ese el instinto de un Sabio? Si era así, tenía la intención de obedecerlo. "No creo que deba intentar salir de la Tierra. Acabo de llegar aquí. ¿En lugar de eso podemos intentar viajar dentro del Sello?"

En consecuencia, Raimi nadó hasta la orilla y luego se paró en el banco de arena preguntándose cómo secarse en el frío otoñal. ¿Podría usar magia para secarse? Experimentalmente, Raimi cerró los ojos, se concentró y luego sintió una cálida bocanada de aire que se elevó del suelo. La dejó humeante, seca y contenta.

Imzuli aprobó su experimento y luego agregó un desafío. *"Cierra tus ojos. Piensa en un lugar... Cualquier lugar donde quieras estar. Imagínalo en su mente. ¿Lo ves claramente? Ahora, desea estar allí"*.

Inmediatamente, Raimi se imaginó el río donde residía su primer recuerdo, donde conoció a Owailion. Recordó fácilmente el lugar del delta, la isla donde algún día se construiría su mansión. Amaba la belleza allí; casi un jardín diseñado por Dios solo para ella. Podía oler el agua en Lolar, los rocíos de niebla de la cascada donde se sumergía en la calma prístina del valle. Solo necesitaba recordar el agua para regresar. Empujó contra su magia y quiso cambiar al delta en Lolar.

Y cuando abrió los ojos, vio todo lo que había imaginado. El distante chapoteo de las cascadas y el aroma del almizcle del río la recibieron. "Estoy aquí", Raimi llamó a su dragona escolta, claro a través del continente.

—*Eso fue fácil para ti*, — respondió Imzuli mientras irrumpía en el aire justo por encima de su amiga humana y sus corrientes descendentes agitaban el agua. *"¿Puedes viajar a algún lugar donde no haya río?"*

Raimi pensó en todos los viajes que había hecho hasta

ahora. Solo le vino a la mente un lugar, el sitio de construcción en Paleone propuesto por Owailion. Se imaginó las llanuras abiertas y las paredes blancas elevándose, con vistas al océano y se concentró, pero algo se resistió. Ella no podía regresar allí.

—*Entonces quizás estés limitada. ¿Necesitas agua fluyendo para poder viajar a algún lugar?* —sugirió Imzuli al percibir los esfuerzos de Raimi.

Raimi frunció el ceño con descontento. "Eso significa que tendré que caminar por la mayoría de los lugares, especialmente en las llanuras. ¿Y si no he estado lo suficiente en algún lugar para imaginarlo?"

—*Hay un peligro en eso,* —advirtió Imzuli. "*¿Qué pasa si te envías a un lugar donde hay hechiceros, o vas a un lugar que no existe? No eres como los dragones, nacido con el instinto. Es por eso que Owailion hace sus orbes; para que pueda ver cómo han cambiado las cosas*".

—¿Ir a un río en otro tiempo sería tan peligroso? —preguntó Raimi. "¿O qué pasaría si me voy con Owailion y dejo la Tierra?" Su verdadera preocupación estaba en ir a otro territorio y no poder regresar a través del Sello, aislada para siempre de Owailion y sus deberes aquí.

—*No, pero hay otros tipos de peligro,* —respondió Imzuli. "*No has tenido que preocuparte por la magia de los nombres o los demonios. Enfrentar eso es mucho peor que morir*".

—¿Magia de nombres? —preguntó Raimi. No entendía ni la mitad de lo que explicaba la dragona, sobre la magia de los nombres y cómo algo podía ser peor que morir. Ella solo sabía que eso angustiaba a la dragona blanca.

Inexplicablemente, Imzuli decidió ignorar esa pregunta. En cambio, cambió de tema. "*Creo que deberíamos ir a buscar tu Piedra del Corazón. No puedo creer que hayamos descuidado ese aspecto de tu entrenamiento durante tanto tiempo. Owailion afirma que tu Piedra del Corazón probablemente esté en este río al que llegaste. ¿Puedes sentirla?*

Raimi se permitió ser redirigida y usó sus instintos mágicos para comenzar a mirar el fondo del río, buscando un orbe como el que le había mostrado Owailion, pero eso no significaba que hubiera abandonado el otro tema.

—Entonces explícame sobre los peligros de esta... Esta magia del nombre. Owailion no me dijo nada sobre eso, aunque sí me habló de los demonios.

Imzuli se instaló en la costa, plegó las alas y pareció contenta. *"¿Sabes que los dragones no tienen su nombre completo, sino una parte? Eso es porque un nombre tiene poder sobre ti. Si un dragón... No, si cualquier mago de cualquier especie es lo suficientemente fuerte y conoce tu nombre, él o ella puede ordenarte que hagas cualquier cosa y no podrás resistirte".*

—Owailion no conoce su nombre real, —comentó Raimi. "Esa es probablemente la razón por la que no me mencionó esta magia del nombre".

—*Mohan probablemente tampoco le ha enseñado completamente a Owailion sobre la magia de los nombres por esa razón. Entonces, ¿es Raimi tu verdadero nombre?*

—Hasta donde yo sé" —respondió la mujer. "Owailion se sorprendió de que incluso lo recordara. Sí, salí del agua aquí mismo y me presenté". Luego, sin avisar a su amiga, agregó. "No voy a encontrar mi Piedra del Corazón mirando desde la superficie. Voy a nadar".

Y Raimi puso las palabras en acción. No tenía idea de si estaba familiarizada con la natación bajo el agua, pero gradualmente reconoció que, con la magia, nada era imposible mientras pudiera imaginarlo. Se sumergió bajo la superficie, abrió los ojos y miró con asombro. A pesar del flujo turbio que había observado desde arriba, podía ver con claridad cristalina aquí bajo el agua. El limo del canal brillaba como diamantes en sus ojos. Ella podría nadar para siempre aquí.

Raimi se sumergió más profundamente, en el agua más oscura y luego estiró su mente, buscando magia, no de su propia creación. La Piedra del Corazón se habría desplazado si se hubiera dejado en el flujo de la naturaleza, pero ¿era lo suficientemente poderosa como para ir río arriba? Algún cálculo instintivo le permitió sentir dónde la magia habría tomado un pequeño orbe que no pesaba más que una piedra de río. ¿Se habría hundido en el limo del fondo? No, la corriente era fuerte, a pesar de estar plácida en la superficie. Y sus instintos todavía afirmaban que se había movido río arriba, no abajo.

Entonces se le ocurrió una idea a Raimi. Llamarla. Sin saber qué pasaría, Raimi hizo una pausa en su inmersión y abrió la boca. El sonido viajaba de manera diferente bajo el agua, pero, aun así, lo sabía. El eco de la música apagada emergió de su garganta. Llamó y luego Raimi dejó que su cuerpo se desplazara contra el tirón del río y utilizó un golpe suave para impulsarse a lo largo del fondo del canal. La luz del débil sol otoñal de arriba hizo poco para iluminar su camino, pero la magia lo compensó todo. Flotó sin esfuerzo y mantuvo su concentración en la llamada para encontrar la piedra.

Entonces Raimi pensó que vio un destello de un pez dorado tropical. Un pez así sería extraño aquí en estas corrientes frías. Curiosamente, Raimi nadó tras el destello del oro. Tenía que ser mágico. ¿Quizás algo se está volviendo demonio? ¿Podría alcanzarlo? Miró atentamente a su guía y luego vio algo más importante.

Un resplandor azul flotaba más allá de su alcance en el agua llena de limo, iluminando la oscuridad. Ella lo alcanzó y sintió el reconfortante frescor de un orbe. Se arremolinaba con azul y blanco, como el cielo con nubes que pasan. Había encontrado su Piedra del Corazón. Raimi dirigió su golpe hacia arriba y rompió la superficie triunfante.

Ella miró alrededor del nuevo terreno con asombro. Todo había cambiado. Ningún dragón plateado esperaba en la orilla. El valle protegido había desaparecido, así como el estallido de cascadas en la distancia. En cambio, había entrado en un arroyo que fluía desde un bosque y se unía al río Lara. Había llegado tan lejos río arriba, cientos de millas en cuestión de minutos. Bueno, había una nueva forma de viajar mágicamente.

Raimi sostuvo el orbe brillante, su Piedra del Corazón en el aire. Así que, en teoría, podría hacer cualquier magia que condujera al bien. Ella no se sintió diferente al haber descubierto su Piedra del Corazón. Para experimentar, Raimi colocó el orbe cerca de su corazón como lo hizo Owailion y éste desapareció. Ahora estaba protegida de la tentación de hacer el mal con su magia.

Consideró lo que quería explorar a continuación. Antes, cuando usaba la magia para regresar a su "lugar de nacimiento", tenía su memoria en la que basarse. ¿Tenía que recordar un lugar para hacer este viaje?

Experimentalmente, Raimi llevó su mente a un lugar que solo podía imaginar, uno que aún no había visitado. Su mente fluyó aún más río arriba, hacia donde el río Lara se dividía en dos, saliendo de las montañas. Aquí el agua se precipitaba hasta que se encontraba con la otra rama igualmente fuerte y sintió que se asentaba. La temperatura del aire y el ángulo del sol cambiaron notablemente y Raimi abrió los ojos. La oscuridad de la tarde había descendido aquí. Pensativa, Raimi caminó por las estrechas costas, preguntándose por qué había elegido de nuevo venir a este lugar. Ella había establecido que podía viajar de un lugar a otro sin tener que ver un lugar.

Pero tenía que admitir también que le recordaba a Owailion y sin razón aparente. Y aquí había llegado, por la remota posibilidad de que Owailion pudiera encontrarse en este lugar. Sí, había venido aquí sola para pensar en Owailion.

¿Estás realmente tan enamorada de él, después de solo unos días? ¿Era eso incluso razonable? ¡Sabios, de hecho! Había venido aquí a esta ribera vacía del río para pensar sin el riesgo de que dragones o hermosas distracciones le impidieran pensar con claridad. Sabía que ese pensamiento serio necesitaba aislamiento. ¿Cómo iba a comprender el anhelo insondable que tenía por un virtual extraño? Sin embargo, se sentía tan en paz. Nada más que Dios creando esta magia podría explicar sus sentimientos internos.

Raimi anhelaba aprender más sobre Owailion. A veces, le fascinaba la oscuridad de sus ojos o el extraño cabello blanco como la nieve. ¿Siempre había disfrutado de esas características en los hombres que encontraba atractivos o era solo él? Adoraba la forma de sus manos callosas, suaves y fuertes. Su mente, siempre pensando y especulando, mantuvo su concentración en él en lugar de temer el nuevo y alarmante mundo en el que se había metido. ¿Era eso por diseño? Si es así, ¿de quién era el diseño? De nuevo, ¿podría culpar a Dios?

Algún recuerdo olvidado de un poder superior la hizo caer de rodillas en la suave arena junto al río. Cuando las estrellas comenzaron a brillar más allá de las brumosas colinas, Raimi oró. Tenía que tener alguna razón para dar este salto más allá de sus propios deseos. Las palabras no salían en voz alta, pero sabía que alguien las había escuchado.

Y el consuelo llegó a su corazón. Ella lo supo.

Si antes se sentía en paz con su vínculo con la magia y Owailion, teniendo esa confirmación de Aquel que le dio estos regalos, eso la hizo llorar. Ella lloró de alegría y dejó que las lágrimas cayeran a la tierra para mezclarse con el río.

Pero sucedió algo mágico. A través de sus lágrimas, Raimi

vio que sucedía algo extraño. Donde sus lágrimas tocaron la tierra, la tierra y la arena desaparecieron a puñados. Fascinada y un poco alarmada, se enjugó los ojos para tener una mejor visión de los fenómenos que ocurrían justo delante de ella. Algo molestaba en su mente y usó un poco de magia para agregar más agua al agujero que se formaba ante ella, que se profundizó nuevamente hasta que no pudo llegar físicamente al fondo del pozo del tamaño de un puño.

En cambio, Raimi usó su mente y exploró la oscuridad, sintiendo que el río quería llenarla, pero la magia que no era de su creación lo detuvo. Entonces la mente de Raimi alcanzó el nivel del lecho de roca. Ella sintió algo allí y mágicamente lo levantó del barro. Al principio, pensó que era simplemente una piedra sucia, así que la llevó al agua para enjuagarla. En la oscuridad, no pudo distinguir su forma, pero bajo el agua, su visión se aclaró. Removió el lodo y vio una caja con una tapa simple la cual levantó. Luego sacó el contenido de la caja.

En sus manos, sostenía un pequeño talismán encantador. Apenas podría contener dos o tres puñados de agua, pero podía imaginarse un lirio flotando en él y creciendo, o una perla girando en él solo para transformarse en un pez. El recipiente tenía tres patas cortas para sostenerlo firmemente sobre una mesa, y lirios plateados y juncos grabados alrededor de su base. Obviamente, era mágico, porque ¿de qué otra manera la había llamado? Pero, ¿qué hizo?

Sin respuestas, Raimi siguió un instinto, se inclinó y llenó el talismán con agua del río. En el reflejo allí vio la luna, pero también, algo más. Ella bajó la cabeza para ver más claramente. En la superficie del agua, Raimi vio a Owailion sentado con las piernas cruzadas en la isla de Lolar. Reconoció el recodo del río y las piedras de la orilla, pero la imagen estaba a la luz del día, durante el verano, con los árboles frescos sobre su cabeza, proyectando el río en la sombra. Owailion estaba con una simple piedra en sus manos. La examinó, dándole vueltas una y otra vez, concentrándose en ella. Luego, la piedra se disolvió en tres polvos. Fascinada, vio cómo mezclaba los polvos y luego los ponía en forma. Vio todo el episodio; fundiendo la vasija, grabando la decoración e incluso el entierro del mismo talismán que ahora le mostraba el pasado. Pero, ¿cómo había llegado a estar aquí, tan lejos de su lugar de enterramiento original? O tal vez el talismán había llegado aquí donde ella se encontraba.

Cuando el suelo se cerró de nuevo bajo la mano de Owailion, la visión en el talismán se desvaneció y solo la luz de la luna permaneció proyectada en el agua quieta que sostenía. Raimi descubrió que había estado conteniendo la respiración, ya que la soltó, haciendo ondular el líquido en el talismán y con él los restos del hechizo. Bueno, ella tenía sus respuestas. El recipiente había sido hecho para ella por Owailion y escondido hasta que lo encontró. Quería ver algo del pasado de Owailion y ahora lo había hecho. El propósito del talismán estaba claro; para mostrar el pasado. Quizás era apropiado; ella era la reina de los ríos, siempre avanzando hacia el futuro.

Le diría a Owailion cómo había descubierto su pequeño talismán cuando se encontraran esa noche. Raimi miró hacia el cielo y se dio cuenta de que se había ido de Imzuli durante horas. Ella sostendría el talismán para darle una sorpresa cuando se reunieran.

Con un poco de miedo por estar viajando ahora mágicamente, Raimi estiró su mente hacia la orilla del río donde supo instintivamente que Imzuli la esperaba y caminó hacia la dragona que la esperaba con entusiasmo observando las estrellas.

12

MALORNIA

*O*wailion y Mohan volaron directamente por el río Lara, cubriendo las llanuras vacías rápidamente, con una misión muy diferente. *"Debemos planificar antes de irnos"*, advirtió Mohan. *"Es un lugar peligroso y lo que propones no es un viaje de placer"*.

—Tenía la impresión de que nunca habías dejado la Tierra", —comentó Owailion.

—*Antes de que vinieras, yo no lo había hecho. Pero mientras esperabas a tu dama, fui hasta allá. Quería hacerle algunas preguntas a un dragón exiliado. No fue una entrevista agradable. No sabía nada del Sueño, de tu llegada, ni siquiera de los planes de Dios para la Tierra. Sin embargo, sí me dijo que esas piedras rúnicas serían muy valiosas para los humanos en Malornia.*

Owailion lo consideró por un momento. "Alguien podría creer que la escritura podría hablar de cómo romper el Sello. Si alguien puede leer las piedras, tal vez pueda entrar en la Tierra. Ese es mi mayor miedo", murmuró Owailion con tristeza. No quería ir a Malornia, pero debía hacerlo si quería encontrar las piedras.

En ese momento, mientras volaban río arriba, sintió una picazón ahora familiar. Algo directamente debajo de él exigió su atención. "Mohan...", comenzó a decirle, pero el dragón debió sentir la picazón por sí mismo y ya había comenzado a descender en espiral hacia el río que serpenteaba debajo de ellos.

—¿*Es otro palacio?*

—Asumiría que sí, —respondió Owailion, —pero no lo sabré hasta que duerma y sueñe con eso. Espero que los sueños incluyan a Raimi nuevamente.

Después de que Mohan aterrizó, Owailion se deslizó y miró alrededor del lugar vacío. "¿Quién querría vivir aquí en medio de la nada?" Hasta donde alcanzaba la vista, vastas llanuras planas se extendían en todas direcciones. En invierno, este lugar quedaba sepultado por ventiscas y en verano se horneaba al sol. Ni un solo árbol o un pequeño montículo que rompiera el paisaje. Solo el río justo delante de ellos le daba algún alivio a los pastizales moribundos.

Sin saber lo que estaba haciendo, Owailion comenzó a pasear por la orilla del río donde crecían juncos y lirios. La tierra pantanosa se negaba a dar paso a los árboles, y allí caminó, sin hacer caso del barro en el que se hundía. Luego, sin previo aviso, Owailion se agachó y recogió dos puños llenos de juncos, sacándolos limpiamente del pantano.

—¿*Qué estás haciendo?* Mohan preguntó.

—Algo estaba comenzando allí. Creo que estas flautas se están volviendo demonios, —respondió Owailion y llevó sus espigas a la orilla. "Nos estaban escuchando y susurrándose unas a otras".

Mohan se balanceó hacia atrás sorprendido. *"No lo había*

sentido... *Hasta que me lo señalaste. Vaya, eres muy bueno. ¿Las escuchaste susurrar?"*

—No, no lo escuché precisamente. Yo solo... Lo sabía. Owailion caminó más allá de la orilla del río y subió a las praderas donde eventualmente construiría el palacio que había sentido. Con Mohan mirando, conjuró una manta y colocó las flautas ordenadamente en la superficie, espaciadas uniformemente y bien alejadas entre sí. "Querían combinarse, formar equipo y susurrar hechizos. Sentí la magia y las flautas eran perfectas para hacerlo. Con los vientos invernales, habrían completado el trabajo, reuniéndose para susurrar cosas malas. Y ahora sé exactamente lo que haré con ellas".

—*¿Hacer con ellas?* —preguntó Mohan, casi desconcertado. *"Vas a hacer un Talismán con ellas. ¿Y sabes que alguien necesitará estas...? ¿Estas* flautas? *¿Para qué?"* La curiosidad del dragón trabajó bastante bien para mantener despierto a Mohan.

—Ojalá tenga algún don para la magia. Ese talismán me mostró el pasado cuando las piedras rúnicas fueron robadas, le recordó Owailion al dragón.

Owailion miró las flautas ensambladas y comenzó a ordenarlas, de mayor a menor. Todavía no se atrevía a permitir que se tocaran o podrían empezar a susurrar de nuevo, pero podía ver su creación en el ojo de su mente. Las secaba, cortaba, lijaba y pulía con laca, las unía y tenía un juego de pipas para una reina. Mohan debe haber intervenido en la mente de Owailion, porque vio el instrumento final y formuló la pregunta obvia.

—*¿Qué es?*

—Son un juego de flautas; un instrumento musical. No sé qué magia creará ni cómo la usará, pero la Reina de los Ríos debe tener una flauta de flautas. Esta es para ella, un segundo Talismán.

—*¿Cuánto tiempo llevará crear este Talismán?* —preguntó

Mohan, mirando al sol en lo alto del cielo y pensando en voz alta que podría ir a cazar.

—Me tomó alrededor de un día con el talismán. Eso era más simple en estructura, pero tampoco tenía idea de lo que estaba haciendo. Ve y come. Te llamaré cuando esté listo. No comenzaré este palacio hasta después de que se formen las flautas.

Mohan estuvo de acuerdo con el plan y luego se fue. Mientras tanto, Owailion comenzó a manipular físicamente las flautas. Las secó con un pensamiento, limpiando la pulpa de dentro y conjuró un pequeño cepillo para barrer dentro de cada una. Luego conjuró una fina laca para cepillarlas mientras juzgaba el tamaño y la circunferencia. Se atrevió incluso a soplar en cada flauta, escuchando el tono y descartando tres de ellas como defectuosas. ¿Incluso tenía experiencia musical? Owailion lo dudaba, pero entendía la dinámica del sonido lo suficiente como para reconocer todas las notas que necesitaría para hacer un juego de tubos adecuado. Luego, conjuró un cuchillo afilado para comenzar a cortar cada flauta a la longitud necesaria para las notas requeridas.

En lo alto pasó el sol y luego cayó la noche. No recordaba haber conjurado un fuego, pero de alguna manera había luz mientras trabajaba obsesivamente. No podía detenerse en medio de este proyecto, ya que exigía toda su atención mágica. De hecho, dudaba que los palacios que había iniciado continuaran en ascenso durante este tiempo y tendría que reactivar conscientemente la obra allí, pero no le importaba. Tenía que evitar que se formara un demonio y trabajó febrilmente en ello. Luego envolvió las flautas con una cuerda de oro y plata que conjuró. Finalmente, decoró el pesado paquete de tubos con lirios plateados y flautas de oro tal como la decoración que había colocado en el talismán que había hecho antes.

Finalmente, al amanecer, se recostó con el instrumento terminado a su lado y se durmió, por fin, hecho. Afortunadamente, la Reina de los Ríos flotó en sus sueños para distraerlo. Todo lo que le faltaba ahora era un lugar para esconder su regalo para ella.

Cuando despertó, instintivamente se acercó a Raimi, buscando su mente en algún lugar de la Tierra. Sus pensamientos se dirigieron hacia el noreste, a lo largo del río Lara. Allí la encontró pensando en él.

—Buenos días, lo llamó. "Estabas dormido y no quería interrumpirte. ¿Qué estabas haciendo para dormir hasta casi el mediodía?"

Él sonrió ante sus celos implícitos. "Haciendo un regalo para ti", respondió, manteniendo su secreto detrás de sus escudos.

—Lo sé, puedo verlo. Están lindos. ¿Otro talismán?

—¿Qué...? ¿Cómo? Él balbuceó.

—Estás sentado justo al lado del río. Aprendí que puedo ver muchas cosas en los reflejos. También encontré mi Piedra del Corazón y el talismán pequeño que me hiciste. Me mostró cómo lo construiste como un talismán y ahora te he estado observando, tanto en el río como en el talismán.

Owailion sintió un profundo sentimiento de orgullo por sus logros en poco más de un día. "Lo estás haciendo muy bien", la felicitó. "En cuanto a mi progreso, encontré otro palacio aquí en medio de la nada el cual debo empezar. Entonces, si no encuentro un lugar para esconder estas flautas, iré a Malornia... Probablemente esta noche. No sé si será seguro para mí ponerme en contacto contigo, o incluso a qué hora será cuando esté allí si puedo".

—Entonces esperaré que llames cuando puedas... Y escondas esas flautas. Me gusta el talismán y espero descubrir lo que pueden hacer las flautas. Entonces su voz se volvió cómplice. "Y recuerda, te estaré observando". Ella se rio audazmente, y Owailion no pudo evitar reír con ella.

Después de romper su contacto con Raimi, comenzó la excavación del palacio con el que había soñado, todavía escoltado por la encantadora Reina de los Ríos. Al final de la tarde, Mohan regresó de su alimentación y Owailion estaba emocionado de comenzar su próxima aventura; viajando a Malornia.

—¿Así que nunca has explorado realmente otras tierras? Owailion le preguntó a Mohan mientras dejaban la orilla del río Lara, partiendo con otro palacio en marcha. "Entonces, ¿no sabrías dónde buscar un sacerdote?" preguntó Owailion.

Mientras volaban hacia el noroeste, como si fueran a volar allí directamente, Mohan le enseñó lo que sabía: Malornia al oeste, Demion al este y Marwen al sur. *"Todas ellas están gobernadas por humanos, pero estoy seguro de que Marwen ha expulsado a los dragones y Demion no tiene montañas a menos que cuentes la Gran Cadena que comparten con las fronteras de la Tierra. Me temo que solo tenemos a Malornia como opción. Creo que los humanos de Malornia están asentados cerca del mar"*.

—¿Por qué usarías esas palabras, "Me temo que solo tenemos a Malornia"? ¿Es tan malo entonces? —preguntó Owailion.

—*Malornia, la tierra desde donde siempre han zarpado los barcos forasteros. Pienso en ella como la nación de los forasteros. Demion tiene demonios y Marwen nos rechaza, pero Malornia es agresiva. ¿Hay un sacerdote ahí? Seguramente, pero hay que tener cuidado allí. Los dragones van allí en el exilio y se convierten en esclavos de los hechiceros. Si deseas que te acompañe debemos tener cuidado. Puede parecer extraño ver dragones libres.*

—¿Quieres que vaya solo? —preguntó Owailion, asumiendo la desgana de Mohan. "Puedes llevarme a un puerto y podría navegar hasta allí".

Mohan murmuró descontento. *"No, no hay necesidad de eso. Podemos volar allí instantáneamente y te dejaré entrar a la primera ciudad que nos acerquemos. Debería estar allí para protegerte si las cosas salen mal, pero no necesito ir contigo. Puedo esconderme afuera".*

Owailion miró las llanuras que estaban cruzando, cubiertas de hierba y sin rasgos distintivos. "Entonces vamos ahora", sugirió.

—*Ya estará oscuro en la costa de Malornia si llegamos ahora. Así estará bien.*

Un sombrío disco de sol se asomó a través del cielo nublado mientras se preparaban para dejar la Tierra. Owailion sintió un presentimiento mientras se preparaban para partir de la Tierra. *"Y asegúrate de usar tus escudos con tanta fuerza como puedas... Sin ponerte tu ropa de realeza. Eso no sería prudente. Hay tanto demonios como hombres malvados aquí que estarán interesados en un extraño incluso si no te reconocen como mago. Escudos fuertes y ninguna otra magia si puedes evitarlo"*, aconsejó el dragón.

Luego Mohan se ladeó hacia el oeste como si fuera a volar a Malornia directamente, bajó sus alas y pasó a través del Sello.

La noche oscura los recibió y Owailion solo pudo distinguir el suelo como una serie de delgadas líneas blancas que se movían contra la oscuridad. Miró hacia abajo, estudiándolo hasta que reconoció las crestas de las olas que se encontraban con la oscuridad de la playa debajo de ellas. Sin pedir su opinión o consejo, Mohan giró hacia el sur a lo largo de la playa, siguiéndola de cerca pero todavía en alto para que cualquiera a esta hora pudiera pensar que era simplemente una gaviota en el viento.

—Ahí, —señaló Owailion. "Justo aquí. Luces de un pueblo. La mayoría de la gente vive cerca del mar. Es un medio seguro para encontrar comida y una dirección menos para defender en caso de un ataque".

—*A menos que consideres un ataque por mar,* —agregó

Mohan. *"Me sentaré aquí y me esconderé en esos árboles allá...*
Con invisibilidad, porque no parecen árboles particularmente
altos. Entonces puedes caminar el resto del camino".

Owailion entrecerró los ojos en la oscuridad, pero solo
pudo distinguir la diferencia entre el mar y la arena debido al
oleaje. Confió en que Mohan sabía lo que él iba a hacer y se
reclinó mientras el dragón desaceleraba y aterrizaba en la playa.
Luego se deslizó por la espalda del dragón.

—¿Qué debo ponerme y llevar conmigo? —preguntó mientras Mohan se abría paso hacia un bosquecillo de árboles en el
borde de la costa, con una devastación predecible.

—¿*Cómo puedo saber? Nunca he conocido a otro ser*
humano aparte de ti y Raimi, —respondió el dragón. *"Sabes más*
que yo sobre la humanidad. Buena suerte y llámame cuando
estés listo".

Owailion se volvió sin muchas ganas y empezó a caminar
por la playa, preguntándose qué tan lejos habían estado las
luces mientras caminaba. ¿Podría incluso hacer magia aquí?
Experimentalmente se conjuró un sombrero para ver si esa
habilidad funcionaba aquí en esta tierra extranjera. Cuando
apareció el sombrero de fieltro como ordenó, Owailion suspiró
aliviado. Añadió una capa menos aislada que la que llevaba
cuando estaba en el aire con Mohan. Esperaba que un sacerdote no lo considerara demasiado desamparado para mantener
a una esposa. Tampoco deseaba parecer lo bastante rico como
para ser robado. Con ese pensamiento, Owailion se conjuró a sí
mismo una espada resistente en una vaina sin marcar y una
pequeña bolsa de oro para pagar cualquier cosa que pudiera
necesitar.

Cuando llegó el amanecer, Owailion pudo distinguir los
robustos muros de piedra de una pequeña ciudad portuaria con
dos muelles y docenas de barcos que dejaban la protección de
allí. El bosque empujaba contra las paredes y buscó de cerca

pistas sobre cómo acercarse. Ningún camino salía de esta aldea avanzada en el lado norte, por lo que no podía afirmar que había venido de alguna aldea exterior. Eso es si pudiera hablar el idioma. Esa pregunta se le ocurrió mientras subía por el costado del embarcadero norte y miraba la ciudad.

Los muros que rodeaban el pueblo estaban marcados con símbolos arcanos que no podía entender. No escribían, sino estrellas y bestias pintadas en la piedra como con sangre. Tragó saliva con miedo, saboreando la potencia de la magia aquí. Entonces, ¿cómo iba a distinguir a los hechiceros de los no practicantes?

—*Hechizo de la verdad,* le envió Mohan amablemente.

Owailion agradeció a su mentor por el recordatorio y comenzó a caminar por el malecón sobre el embarcadero, hacia la ciudad. Quizás podría fingir que había venido de otra tierra en un barco que acababa de atracar, aunque esta aldea parecía muy pequeña para que la visitaran los extranjeros. Y la puerta, blindada y robusta, hablaba más del miedo que esta ciudad albergaba hacia el ataque que de su riqueza. Por eso no vendría como turista. Los barcos de pesca que salían del puerto proporcionaban la mayor parte del tráfico peatonal, pero cuando pasó junto a un carro de pescado tirado por burros, ayudó a empujar la carga amontonada a través de las puertas y nadie lo miró dos veces como visitante o como alguien fuera de lugar.

En el interior se detuvo para escuchar la charla y se dio cuenta de que podía entenderla a pesar de que las palabras eran completamente diferentes de lo que había estado hablando con Mohan. Miró a su alrededor en busca de un letrero sobre una tienda y estaba encantado de poder leerlos también, aunque los personajes eran extraños. Muy atrevido, lanzó un hechizo de la verdad sobre las calles mientras caminaba hacia el verde del pueblo llenándose de pescadoras vendiendo sus productos.

Y lo que vio le hizo casi vomitar. Las carreteras estaban llenas de aguas residuales y sangre. Lagartos demoníacos y enredaderas espinosas colgaban de las paredes y el techo de casi todos los edificios, como si fueran inocentes mascotas y hierbas de cocina. Y aquellas pescadoras que pasaban parecían inválidas leprosas, arrastrándose bajo el peso de las cadenas atadas al cuello. Unos pocos soldados estaban en las puertas con armaduras de acero que brillaban con hechizos de protección. Incluso los árboles plantados en las esquinas del área verde del pueblo tomaron el aspecto de picos retorcidos con serpientes silbantes en lugar de hojas. ¿Qué tipo de hechizos había sufrido este lugar?

Owailion dejó caer el hechizo de la verdad y con ello respiró mejor. No quería imaginar toda la magia maligna requerida para imponer todo lo que había presenciado. En cambio, buscó una iglesia en la plaza. Si su memoria le servía, una iglesia debería ser visible desde la plaza de un pueblo. Y así fue. Owailion vio el edificio alto con puertas dobles y un campanario. No se atrevió a lanzar un hechizo sobre la iglesia mientras se acercaba. Mejor guardar eso, y su probable reacción, para el sacerdote. Subió los escalones y abrió la puerta.

Incluso sin el hechizo de la verdad, reconoció una iglesia pobre cuando la vio. Solo unos pocos bancos en el atrio se alineaban en el pasillo y nadie había cuidado los candelabros que iluminaban mal el pasillo. Sus ventanas estaban sucias y sencillas y la carpintería necesitaba un pulido; una iglesia muy rústica para un pueblo aún más rústico que ignoraba su vida religiosa. Un sacerdote aquí tenía más probabilidades de morir de hambre que de ayudar a los menos afortunados. Probablemente estaría entre los más pobres de sus miembros.

Pero tenía un excelente sentido del oído. El chirrido de la puerta resonó y trajo a un anciano corriendo al pasillo, poniéndose una bata raída como si acabaran de despertarlo. "Bienvenido señor. ¿Cómo puedo ser útil?" preguntó el anciano sacerdote, sonriendo casi sin dientes.

Con cautela, Owailion lanzó un hechizo de verdad sobre el hombre y observó lo que podía compartir con él. Aparte de unos dientes finos y un porte más recto, este hombre cambió poco. Entonces, él era un buen hombre sin nada que ocultar y sin hechizos venenosos lanzados sobre él.

—Señor, comenzó Owailion. "Estoy buscando un sacerdote para realizar un matrimonio. En unos meses planeamos casarnos, pero... Pero no aquí; al otro lado del mar. Mi señora no vendrá aquí, así que debemos ir con ella. ¿Desearía usted a casarnos? Yo le proporcionaré transporte y alojamiento, además de poner dinero en sus arcas para mantener su iglesia durante un año".

El sacerdote se echó hacia atrás ante esa oferta. Su asombro pasó sin control por su rostro. "¿A través del mar? No puedo dejar mi rebaño por tanto tiempo, señor. ¿Cuán lejos...?"

—Parece que su rebaño lo dejó hace mucho tiempo, señor. Serán como máximo dos días que estará fuera. Le llevaré allí por arte de magia..., y Owailion esperó a ver cómo reaccionaba el religioso a la magia. ¿Se oponían aquí Dios y la magia? ¿O habría un reconocimiento de que todos los dones venían de arriba, como Owailion había aprendido desde su propia llegada a la Tierra?

El sacerdote no reaccionó visiblemente, pero se quedó quieto como si esperara algo más. "¿Cuál es tu nombre, hijo mío?"

Algo extraño atravesó la mente de Owailion y reconoció que la mano de la fortuna lo había traído aquí. No tenía por qué temer a este hombre, porque estaba destinado a venir. "Soy Owailion, Rey de la Creación".

—¿De la Tierra? —añadió el cura con los últimos harapos de su aliento.

—Sí. ¿Usted me conoce? Owailion jadeó de asombro por su suerte.

El sacerdote se acercó a Owailion y lo arrastró para que se sentara en uno de los gastados bancos. "Lo he estado esperando toda mi vida. Soy... Soy su sirviente. Cuando era niño encontré mi camino hacia la iglesia porque tengo un don. Me dieron algo para entregárselo. Es una clave. La usará para abrir el palacio que es suyo. Cada uno de los Sabios tendrá un mayordomo en la puerta que sostiene un colgante. Ese colgante abrirá su palacio. Cada uno debe buscarlo como lo haría con los talismanes. Usted me ha buscado y he sido encontrado. Tengo su colgante y soy el mayordomo de su puerta. Puede llamarme Enok. No tengo don para la magia, pero tengo más de cuatrocientos años y he esperado su venida la mayor parte de mi vida. Soy su siervo, mi Señor".

Luego, el hombre verdaderamente anciano presionó en la mano de Owailion una pequeña gema tallada. Parecía una de las piedras que había visto talladas en el lago Ameloni, lechosa y dura como el hielo, pero forrada con motas negras de azabache. Y dentro de la piedra, pudo ver una pequeña réplica de un palacio alto e imponente, exactamente como lo haría eventualmente. Su palacio en hielo.

—Su colgante, señor, para cuando lo necesite.

Owailion miró de nuevo al sacerdote cuando el anciano cerró la mano de Owailion sobre el regalo. "Yo... No puedo", respondió sin aliento.

—Sé que ahora mismo esto es demasiado nuevo para ti y no debemos hablar de ello, —susurró Enok como si las mismas paredes lo escucharan. "Tienes mucho por hacer, pero yo estaré allí para apoyarte. Mi único regalo es una larga vida... Y mi lealtad. Soy tu hombre".

Owailion descubrió que podía empezar a respirar de nuevo.

"¿Estás a salvo aquí? Con toda la magia maligna, ¿cómo puedes soportarlo?"

Enok se burló de eso. "Magia de sangre, lo llamamos. Se sacrifican animales, plantas y, a veces, incluso personas para invocar a los demonios que traen esta magia. He vivido con eso toda mi vida. Estoy bastante bien aquí. Los líderes no me molestan porque mantengo a la gente tranquila y no les hago exigencias. Los demonios no me reconocen como un ser mágico y por eso no soy de valor para ser poseído. Pero tengo muchas ganas de ir a la Tierra y presenciar tu trabajo allí. Será maravilloso".

Owailion se sintió abrumado y al borde de las lágrimas por la asombrosa coincidencia. "Eres la primera persona con la que he hablado en toda esta nación. ¿Cómo te encontré entre todos los ciudadanos de Malornia? Acabo de llegar".

Enok le dio a Owailion una mirada extraña. "Vaya, de la misma forma en que viniste a la Tierra, Dios te ha guiado en todo tu trabajo. ¿Dudas de esto?"

Owailion sacudió la cabeza. Por supuesto, no lo dudaba, ya que la magia que le habían dado había infundido cada aliento que tomaba y cada recuerdo que llevaba, pero aún le asombraba que siguiera sucediendo; Dios moviendo las piezas de su vida. "No dudo. Solo me siento asombrado. También vine a Malornia con otro objetivo en el que quizás tú puedas ayudar. En la Tierra, había algunas piedras rúnicas. Ellas desaparecieron. En una tierra sellada contra la invasión y habitada solo por dragones, estas piedras tenían escrituras humanas en ellas. Tengo motivos para sospechar que fueron traídas aquí a Malornia".

¿Y crees que podría saber acerca de ellas? No, aquí no. En esta pequeña ciudad, tenemos poca interacción con los poderes del capitolio. El Rey de Malornia es muy poderoso en magia de sangre y nunca tendrá suficiente. No, no intentes encontrar las piedras aquí. Quizás algún día se vuelvan a encontrar estas piedras, pero por ahora, mientras eres tan nuevo en la Tierra, espera hasta el momento adecuado".

—¿El momento adecuado?

—Cuando los Sabios estén en su máximo poder, —insistió Enok. "No sabes a lo que te enfrentarás".

Owailion suspiró. Por supuesto, no sabía a qué se enfrentaba, pero también tenía un mandato de Dios para averiguar quién se había llevado las piedras. Los pensamientos de Owailion se detuvieron. Se le dijo que buscara quién había tomado las piedras, que no las recuperara, que no las leyera. No, primero tenía que aprender y luego actuar. Eso podía hacer y seguir estando a salvo. Eventualmente, tal vez en mil años, sabría lo que las piedras tenían que decir y por qué se perdieron, pero por ahora, solo tenía que encontrar al ladrón.

—Entonces, ¿vendrás conmigo? Realmente estoy buscando un sacerdote. Tengo una prometida y...

Enok interrumpió: "Por supuesto, pero todavía no. ¿Dijiste en tres meses?"

—En el día de mediados de invierno. Los dragones deben aprobar y tienen mucha curiosidad acerca de cómo se va a realizar un matrimonio humano. ¿Entonces vengo a buscarte?

Enok sonrió como si le hubieran dado un regalo. "Mis saludos para su señora", casi se rio. "Debo poner todo en orden aquí, pero esperaré tu regreso".

—Raimi estará encantada, —respondió Owailion y luego se levantó para irse, poniendo el precioso colgante en su bolsillo. Luego se detuvo por una mirada de aflicción que pasó por el rostro curtido de Enok.

—No vuelvas a pronunciar su nombre, te lo ruego, —siseó alarmado. "Hay oídos por todas partes".

Owailion se quedó paralizado en estado de shock. Sabía

sobre la magia de los nombres. Había sido un tonto, al pronunciar el nombre de ella.

Enok lo obligó a actuar. "Vete ahora y no vengas aquí de nuevo. En lugar de eso, háblame como lo harías con tus amigos dragones, desde la distancia. Yo te escucharé".

Y con eso, el anciano sacerdote se escabulló de regreso a su confesionario y dejó a Owailion para salir de la iglesia solo. Al salir del edificio ruinoso, se liberó del miedo momentáneo. Debería estar eufórico. No estaba solo ahora que conocía a Enok.

Owailion no se percató de los soldados en las puertas, los lagartos demoníacos en las paredes o las miradas ciegas de las vendedoras de pescado cuando partió de la ciudad sin nombre. Solo sabía que tenía un nuevo amigo y una esperanza para el futuro.

13

DEMONIO EN LA MONTAÑA

*R*aimi tuvo que insistir, mientras viajaban por el Don, en que Imzuli se alimentara todas las noches. A lo largo de las semanas, el impulso de hibernar había descendido sobre la joven dragona como el cambio de estación. Aunque las Grandes Montañas de la Cadena dominaban ahora el horizonte y Raimi había encontrado dos sitios para construir palacios, poco podía mantener la concentración de Imzuli. Parecía distraída y con demasiada frecuencia Raimi tenía que insistir en que fuera a hacer otra cosa para así ella poder comer o dormir con regularidad. Una conversación sobre humanos ya ni siquiera estimulaba la emoción esperada.

—¿Qué voy a hacer con ella? Raimi le preguntó a Owailion durante una de sus reuniones nocturnas. "Siento que la estoy acosando incluso para simplemente hablarme. ¿Qué pudo haber pasado para hacerla tan...? ¿Tan deprimida?"

Owailion no podía aconsejarla, porque tenía un poco de ese problema con Mohan. El dragón dorado voluntariamente se había desviado de su camino para ayudar a atravesar Malornia, mirando por encima de la tierra extraña, encontrando focos enteros de magia, los puertos principales y reconociendo la capital. Que el dragón tuviera que hacerlo de manera invisible y tuviera que alimentarse dentro de bosques peligrosos podría ser suficiente para mantener a Mohan más alerta.

—Imzuli es joven, —sugirió Owailion. "Quizá no esté contenta con el Sueño. Tiene tan poca experiencia. ¿Le pido a Mohan que hable con ella?"

Raimi, con su vena independiente, rechazó esa idea. "No, me las arreglaré. Es como si yo estuviera volando sola. Me hace preguntarme si los dragones llegarán siquiera a mediados del invierno. Si los dejamos, se quedarían dormidos ahora mismo. Los voy a extrañar", agregó con pesar, sintiendo que le dolían los ojos con lágrimas no derramadas ante la idea.

—Piensa en esto entonces, estaremos solos, juntos en ese momento. No estaré atrapado aquí en Malornia por mucho más tiempo. Ten esperanza en eso.

Raimi sonrió ante esa sugerencia y, en respuesta, le envió a Owailion un beso mágicamente soplado. Estarían juntos muy pronto.

Al amanecer, Imzuli regresó después de alimentarse y Raimi la saludó con tanta alegría como sintió que no sería ofensivo. "Creo que hoy pasaremos por alto a Zema. Deseo ver dónde estaban esas piedras y luego me puedes llevar a tu montaña. Está cerca, ¿no?"

Imzuli soltó un gruñido evasivo. *"Sí, está cerca".*

En lugar de comentar sobre eso, Raimi subió a bordo y partieron, deslizándose sobre el bosque y a través de las nubes que amenazaban con la nieve, la primera de la temporada que llegaría al fondo del valle. "¿Prefieres ir más alto, por encima de las nubes?" Raimi preguntó cortésmente.

—*Aquí está Zema. Ten cuidado,* —advirtió Imzuli secamente mientras descendía en espiral hacia el bosque.

Incluso bajo el sol más brillante del verano, el lugar habría parecido lúgubre, notó Raimi. Imzuli se acomodó a unos metros del lugar vacío en el bosque como si no se atreviera a usar el centro obvio del anillo como lugar de aterrizaje y prefiriera luchar contra las ramas que ensuciaban sus alas antes que entrar en Zema. Raimi agradeció a la dragona mientras se deslizaba hacia abajo. "Si no quieres estar aquí, lo entenderé. Vete a casa, amiga mía, si eso te tranquiliza".

—No, refunfuñó Imzuli. "*Simplemente no me gusta este lugar. Me trae malos recuerdos. Te esperaré aquí*".

Y eso fue todo lo que el dragón había hablado en más de una semana. Raimi le dio una palmada a Imzuli en el costado y luego se volvió para abrirse camino hacia el extraño parche desnudo en el bosque. La lluvia llegó antes de que Raimi lograra abrirse paso a través de la maleza y viera la luz del cielo. Su primera impresión de Zema fue el olor; apestaba a carne muerta. El suelo dentro del círculo estaba embarrado por la lluvia casi constante sin ningún material vegetal que lo absorbiera. No crecerían árboles, hierba, helechos o incluso musgo en el espacio.

Entonces Raimi miró más de cerca. Algo, pensó que quizás podrían ser las raíces de los árboles, intentaba abrirse paso a través del barro. Sin entrar en el círculo en sí, Raimi se puso en cuclillas en el borde y rozó el crecimiento rechoncho que se había levantado quizás a un palmo del suelo de Zema. No era una raíz. Estaba hecho de piedra.

—Algo está creciendo aquí, —anunció Raimi en voz alta, sabiendo que Imzuli la oiría. "¿Qué piensas de esto?"

Eso en efecto, llamó la atención de Imzuli. Raimi sintió la presencia de la dragona en su mente, utilizando sus ojos, también pudo escuchar los gruñidos murmurados mientras la dragona trataba tardíamente de mover su masa a través de los árboles para poder ver por sí misma. *"Ese olor, es un demonio"*, anunció la dragona.

—¿El comienzo de un demonio? Aún no he encontrado uno de esos.

—*No*, —insistió Imzuli cuando finalmente llegó físicamente al borde del claro. *"Ese olor es un demonio en toda regla, que viene aquí desde donde sea que los desterremos. Creo que Zema es un portal a ese otro lugar. Aquí es donde vienen los demonios, sin pasar por el Sello. Y ese portal no se ha utilizado desde..."*

—¿Desde que las piedras fueron robadas? ¿Y estas pequeñas piedras, las que están apareciendo aquí como malas hierbas? ¿Son los restos de las piedras viejas o son estas nuevas, que crecen aquí más rápido que cuando brotan nuevos árboles?

—*En el verano, cuando Owailion vino aquí para investigar, había césped y algunas otras plantas en el claro y no pequeñas púas de piedra. Estas han venido aquí desde entonces y todas las plantas se han ido. Es la entrada de un demonio... Y muy recientemente. Ese olor...*

Raimi no vaciló. Sacó su bolso de su espalda y buscó dentro, sacando el talismán Talismán. Ella conjuró agua en el talismán y luego esperó a que la superficie se asentara. Tuvo que colocar su cabeza directamente sobre el reflejo para evitar que la lluvia constante estropeara la imagen. Mirando su propio reflejo, se concentró y luego hizo su orden. "Muéstrame lo que ha sucedido aquí en Zema para que las piedras comiencen a crecer y las plantas desaparezcan".

Raimi vio como las oscuras nubes del reflejo cambiaban y vio que la oscuridad se hacía más profunda cuando la noche caía sobre la imagen de Zema. Los árboles goteaban con lluvia y en el círculo, una manta de musgo y hierba baja había luchado por llenar el claro. Ningún pequeño nudo de piedra había atravesado la tierra. Luego, mientras ellas observaban, una luz rojo sangre comenzó a formarse en el centro del claro, flotando a unos pocos pies sobre el suelo. El resplandor comenzó a latir y luego, con un chasquido, desapareció, dejando algo deforme en su lugar.

La criatura en el centro del círculo estaba de pie sobre las peludas patas traseras de una cabra del tamaño de un hombre, pero la mitad superior de su cuerpo parecía tener tentáculos rechonchos de un calamar DEFORMADO y la cara destrozada de algo que podría haber sido una calabaza una vez, pero ahora se había calentado y podrido para formar ojos brillantes y una boca flácida. El demonio miró hacia el cielo y luego saltó desde el centro del círculo hacia las nubes de arriba. Ellas se percataron de que la lluvia constante había estropeado cualquier huella de pezuña dejada en el círculo donde ahora no quedaba ni una sola planta. Finalmente, el talismán mostró que solo un instante después, dieciséis pequeñas piedras se abrieron paso a través del barro como dientes que crecen a través de las encías.

Disgustada por lo que había presenciado, Raimi tiró el agua del talismán y la agregó al barro del círculo en el que no se atrevían a entrar.

—Un verdadero demonio, —susurró Raimi con horror.

Imzuli comenzó a gemir como si le doliera. *"Las piedras se levantan cuando entra un demonio. ¿Cuántos podrían haber venido a lo largo de las edades para que crecieran tan altas en ese tiempo? No lo sabíamos. Eran... Las piedras eran mucho más de lo que pensábamos".*

—No sabemos que esas piedras crecían cada vez que entraba un nuevo demonio. Quizás impedían que los demonios entraran como si fuera un corcho que tapa una botella. ¿Saben los otros dragones que esto es un portal o es una teoría tuya? —preguntó Raimi mientras guardaba el talismán. *"¿Deberíamos compartir lo que hemos aprendido?"*

Imzuli se sacudió irritada. *"No, nunca les dije sobre mis*

sospechas. Ninguno de nosotros pensó en Zema. Ahora sabemos de dónde viene el olor. Debemos cazar a ese demonio ahora mismo. Entonces podremos compartir esto en el cónclave. Súbete a bordo".

—¿Qué tal si fue un demonio el que tomó las piedras originalmente? —sugirió Raimi. "Aparentemente pueden burlar el Sello". Mientras tanto, hizo lo que Imzuli le pidió y trepó a su lugar habitual en la espalda del dragón.

Imzuli se lanzó al cielo antes de responder. *"No, si este es su portal, no desearían dañarlo. Lo querrían abierto. Los cambios en él solo llamarían la atención. Los demonios no se llevaron las piedras".*

Raimi confiaba en los instintos del dragón en este asunto, así como en su nariz. El espantoso olor a carne podrida guio a Imzuli hacia las montañas. Lo rastrearon mientras saltaba de un pico a otro, saltando grandes distancias, pero siempre aterrizando en una altura de montaña diferente, como si no pudiera volar exclusivamente. Y el hedor se hacía más fuerte cuando Imzuli volaba hacía él.

—¿Qué debo hacer cuando finalmente lo encontremos? No creo que pueda escupir fuego como un dragón y debería aprender a hacer esto por mí misma antes de que los dragones se duerman, le gritó Raimi a su amiga mientras cruzaban la cordillera.

—Déjame manejar eso, —insistió Imzuli. *"El demonio es mío para quemarlo".*

Raimi no discutió. El tono feroz la hizo callar. Ella podía esperar para entender. Imzuli había estado deprimida durante semanas. Ahora, con un demonio al que cazar, ella misma se había convertido en un demonio impulsado. ¿Qué pasa con este demonio que encendería tanta pasión en la gentil dragona? ¿Por qué insistiría de repente en hacer esto por sí misma cuando debería haber permitido que Raimi usara esto como una experiencia de aprendizaje?

—Por favor, déjame ayudar, —sugirió Raimi. Úsame como cebo. El demonio no dejará de rebotar a menos que le des una razón para detenerse. Ponme en la cima de una montaña en algún lugar y lo llamaré. Eso es lo que quiere un demonio, ¿no? ¿Un cuerpo para habitar? Me protegeré y luego, cuando venga a atacarme, podrás asarlo".

Esta estratagema al menos logró que Imzuli se concentrara en algo en lugar de obsesionarse en perseguir al demonio por toda la Gran Cadena. Finalmente se detuvo y permaneció flotando el tiempo suficiente para considerar los beneficios y luego, sin palabras, pasó a un pico en particular.

—*Esta es mi montaña*, —explicó Imzuli mientras se posaba delicadamente en la cumbre más alta. *"Debes usar tus escudos más fuertes. No dejes que te empuje por los lados. Acecharé abajo, invisible. Un demonio no muere, pero no puede escapar cuando está en mis llamas. Accederá a dejar la Tierra y volver al lugar de donde vino para que esto se detenga. No bajes los escudos por mucho calor que haga o cuánto aúlle"*.

Raimi estuvo de acuerdo con este plan, aunque solo fuera para participar en la conquista de un demonio. Se deslizó por el costado del dragón, pero quedarse allí en la cumbre nevada, equilibrada cuidadosamente en una pendiente desgastada por algunos dragones que se habían posado, no era seguro en sí mismo. Y algo era extraño aquí. Raimi no lo mencionó, pero algo en este pico le provocó esa picazón familiar que asociaba con un sitio para un palacio de Sabio. ¿Cómo podría crearse un palacio del Sabio aquí en la cima de la montaña de Imzuli? Eso no tenía sentido. Pero ahora no era el momento de resolver ese acertijo.

En cambio, Raimi fortaleció sus escudos y los amplió hasta que utilizó la magia con tanta fuerza que se puso su ropa real.

Vestía seda fina en azul y gris con una cascada de plata a los lados en un río que se desbordaba de la cumbre. Este traje no era adecuado para el viento amargo que pasaba por la ladera de la montaña y agregó un abrigo cálido y ricamente decorado, guantes y un sombrero en lugar del molesto velo. Una vez que estuvo lista, Imzuli se lanzó de nuevo al aire.

—*Estaré justo aquí, debajo de ti en la pendiente, invisible.* Entonces Raimi vio como la dragona brillaba en la nada, mezclándose con la ladera blanqueada de la montaña.

Raimi miró hacia las vistas, preguntándose dónde dirigir su llamada al demonio. No había forma de saber dónde había rebotado la criatura, así que, con su voz más fuerte, tanto física como mental, se echó hacia atrás y gritó.

—¡Demonio! ¡Ven y atrápame!

Por supuesto, el primer golpe vino detrás de ella, casi arrojándola fuera de la cresta, pero probablemente eso fue lo mejor, porque si hubiera visto venir el ataque, podría haber estado asustada. Cuando logró volverse y ver todos los tentáculos golpeando contra sus escudos, a solo centímetros de su cara, y la calabaza podrida de una cara, el horror golpeó con la misma fuerza.

—¿Qué? ¿No te gusta lo que ves? —preguntó el demonio con una voz sorprendentemente brillante. Luego, la criatura deforme se transformó en algo angelical, con alas de gasa y una hermosa cara dorada. "Quizás encuentres esto más atractivo cuando yo soy tú".

Entonces el fuego de Imzuli estalló. Todo lo que Raimi podía ver del ángel era su cuerpo retorciéndose, ardiendo y sin embargo no consumido. La criatura gritó de un dolor espantoso y se transformó de nuevo en la cabra / calamar y luego incluso en una niebla bajo la lluvia de fuego. Dentro de sus escudos, Raimi también sintió algo de calor y dolor, pero apretó los dientes y le habló con firmeza al demonio.

—Volverás al lugar de donde viniste y no volverás.

El demonio enfurecido solo pudo chillarle, perforando sus escudos solo con sonido. Golpeó y golpeó contra sus defensas, girando salvajemente entre sus tres formas, buscando una de ellas que le permitiera escapar.

—Vuelve, —reiteró Raimi con calma. "No puedes escapar a menos que dejes esta Tierra".

Podría haberle tomado horas o incluso días, pero el demonio finalmente capituló. No lo dijo, pero en un momento la niebla púrpura se arremolinó en la cabra / calamar y luego, con un crujido, desapareció por completo. El fuego de Imzuli continuó disparando contra los escudos de Raimi con un calor abrasador, y el humano gritó por encima del rugido de las llamas. "Creo que se ha ido".

—*¿Todavía lo hueles?* —preguntó Imzuli.

—Tu sentido del olfato es mucho más fuerte que el mío, pero no, ya no puedo verlo ni olerlo.

Con esa tranquilidad, Imzuli cortó el fuego. Raimi miró a su alrededor hacia el suelo que brillaba y las piedras que ahora se habían convertido en vidrio que fluían por las laderas. Por todos los lados, toda la nieve se había derretido hacía mucho tiempo y Raimi sintió una oleada de energía al sentir las aguas que ahora fluirían desde esta montaña hacia sus ríos.

—*He arruinado mi montaña*, se quejó Imzuli, pero vino a la luz sobre su pico algo encogido.

—Lo has hecho maravillosamente. Luchaste contra un demonio adulto y lo hiciste retroceder. Hemos aprendido por dónde entran a la Tierra. Puedes vigilar a Zema. Mantén los ojos allí y tal vez incluso evites que vengan otros. Es maravilloso.

—*Fue un buen plan*, estuvo de acuerdo Imzuli. "*Creo que iré a alimentarme ahora. Ese fue el fuego más largo que jamás he hecho y lo estábamos persiguiendo durante mucho tiempo antes".*

—Y yo también iré a mi lugar en el delta para descansar, Raimi sonrió mientras palmeaba a la dragona en el cuello. "Sí, lo hiciste bien, amiga mía, y esta noche tendré una gran historia para compartir con Owailion".

14

JUNTOS

Owailion regresó a la isla en el delta de Lara con esperanza y alivio. Mohan lo trajo, instalándose en la orilla lejana para disfrutar de la débil luz del sol. Ahora que se acercaba la mitad del invierno, ninguno de los dos podía esperar para pasar a una nueva etapa de su vida. Mohan no podía soportar cazar en Malornia, ni con la presa poseída por el demonio, ni con las mentes cubiertas de baba de todas las personas que encontraban. Por su parte, Owailion había aprendido más de lo que le importaba sobre la magia de sangre y el gobierno tóxico en Malornia. Ambos salieron convencidos de que las piedras rúnicas habían llegado a Malornia. Y juntos decidieron no volver pronto. Estar lejos de la Tierra les había quitado demasiado.

—¿No te preocupa quedarte dormido? Owailion le preguntó al dragón mientras se revolcaba en la arena de la playa, buscando una cama cómoda. "Solo faltan dos días para el cónclave, pero te quedarás dormido si no continúas".

—No, —respondió el dragón con cuidado. "Tengo suficientes preguntas para mantenerme despierto un rato más. Por ejemplo,

¿por qué no te preocupa el hecho de volver un poco antes? ¿No te preocupa que Raimi sepa que estás aquí y te puedas ver tentado a hacer algo que no deberías?"

—Solo quieres mirarnos, —respondió Owailion, esperando que fuera una broma, pero en el fondo podría haber resentido la fascinación del dragón por la intimidad humana. Ciertamente, Owailion se sintió desgarrado; queriendo estar a solas con Raimi, pero desconfiando de su habilidad para resistir sus encantos. *¿Y cómo podrías decirle a un dragón que su presencia era tanto un inhibidor como un alivio protector?* Mohan simplemente no entendería.

—*Los encuentro a ustedes dos muy interesantes. Los dragones no forman parejas como ustedes. Tus pensamientos están llenos de Raimi constantemente.*

—Como deberían ser, —respondió Owailion. "He vuelto aquí porque todavía no sé qué tipo de palacio empezar aquí. Esperaba soñar con el diseño o encontrar un lugar para esconder sus tubos. Me parece extraño que yo todavía no pueda hacer nada mágico a fin de prepararla para que ella se convierta en una Sabia".

—*¿Y si ella te ve aquí y quiere unirse a ti?*

Entonces le daré la bienvenida. No cederemos a la tentación en esta cita". Al menos Owailion esperaba que ese fuera el caso.

Como si fuera algo planeado, Imzuli, con Raimi a bordo, apareció en el cielo. Comenzaron a descender en espiral hacia la isla. Owailion tragó saliva con nerviosa anticipación cuando su prometida se deslizó del lomo del dragón y bailó hacia él. Ella lo alcanzó y le dio un beso largo y suntuoso que hizo que todos los demás pensamientos se alejaran de su mente. Finalmente, con el retumbar de aprecio de Imzuli resonando en el fondo, Owailion tomó aire.

—Hola, —susurró temblorosamente.

Raimi casi se rio de él. "Me encanta poder hacerte eso. Pero tenemos una audiencia". Miró a Mohan e Imzuli, quienes miraban a la pareja con atención. Así que eso también la puso nerviosa. De tal manera, que tomó la mano de Owailion y comenzaron a caminar por la costa de la isla como si estuvieran dando un paseo. Mientras se alejaban, ella le dio el enorme pergamino que había agregado al mapa. Incluía sus marcas más detalladas. Owailion notó cómo Raimi había sentido la picazón de tres lugares para palacios; una en la desembocadura del río Don, una en el extremo sur de la Gran Cadena y una última, para su preocupación, en la cima de la montaña natal de Imzuli.

Había necesitado algo de autocontrol para no decirle a Imzuli sobre eso; quizás la continua depresión de la dragona la animó a guardar silencio. Incluso había esperado hasta que estuvieran físicamente juntos para contarle a Owailion acerca de esto.

—No tengo el mandato de construir estos palacios, le dijo ella en un pensamiento bien protegido, ya que los dragones todavía estaban decididos a observarlos mientras caminaban. "Tendrás que confirmar todo lo que he descubierto. Debo estar equivocada. Un palacio no puede ocupar la montaña de Imzuli".

Owailion estuvo de acuerdo con su inquietud. "Investigaremos esto después... Después del cónclave". No se atrevió a compartir su convicción de que los dragones se irían a dormir inmediatamente después de la reunión y estarían solos a partir de ese momento. ¿Estaba emocionado o preocupado por esa perspectiva?

De repente, abandonó ese tema difícil y, en cambio, le dio con entusiasmo algo que había ocultado en sus charlas nocturnas. "Encontré un sacerdote", reveló. "Y él sabía que yo iría a su encuentro. Verás, cada Sabio también tendrá un mayordomo en la puerta, alguien que tenga la llave para entrar a nuestro palacio". Luego sacó el colgante que Enok le había dado.

Raimi escuchó ansiosamente su historia y luego le quitó la joya para examinarla más de cerca. "Magia profunda", susurró con asombro.

—¿Qué quieres decir con magia profunda? —preguntó Owailion, mirando la luz del sol reflejada en el río atrapar sus ojos.

—Imzuli me enseñó sobre eso. Explicó que ciertos hechizos, hechizos basados en Dios, son magia profunda que se une a la tierra, no al mago. Dios les da a estos mayordomos una larga vida para que sean parte del mundo de los Sabios. Como el hechizo del lenguaje sobre nosotros, el Sello, el Sueño e incluso la creación de los Sabios. Incluso después de que el mago se ha ido, el hechizo continúa porque está atado a la tierra misma. Eso es magia profunda.

—¿Es por eso que tuve tantos problemas para hacer sellos cuando Tamaar estaba tratando de enseñarme? ¿No lo estaba atando a la tierra, sino a mí mismo?

—Probablemente, —confirmó Raimi. "La mayor parte la hace Dios, pero podemos invocarla si le ponemos parámetros cuidadosos. Fue así como descubrí que puedo ver cualquier cosa dentro del reflejo de los ríos. Estaba profundizando, siguiendo el agua mientras se filtraba en el suelo y podía ver... Podía ver cualquier cosa. He visto el interior de la tierra y el mundo entero desde las nubes más altas porque también son agua. Donde va el agua, voy yo también".

—¿Has buscado las piedras rúnicas? Owailion preguntó emocionado por esta idea.

Raimi parpadeó sorprendida. "No lo he intentado". Se sentó abruptamente en el suelo, sacó el talismán Talismán y lo llenó de agua. Luego ordenó verbalmente el talismán. "Muéstrame dónde están las piedras rúnicas en este momento".

Owailion se acuclilló a su lado para mirar el reflejo, pero lo único que sintió fue una decepción. El reflejo se oscureció y no pudieron ver nada. "Está en blanco", murmuró.

—No, lo corrigió Raimi. "Muestra dónde están las piedras, en un lugar oscuro y sin agua. No sería una cueva, sino tal vez una habitación alejada de todo lo que pudiera proporcionar luz. No puede mostrar lo que no se ve. Hemos aprendido mucho".

—Bueno, —suspiró, —es algo. Mi mandato no es encontrarlas, sino encontrar al ladrón. Me corrigieron en eso. Tengo muchas otras cosas que hacer sin pelear una guerra para traer de vuelta las piedras a la Tierra".

Raimi estuvo de acuerdo con él y luego le devolvió su pendiente. "Si hay una llave, entonces debe haber una puerta y no nos has construido una puerta a ninguno de los dos. ¿Todavía no has sentido ninguna inspiración sobre qué construir aquí, aparte de que este es el lugar para mi palacio?" Ella miró con nostalgia a través de los árboles hacia las cascadas que se hundían en este maravilloso valle.

—No, y eso me preocupa. ¿Por qué se olvidaría tu casa? Quizás no necesites un hogar, excepto en mis brazos. Ahora que estamos juntos de nuevo, puedo concentrarme en eso de nuevo. Owailion la rodeó con sus brazos y ella se sintió envuelta en su calidez. "Te he echado de menos", susurró mientras hundía sus labios en su cabello.

—Y yo a ti.

En algún lugar del otro lado del río, Imzuli se movió para poder verlos abrazados. Sin decir palabra, los dos humanos comenzaron a caminar de nuevo, fuera de la observación directa.

—¿Quieres ver lo que está creciendo en Zema? Raimi preguntó y antes de que pudiera estar de acuerdo, Raimi rellenó mágicamente el talismán para proporcionar el reflejo. "Todas las noches he observado lo que has estado haciendo, tu viaje por el mar, espiando a Malornia. Incluso he vuelto para ver cuándo llegaste a la Tierra. Ha sido..."

—Qué inquietante, ¿me has estado mirando? Owailion bromeó, y luego cambió hacia lo que no pudo descubrir en su viaje a las tierras lejanas. "Me pregunto si puedo pedirle a su talismán que nos muestre cómo las piedras rúnicas llegaron a la Tierra", preguntó. "Dios no habría creado un portal para traer demonios a la Tierra, ¿verdad?"

Raimi detuvo su caminata, volvió a llenar el talismán y luego esperó hasta que el agua se calmó. Luego cerró los ojos para concentrarse. "Muéstranos cómo vinieron las piedras rúnicas de Zema para estar en la Tierra".

La luz en el cielo blanco, que amenazaba con la primera tormenta de nieve tan al sur, ahora se reflejaba de manera plana en la superficie del agua y por un momento Raimi se preguntó si el talismán mostraría algo. Luego vio una onda que no tenía nada que ver con el movimiento en el agua. Vio lo que parecía un ciclón corriendo por el cielo y luego aterrizó en las llanuras doradas, serpenteando y serpenteando hacia el este salvajemente. Cuando la vista giró en un ángulo más paralelo, pudo ver el acercamiento hacia las montañas. Reconoció los picos particulares. El bosque en la base de la cordillera se alzaba como una pared contra el ciclón y cuando la tormenta chocó con los árboles, se balancearon violentamente. Los ejes de los árboles se hicieron añicos. El tornado se disipó allí, golpeando contra las fuertes ramas y cuando se desvaneció, las piedras, con marcas y todo, permanecieron allí adultas, colocadas por la mano de Dios. Ningún hechicero los había dejado y ningún demonio entró con su llegada. Quizás eran como los tapones de corcho destinados a bloquear la llegada de los demonios. ¿Estaba el Sello allí en ese momento? Simplemente no había forma de saberlo.

Una vez más, Owailion deseaba que la imagen se acercara a

las piedras para que tal vez pudiera leerlas, pero la superficie del agua en el talismán era simplemente demasiado pequeña para distinguir las marcas, por lo que se apartó del plato, satisfecho con lo que tenía. Visto en el talismán de Raimi. "Entonces vinieron de Dios", susurró. "Dudo que hayan sido colocados allí como un portal, pero Dios las instaló para bloquear la entrada, así como con un mensaje para los humanos".

Raimi asintió y luego agregó: "¿No quieres ver cómo desaparecieron?"

Owailion miró hacia los dragones que ya no estaban físicamente a la vista y luego le respondió en una línea privada. "No, lo he visto antes y esto es un asunto de dragones. He aprendido a no involucrarme en eso. Estoy bastante seguro de que Mohan ha retrocedido en el tiempo para comprobarlo por sí mismo. Tal vez se enfrente al dragón involucrado; quizás en privado en el cónclave, si se entera de la identidad del ladrón antes de esa fecha".

Raimi se estremeció. "No puedo imaginar una discusión así. Los dragones parecen tan civilizados y ecuánimes. Es difícil concebir un ladrón entre ellos. Acusar a uno de ellos de un crimen... Parece extraño". Luego cambió el tema hacia un futuro más agradable. "Cuéntame qué esperar en el cónclave", sugirió Raimi en voz alta. "Le pregunté a Imzuli al respecto y todo lo que obtuve fue que solo se trataba de una reunión de dragones".

En lugar de explicar con palabras, Owailion compartió mágicamente con ella el recuerdo de su única asistencia a un cónclave. Le mostró la isla de diamantes, las nubes y cómo fueron consumidas con el aliento de fuego de Mohan. Owailion le mostró la abrumadora belleza de los dragones asistentes, con sus pieles brillando como joyas. Luego, por si acaso, se imaginó algo del sueño que había disfrutado: Raimi con su atuendo real, blanca y brillante con su cabello cobrizo y manos de alabastro lo único visible. Finalmente, añadió de su imaginación una imagen de ambos de pie hundidos hasta los tobillos en una costa formada por gemas sin cortar. Ambos vestían sus trajes reales, uno frente al otro, tomados de la mano mientras su sacerdote Enok estaba frente a ellos, pronunciando las palabras de una promesa.

Raimi sonrió tímidamente con anticipación. "¿Cuándo?"

—Mohan está convocando el cónclave para mañana. Esto será más complicado que una simple boda. Aparentemente, los dragones tienen recuerdos que quieren compartir conmigo. También espero que Mohan quiera abordar la cuestión de quién robó las piedras. Y hablarán del Sueño. Creo que además de Imzuli y Mohan, todos los dragones apenas se sostienen en este punto, listos para ir a sus montañas y no volver a salir nunca más. Nuestros votos matrimoniales probablemente serán una parte menor del cónclave, al menos para los dragones, ya que solo somos invitados allí.

—¿Crees que el Sueño caiga sobre ellos rápidamente? ¿Se irán todos a su montaña y de repente el cielo se despejará? —preguntó Raimi, pensando en Imzuli y en lo vibrante que era al principio, siempre haciendo preguntas y encontrando algo nuevo y hermoso para mostrarle a su amiga, y luego cómo se desvaneció. Raimi extrañaría terriblemente a Imzuli. ¿Volverían a despertar los dragones? Parecía incorrecto que se fueran a dormir para no volver a ser vistos.

Owailion suspiró con pesar. "No lo sé, y será triste pase lo que pase. He llegado a amar a Mohan desde que he estado con él. Todo Sabio debería tener un amigo dragón, pero no será así. Dios tiene un propósito para el Sueño y es posible que nunca lo sepamos. Yo deseo..."

—¿Deseas qué? Raimi preguntó cuando él se agotó y puso escudos alrededor de sus pensamientos.

—Ojalá tu talismán Talismán pudiera mostrar el futuro también, —susurró Owailion. "De alguna manera suena un poco codicioso esperar algo que nadie debería saber".

Raimi parpadeó sorprendida. "Pensé que era un milagro ver el pasado. Nunca se me ocurrió pedirle al talismán el futuro. ¿Cómo podemos saber lo que no nos puede mostrar si no lo intentamos?"

Owailion no expresó en voz alta sus recelos, pero tampoco dudó en al menos pensar en ellos y dejar que ella le leyera la mente. Escuchó sus instintos. "El futuro está demasiado abierto a tantas opciones. Una cosa era aprender del pasado y otra muy distinta manipular las cosas en el futuro".

Sin escuchar su protesta no verbal, Raimi tiró el agua de la visión anterior y luego volvió a llenar el talismán mágicamente. Luego cerró los ojos para concentrarse mientras el agua se asentaba. Para su beneficio, dejó que Owailion escuchara los pensamientos que usaba mientras dirigía cuidadosamente el talismán de imágenes hacia exactamente lo que quería presenciar. "Muéstranos nuestra futura boda".

El agua se puso blanca por la niebla y apenas pudieron distinguir formas individuales de dragones encaramados en el volcán sobre el lago. Los dos estaban cogidos de la mano, como en la visión fabricada por Owailion, mirándose a los ojos, pero faltaba algo.

—¿Dónde está Enok? Owailion preguntó por el ausente.

Pero el talismán Talismán tomó su pregunta como una solicitud de visión. La imagen de su boda se desvaneció para revelar algo nuevo. Raimi reconoció la iglesia por los recuerdos de Owailion de su visita a Malornia. Vio cómo Owailion acababa de irse y la puerta se cerraba detrás de él. Entonces, una figura vestida de oscuro salió sigilosamente del nicho en la parte trasera de la capilla. Se acercó sigilosamente al altar y llamó al sacerdote. Enok salió a encontrarse con este recién llegado, pero pareció sorprendido cuando vio quién había entrado como si reconociera a este visitante y supiera el peligro que representaba. Raimi tuvo dificultades para mantener firme la imagen cuando el impostor agarró a Enok por el cuello y lo arrastró pateando y peleando hasta su propio altar. El enemigo mucho más poderoso arrojó al anciano sobre la piedra y procedió a clavar su cuchillo en el corazón del sacerdote. Enok estaba muerto pocos minutos después de que Owailion lo dejara.

El agua se derramó y Raimi dejó caer el talismán.

—No, jadeó Owailion. "Acabo de encontrarlo. ¿Cómo...? Deben haber sabido que iría a su encuentro y me siguieron hasta allí. No se atrevieron a atacarme, así que, en cambio, esperaban detenerme matándolo".

Raimi dejó escapar su mente, buscando alguna forma de consolar a Owailion en este horrible momento. De nuevo pensó en cómo todo lo que tocaba debía salir mal, pero este no era su mayordomo. Solo había sido su Talismán el que mostraba este mal. Ella envolvió a Owailion en sus brazos y se meció con él en su dolor, sosteniéndolo como su único consuelo.

Owailion volvió a moverse malhumorado. "Quería ver algo maravilloso. ¿Alguna vez habrá algo hermoso en nuestras vidas?"

Raimi no tenía palabras para él. El pasado que acababan de presenciar había sido horrible. ¿Podría ser mejor el futuro? Levantó el talismán, lo llenó de agua y luego cerró los ojos para pedir su deseo. "¿Cómo será la Tierra después de que los dragones se duerman?"

Luego abrió los ojos para presenciar los resultados. Los ojos oscuros y tristes de Owailion se volvieron hacia ella para mirar con avidez, desesperadamente por esperanza. A pesar de sus recelos de presenciar el futuro, quería esa esperanza. Una vez más, la superficie reflejó el cielo invernal blanco y plano.

Luego, la imagen cambió a la nieve de las montañas. La escena siguió a lo largo de la Gran Cadena, mostrando los picos uno tras otro en una sucesión ahora familiar. Pasó brevemente por algunos de los grandes palacios de Owailion ubicados donde aún no los había encontrado. Ahora terminados, los palacios se alzaban con lujosos jardines que desafiaban el clima y la altitud a la que se encontraban. Entonces la visión corrió alrededor del Codo donde la cadena montañosa se doblaba hacia el sur.

A su lado, Raimi jadeó. "Ahí es donde está el pico de Imzuli... Estaba". Ambos vieron que toda la montaña había desaparecido y, en su lugar, un impresionante jardín había echado raíces en el cráter dejado atrás. Antes de que pudieran registrar un edificio allí, la imagen se movió más al sur. ¿Faltaban otras montañas ahora? Se fueron o aplastaron o... La imagen se movió demasiado rápido como para estar seguro de los cambios.

Luego, la escena cambió sobre el bosque a lo largo del río Don, pero presenciaron algo extraño. Los árboles comenzaron a morir, tornándose marrones y marchitándose mientras la imagen volaba a la velocidad del dragón hacia el mar. Surgieron pueblos a lo largo del río, cortando los escasos árboles que habían sobrevivido a lo que fuera que mató al bosque. "¿La gente está entrando al Sello?" Owailion observó. "Me preguntaba..."

—¿Por qué moriría el bosque? ¿Cómo entrará la gente al Sello? —preguntó Raimi incluso mientras veía la tierra alrededor del río Don ondulada por terremotos y otras fuerzas. "Estos son cientos de años de cambio", agregó cuando el bosque había cedido a la influencia de las llanuras y luego se perdió, y la imagen se desplazó hacia el oeste hacia las Montañas del Sur. A lo largo de ellos surgieron minas y más pueblos. Un volcán entró en erupción frente a la costa hacia el sur en un destello negro y no vieron más. Su siguiente pequeña visión se trasladó al río Lara y ambos jadearon.

La isla en el delta donde se encontraban en ese mismo momento, su lugar favorito, se había disuelto en un pantano. Las colinas que rodeaban el río habían desaparecido, junto con la cascada y los árboles. En cambio, los pantanos y la niebla llenaron el lugar. Un palacio, presumiblemente el de Raimi, estaba en medio del pantano y solo lo vieron brevemente antes de que se derrumbara, convirtiéndose en trozos de mármol en las marismas. La mano de Raimi tembló ante la vista y la imagen se onduló, y ella dejó caer el talismán en la arena.

Raimi se encontró llorando incontrolablemente y Owailion trató de consolarla cuando él mismo sintió ganas de llorar. Ninguno de los dos podía soportar la idea de que su Tierra cambiara tanto, pero al verla en primera persona, verla derrumbarse ante sus ojos, sintieron como si los golpes los estuvieran agrediendo físicamente. Fue peor que ver la desaparición de Enok. Que al menos sin esperanza cayó en el pasado.

—Es como si una tormenta había golpeado a la Tierra, — susurró mentalmente Raimi, recordando la visión anterior que les había mostrado el talismán, de cómo llegaron las piedras por un ciclón.

—No, esto fue lento. Hemos visto cientos de años de alteraciones. Cualquier lugar puede cambiar en mil años. Dios no destruiría todo lo que hemos construido. Puedo ver el bosque muriendo y tal vez algunas de las montañas erosionándose, pero no...

—¿La montaña de Imzuli? ¿Dónde irá a dormir? Raimi preguntó en su dolor. "Un palacio, se puede reconstruir en cualquier momento, pero no se puede reconstruir una montaña con ella adentro. ¡Ella será aplastada!"

Raimi sintió que Owailion intentaba consolarla, la hizo callar mientras el dolor y lo desconocido casi los abrumaban a ambos. "Preguntaremos en el cónclave. Mohan tendrá algunas ideas. No podemos dejar que se vayan a dormir si eso es lo que sucede cuando no están mirando. Confían en nosotros como mayordomos. Compartiremos esto en el cónclave. Ellos tendrán que..."

Raimi negó con la cabeza, rechazando su idea. "Owailion, sus instintos ya están establecidos. Difícilmente pueden permanecer despiertos en este momento. ¿Cómo haremos esto por nuestra cuenta?" Apenas podía pronunciar las palabras en un susurro. Con miedo, supo que esta visión era cierta. Había nacido en la Tierra sabiendo que algo que haría saldría mal. "Tendremos que superar esto por nuestra cuenta".

Owailion suspiró arrepentido. "No lo haremos otra vez. Nunca más usaremos el talismán para ver el futuro".

—No lo jures, —advirtió Raimi. "Un Sabio debe mantener sus juramentos. Algún día podemos arrepentirnos de todo lo que hemos hecho. Es una tormenta que tendremos que pasar y de alguna manera lo haremos".

Pero Mohan está justo aquí. Él lo sabrá... ¿Cómo podemos no decirlo?"

—¿Cómo? Cierra tu mente, —advirtió Raimi. "¿Cómo crees que he podido mantener en secreto que la montaña de Imzuli se ha ido? Ha sido difícil, pero tenía que hacerlo. Tenemos que. No pueden saber... Saber... Cómo fallamos".

—No fallaremos, —juró Owailion, y quería que este juramento fuera vinculante.

15

PLENO INVIERNO

*E*ra una pareja de humanos muy silenciosos que llegaron a la orilla del lago Ameloni al día siguiente y se detuvieron en la orilla de diamantes al amanecer esperando la llamada al Cónclave. El invierno se instaló en lo alto, helado y frío, pero al menos el tormentoso invierno no amenazaba con hacer que la reunión se hundiera en una ventisca. Raimi se acercó a las piedras de la costa y, como Owailion recordó de su sueño, cortó fácilmente gemas perfectamente facetadas de las piedras en bruto con solo un roce de su mano o soplando el polvo de piedra. Cogió una docena, respiró sobre ellas y luego las dejó caer como copos de nieve sobre la orilla.

Los dragones llegaron uno a la vez y se dieron a conocer tomando su lugar en el lado de la isla con un rugido y un saludo mental. Imzuli vino y quiso pedir inmediatamente más ejemplos de besos, la cosa más enérgica que encontró interesante últimamente. Algunas cosas debían permanecer privadas, por lo que Raimi la desanimó. Ninguno de los humanos había procesado completamente las visiones del talismán. ¿Cómo hablarías con un dragón sobre lo que sucedería en el futuro con la montaña de Imzuli? Así que, en lugar de hacerlo, pusieron una cara valiente y hablaron en privado entre ellos.

—¿Qué deberíamos hacer con respecto al sacerdote? No lo hemos discutido, —susurró mentalmente.

—Los dragones esperarán algo grandioso, —agregó Raimi, señalando el amor de Imzuli por el romance.

—No lo sé, —respondió Owailion en tonos similares. "Quizás tengamos un vínculo como los dragones, sin sacerdote, pero con ellos como testigos. Es la única forma en que podemos hacer esto. No me atrevo a volver a Malornia y buscar otro sacerdote".

Raimi asintió con la cabeza y Owailion pudo escuchar sus pensamientos. A veces, incluso cuando hacían todo correctamente, no funcionaba como se esperaba. Ese había sido su mayor temor desde el principio. Todas las cosas que ella tocaba saldrían mal.

—No, mi amor, esto no, esto no saldrá mal, trató de tranquilizarla Owailion, disipando la penumbra, deseando que la magia pudiera hacerlo realidad.

Poco a poco, la isla se llenó de dragones y la sensación de anticipación que se extendió por la isla se sintió lo suficientemente densa como para aliviar el malestar que sentían los humanos. En su mayor parte, los dragones esperaban con anticipación y entusiasmo esta próxima aventura; el Sueño. Especulaban en voz alta sobre soñar como lo hacían los humanos y cómo la Tierra cambiaría mientras ellos no lo supieran. Mientras tanto, Raimi y Owailion mantuvieron sus pensamientos sobre el tema firmemente detrás de sus escudos personales y se aferraron el uno al otro para consolarse. Sabían algunas de las respuestas a las preguntas del dragón, pero no querían compartirlas. La verdad pondría demasiado freno al entusiasmo de los dragones.

Como el dragón que había convocado este cónclave, Mohan

tomó la cima del pico del volcán y abrió la reunión formalmente. Owailion y Raimi se quedaron muy abajo en la orilla, mirando hacia arriba a través del cielo invernal para verlo, sin embargo, esa distancia no les impedía saber con precisión todo lo que se discutía.

—*Gracias a todos por venir a este cónclave. Tenemos muchas cosas que debemos lograr en este momento. Primero, deseamos presentar a Raimi, la compañera de Owailion. Ella es la segunda Sabia, la Reina de los Ríos.*

Raimi dio un paso adelante y aumentó un poco su magia de modo que se puso su ropa real, plateada y un gris invernal que reflejaba el lago más allá de ella. Con tales galas, encajaba perfectamente con la magnificencia del dragón y Owailion sonrió con aprecio.

—Gracias por invitarme, —susurró mentalmente para que todos los dragones pudieran escucharla, incluso en el otro lado de la montaña.

—*¿Otro? De verdad, Mohan, ¿es esto realmente necesario?* Ruseval refunfuñó una vez más de la manera típica. *"Los humanos se reproducen como conejos. Se harán cargo y luego, cuando volvamos a despertar, estarán en todas partes. Un humano debería ser suficiente".*

Owailion jaló a Raimi de vuelta a sus brazos.

Mohan gruñó pidiendo silencio. *"Esa no será nuestra decisión. Dios la ha traído aquí, pero me ha asegurado que los Sabios no pueden reproducirse. Su magia está muy controlada".*

Esta era una novedad tanto para Owailion como para Raimi. ¿Sin hijos? Después de todas las demás decepciones del día anterior, este golpe apenas los sacudió. No había sido algo que hubieran discutido, pero si Dios lo había declarado así, entonces quiénes eran ellos para quejarse de otra limitación. Aparentemente, la Tierra necesitaría toda su atención. Con suerte, esa limitación sería suficiente para tranquilizar a Ruseval, si algo pudiera hacerlo.

—*Dicho eso,* —continuó Mohan, —*nos han pedido que presenciemos su unión. Llaman matrimonio a un vínculo. Solo nos corresponde a nosotros presenciar la ceremonia y darles la bienvenida como pareja. No tenemos voz en sus derechos de vinculación. Ahora, Owailion, ¿dónde está tu sacerdote?*

Con una oración privada para que sus instintos de Sabio lo guiaran, Owailion dio un paso adelante y anunció con pesar su noticia. "El sacerdote al que me acerqué para realizar el matrimonio ha sido asesinado. Por lo tanto, sugiero que no pongamos en peligro a nadie más por nuestra cuenta. En cambio, solicito que tengamos un vínculo, al igual que los dragones y que el cónclave sea nuestro testigo".

Owailion se encontró bajo la intensa mirada de todos los dragones, incluso los del otro lado que tomaron el aire para ver este evento. No sintió miedo por esto; lo había soportado antes en su nacimiento. En cambio, canalizó su calma hacia Raimi. Dios estaba a cargo y le dio exactamente lo que necesitaban decir. Owailion surgió mágicamente y se puso su ropa real a juego con la de Raimi. Luego se volvió hacia ella, sosteniendo sus manos con fuerza entre las suyas. Las palabras para hablar vinieron con inspiración.

—Bajo los ojos de Dios, te amaré y me uniré a ti solo por la eternidad, juró, apenas haciéndose escuchar, pero el significado sonó a través de los cielos. Luego sacó su última creación; el diamante de ensueño que le había regalado meses antes, incluso antes de llegar a la Tierra. Lo había puesto en un anillo y ahora lo colocó con cuidado en su dedo.

La sonrisa de Raimi captó la luz del diamante cuando respondió. "Y bajo los ojos de Dios, te amaré y me uniré solo a ti por la eternidad". Ella respondió solemnemente, tratando y a la vez fallando de mantener la sonrisa fuera de su voz ahogada por la emoción.

Y sabiendo que solo pondrían a los dragones en agitación, Owailion se inclinó y besó a Raimi larga y lujosamente.

Los dragones también podrían haberlos observado durante horas, pero afortunadamente tenían otros asuntos más importantes que cumplir y una vez que recibieron la pista de que este beso podría durar para siempre, los dragones se volvieron hacia sí mismos y Owailion y Raimi los ignoraron.

El siguiente orden del día parecía ser la complejidad del Sueño. Los dragones hablaron extensamente sobre cómo habían cambiado sus hábitos alimenticios y cómo de repente encontraron muy interesante excavar en las montañas que serían sus hogares.

—*Ahora es el momento de compartir los Recuerdos,* la voz de Mohan se abrió paso a través de los escudos humanos, interrumpiendo deliberadamente para llamar su atención. *"Cada uno de nosotros tiene recuerdos que pasarle a Owailion antes de dormir. ¿Podrías unirte a nosotros en la cima de la montaña?*

Owailion suspiró. Había sospechado que algo como esto sería necesario, pero no había querido mencionárselo a Raimi y ahora debía dejarla. Los dragones no tenían el concepto de luna de miel y esto ciertamente llevaría algún tiempo. "Volveré tan pronto como me dejen. Quizás quieras montar un campamento", le aconsejó a Raimi, dándole un último beso y luego desapareció para estar en presencia de los dragones del cónclave.

Una vez más encima del cuello de Mohan, Owailion sintió una extraña sensación de remordimiento. Nunca volvería a presenciar este panorama desde esta gloriosa altura donde parecía poder ver para siempre. Ya estaba abrumado por la vista que se extendía ante él; la alfombra de nubes, nieve reluciente y dragones cegadoramente brillantes se esparcían debajo de él. Y esa vista le dio la seguridad de que el Sueño era inmediato. Entonces la mente de Mohan chocó con la suya, aconsejándolo, rompiendo su melancolía con la esperanza de un dragón.

—*Owailion, ahora debemos compartir contigo la Memoria de la Tierra porque eres el mayordomo elegido por Dios. Sentirás los dolores de la tierra, el fluir de la magia y la fuerza del Sello en tu mente. Cada uno de nosotros tiene una parte de las Memorias de la Tierra, pero también la tiene alguien que lo tiene todo. Hasta ahora ese he sido yo. Dios me ha asegurado que eres capaz de aceptarlo. Debes vivir con esta Memoria; mantenla viva y sagrada. La Tierra es la tierra de Dios. Él la ha preparado y protegido. Te convertirás en su mayordomo y defensor. Debes vivir con ello como una alegría, no como una carga. Agrégale tus vivencias y conocimientos a la Memoria de la Tierra y se volverá más poderosa. Compártela con los otros Sabios a medida que vengan, pero por ahora, debes tomarla y aprender de ella. ¿Estás listo?*

¿Cómo podría alguien estar preparado para absorber la memoria de todo un continente? No había nada que hacer para prepararse excepto decir que estaba listo. Owailion asumió que Dios lo haría capaz de cualquier carga que esto implicara, por lo que asintió con la cabeza que estaba preparado. "Sí", murmuró.

Imzuli, como la más joven, fue de primero, flotando sobre las nubes y la niebla para hacer contacto visual con él. Owailion observó maravillado cómo sentía su mente invadida por la dragona blanca y plateada. Como la más joven de los dragones, ella cargaba menos recuerdos, pero lo que golpeó su cerebro lo hizo jadear. Se sintió aplastado por el peso de las montañas, la nieve y las piedras preciosas de muchos glaciares. Ella recordó para él la presión del agua que brotaba de las piedras y se hundía en las grietas de la tierra, en el Don. Ella lo ahogó en el gran lago sin nombre en el noreste y su hielo y niebla lo cegaron. Sintió que las cámaras profundas y los senderos a través de las montañas se abrían paso a través de los pasajes de su mente y su sangre se llenaba de agua helada. Owailion sintió que había envejecido mil años en el destello del ojo plateado de la dragona.

De repente, Imzuli terminó con él y rompió el contacto. Owailion gimió ante la repentina ruptura de la conexión. Sus ojos lucharon por enfocarse en un panorama más simple que toda una cadena montañosa. El enorme peso de todo esto se instaló como agua en el hueco de su cráneo, goteando lentamente. Trató de asentir con la cabeza hacia Imzuli, pero le dolía demasiado moverse. En cambio, cerró los ojos y luego tragó saliva cuando un segundo dragón tomó el lugar de Imzuli y un nuevo conjunto de Recuerdos lo inundó. ¿Cuánto tiempo tomaba esto? Se sentían como días para que solo un conjunto de estos dracónicos registros se vieran en su cráneo, pero el sol no parecía moverse por el cielo. Le calentó la espalda mientras ahora absorbía la suave ola de viento sobre la hierba de la pradera, cisternas ocultas con incrustaciones de cristales y las frenéticas grietas de los cañones. Incluso perdió la pista de su nombre en el pintoresco paso de las edades. ¿Había sido humano alguna vez? ¿Volvería a ser humano después de ver y sentir todo esto? ¿Sobreviviría?

Ni siquiera podía pensar en hacer la pregunta cuando llegó la tercera ola.

Raimi caminó a través de la niebla en la playa, recogiendo piedras, tallándolas y luego esparciéndolas nuevamente entre las gemas en bruto. El día parecía arrastrarse mientras escuchaba los truenos y retumbar en lo alto de la capa de nubes. Los dragones le habían quitado a Owailion pocos minutos después de que se casaron y eso le molestaba incluso más que ser excluida. Se sentía protegida de todas las mentes por encima de ella en la isla y luchó contra la irritación. Sabía que era mejor no intentar escuchar lo que estaba sucediendo. Esto era para Owailion, no para ella. Él era el pionero aquí, pero para su sorpresa, ya no le gustaba estar sola por tanto tiempo.

Para distraerse, Raimi caminó por toda la isla en busca de un lugar para establecer un campamento, como había sugerido Owailion. Las tranquilas aguas del lago no la llamaban tanto como un río, pero todavía sentía algo aquí que despertó su curiosidad. Un demonio del lago, o quizás un fantasma vivía aquí en el agua y pensó en aprovechar su presencia. Owailion había intentado una vez explicar la sensación de que algo 'se estaba volviendo demonio' y no estaba segura de que eso fuera lo que sentía aquí, pero exigía su atención.

Y llegó la inspiración. ¿Podría en cambio crear un vínculo con la presencia que habita el lago para asustar a los cazadores de diamantes? Eventualmente, la gente vendría a esta isla y vería todos los diamantes y los codiciaría. Este lago y su isla eran sagrados para los dragones y, por lo tanto, no quería que fuera saqueada. No sintió nada físico que pudiera manipular en un Talismán como lo había hecho Owailion, pero Raimi experimentó cuidadosamente con el contacto tenue y persuadió al espíritu allí para que hablara con ella.

Extendió la mano y acarició la presencia con su comprensión del agua. Sintió un derviche masivo de poder, palpitando dentro del lago, esperando tragar cualquier cosa que se perdiera en el agua. Saboreó su poder ambivalente y su rabia por existir, sin propósito ni estructura, como un fantasma despojado de su vida, pero incapaz de seguir adelante. ¿Podría aprovechar eso? Recordando lo que Imzuli le había enseñado sobre cómo vincular esta magia profunda de los deseos con la Tierra misma, Raimi se acercó al fantasma del lago y lo liberó de pensamientos tortuosos imaginando un río que atravesaba el lago, eliminando la ira. Luego habló con la presencia y se presentó.

—Soy un Sabio de la tierra. Estás obligado aquí, pero tengo una tarea para ti. Debes ser el protector de esta isla. Ningún humano puede venir aquí sin conocer tu ira. Sacude la isla y expúlsalos. ¿Puedes hacer eso por mí? —preguntó como si se dirigiera a un niño.

La respuesta del fantasma se sintió más como una sonrisa canina y un movimiento de cola que una respuesta coherente real. Ella sintió un ansia por ayudar, lealtad y devoción hacia ella simplemente por su atención. Nadie lo había sentido nunca aquí, esperando, arremolinándose, probando el limo y las algas, pero nada más. Ahora, desde que se había dado cuenta, cumpliría sus órdenes. Nadie caminaría por las orillas de la isla de Ameloni sin un gruñido amenazador del espíritu del lago. El fantasma se sintió mareado ante la oportunidad de ahuyentar a todos los presentes. Excepto ella. Amaba a Raimi por preguntar, por darse cuenta. Ese espíritu haría cualquier cosa por Raimi.

—Bueno, no debes ahuyentar a Owailion ni a los dragones. Ellos son de toda confianza y pueden entrar. ¿Serás el guardián del lago? Raimi preguntó con cuidado y sintió otro movimiento de deleite por la presencia y luego se instaló de nuevo en las profundidades del lago, arremolinándose, pero con el propósito ahora de esperar cualquier llamada al deber.

Dos días después, Raimi estaba frenética de preocupación por Owailion. En su impaciencia, había convertido miles de piedras preciosas en joyas talladas y cortadas. Caminó por las costas, observó el clima y trabajó un poco en los parámetros de un hechizo de lenguaje, pero no pudo concentrarse lo suficiente para hacerle justicia. Simplemente anhelaba el fin de la interferencia dracónica y el regreso de Owailion. Las nubes no se habían levantado de la cima de la montaña y no había visto una sola ala o cola en días. Sabía que Owailion vivía, porque podía sentir el zumbido de la vida, pero nada más. La soledad resonaba en su cabeza, pero cada vez que intentaba tocar su mente se sentía empujada suave pero firmemente, como una resaca. Ella podría flotar y sobrevivir fuera de la mente de Owailion, pero nunca superaría la inexorable marea que lo rodeaba.

Había acampado y prendido una hoguera frente a ella en un intento desesperado de quemar el invierno que reflejaba su estado de ánimo. Sintió que se acercaba una tormenta, que se llevó la niebla omnipresente, pero no la capa de nubes sobre los dragones para proteger sus acciones en la cima del volcán. Luego, al anochecer, con la oscuridad de la tormenta a punto de estallar en lo alto, Raimi miró hacia arriba del fascinante fuego y vio a Owailion de pie al otro lado de las llamas; una estatua en su ojo, pero una abrazadora y ardiente mente a través de sus pensamientos. Ella se puso de pie y lo atrapó antes de que cayera de bruces a las llamas.

"¿Owailion?" Ella jadeó y lo bajó al suelo. Tenía los ojos cerrados y la piel se le enfriaba contra el dorso de la mano. Ella le levantó un párpado y sintió que sus ojos oscuros, insensibles al brillo de la luz del fuego, la miraron fijamente. Con cuidado, extendió la mano mentalmente para escuchar sus pensamientos, ya que él no hizo ningún esfuerzo por proteger su cerebro. Pero al hacerlo, se encontró bajo el agua en el fondo de un gran pozo. Era bueno que ella pudiera respirar bajo el agua o se habría ahogado.

En cambio, Raimi liberó su mente. "¿Qué le han hecho?"

preguntó a los dragones invisibles y cuando no respondieron, lo gritó. "¡¿Qué le han hecho?!"

Finalmente, la gentil respuesta de Mohan goteó con agotamiento y amor sincero. *"Le hemos dado todo. Ahora dormiremos. Adiós para siempre"*.

Así que se estaban yendo, finalmente entrando en hibernación. Raimi se dio cuenta de que ella era la última testigo. Fue difícil desenterrar la emoción adecuada para reconocer lo que sabía que era verdad. Con la abrupta partida, las nubes artificiales se levantaron y dejaron espacio para la tormenta que azotó la ladera de la montaña. Comenzó a enterrarla en la nieve como si cayera una cortina y el acto terminó. Más tarde, ella lloraría por sus amigos perdidos.

En cambio, Raimi se aferró a la necesidad de atender a Owailion y asegurarse de que se recuperara. Su agotamiento hizo que le dolieran los huesos. El mismo aire a su alrededor se estremeció con el peso mental de todo lo que debió haber experimentado. Sin pensarlo, Raimi conjuró mantas calientes y envolvió a Owailion como a un bebé. Luego intentó darle un poco de caldo caliente. En realidad, no le respondió, pero ella pudo gotear un poco en su boca y él no se atragantó. Luego, redirigió la tienda que había estado usando para colocar sobre su cabeza y luego apagó el fuego, todo mientras lo sostenía con fuerza mientras él temblaba y gemía en su sueño exhausto.

Durante toda la noche tormentosa ella lo abrazó, bañó su rostro febril con agua fría y susurró palabras cariñosas. Ella no se atrevía a escuchar la vorágine que era su mente. El clima parecía reflejar sus pruebas. Dos veces la tienda casi voló sobre ellos, pero ella la mantuvo firme con rocas de río conjuradas y pura fuerza de voluntad.

Al amanecer, la tormenta finalmente se calmó en una calma inquietante y Owailion cayó en un sueño silencioso mientras la mordida del invierno descendía y el frío claro y amargo de un cielo azul sobre su cabeza penetraba la lona. Raimi se asomó fuera de la tienda solo una vez para mirar la pendiente cubierta de nieve sobre ella, completamente desprovista de dragones. Luego se permitió descansar también, se acurrucó contra el cuerpo exhausto de Owailion y ambos durmieron en dulce paz.

16

NOMBRAR A UN LADRÓN

*M*ucho después, una caricia despertó a Raimi. Se sintió cálida y contenta, reacia a abrir los ojos cuando sintió que Owailion le apartaba un mechón de cabello de la cara. Abrió los ojos ante ese pensamiento y de nuevo casi se ahoga en la oscuridad de la noche en sus ojos.

—Algo de luna de miel, le sonrió. Los círculos oscuros debajo de sus ojos decían mucho sobre su recuperación aún por venir, pero su intensa mirada insistía en que ahora estaba completamente con ella.

—¿Cómo lo sabríamos? —respondió ella. "No he tenido una luna de miel todavía... Aunque espero pacientemente".

No abandonaron la tienda ese día, ni el siguiente, porque ninguno se sintió inclinado a romper el hechizo de la isla Ameloni. Owailion necesitaba descansar y asentar el peso del mundo entre sus oídos. Los dragones los dejaron solos y vacíos y mientras los humanos tenían docenas de preguntas sobre lo que estaba sucediendo en la Tierra, a pesar de ello, no se les ocurrió nada lo suficientemente urgente como para interrumpirlos. Las tormentas volvieron a caer sobre ellos, casi enterrando la tienda, pero esto apenas molestó a los amantes. Si les caía nieve hasta la primavera, no les molestaría en lo más mínimo.

Mientras se recostaban al tercer día en la lujosa cama que habían conjurado dentro de su tienda, Raimi finalmente se armó de valor para preguntar qué le habían hecho los dragones y Owailion parecía dispuesto a responder.

—Me dieron los Recuerdos de la Tierra. No sabía esto antes, pero sienten que todo lo que la Tierra siente es una parte viva de ellos. Ahora yo también lo siento. No es de extrañar que no necesitaran haber visto un lugar para poder viajar a él. Lo he sentido todo; el nacimiento de montañas, el deslizamiento de una avalancha por una pendiente, la formación y destrucción de demonios. Lo he vivido todo. ¿Te das cuenta de que ha habido miles de intentos de romper el Sello a lo largo de los años y dos de hecho lo han logrado durante un tiempo? Todo lo que se siente o se toca en la Tierra lo siento, como una picazón, dolor o ardor en mi propio cuerpo.

—¿No es eso abrumador? Ella preguntó mientras trataba de enmascarar la preocupación en su voz.

—Con frecuencia, sí... Al menos al principio. Imagínate si tuvieras que recordar en cada momento la mecánica de cómo caminar y concentrarte en ello o de lo contrario, te caerías. Eso es lo que se siente. Lleva tiempo y estoy mejorando en eso, pero todavía necesito concentrarme en lo que estoy sintiendo o me perderé bajo el peso de todo. Es difícil llevar una biblioteca completa de información en la cabeza. No me pidas que haga demasiadas cosas a la vez. No encuentro nada en mi cerebro porque hay demasiadas cosas que clasificar.

Raimi sonrió ante la sugerencia. "Solo te pediré que me ames. ¿Es eso demasiado?"

—Nunca, —respondió juguetonamente y le pasó la mano por la espalda, haciéndola pensar en el agua fluyendo. Luego continuó. "Puedo aprovechar diferentes cosas de vez en cuando; recoger y elegir lo que flote en la superficie. Como ahora mismo hay cuatro personas en la frontera suroeste, explorando una forma de entrar, aunque no son hechiceros y no tienen esperanzas. ¿Te das cuenta de que Zema ha crecido otro ancho de mano? Las piedras nuevas ahora son lo suficientemente grandes como para ver que no tienen las marcas. Estoy seguro de que en algún lugar de mi cerebro hay un recuerdo de la escritura en las piedras originales y podría ser capaz de leerlas si pudiera ubicarlas en mi cabeza".

—¿Pero las tienes? —preguntó Raimi con curiosidad, incorporándose sobre un codo para mirarlo a los ojos bien profundos. "¿Están en nuestro idioma?"

—Es extraño. Todavía no puedo encontrar el texto real en la Memoria, solo me doy cuenta de que está allí en alguna parte. Sé que es una introducción a cada uno de los dieciséis Sabios; sus afinidades, debilidades y algunas profecías de lo que sucederá, especialmente en su entrenamiento, antes de que estén... ¿Sentados? Supongo que esa es la palabra que usaría. Deberíamos llamarlos Buscando mientras un Sabio todavía está buscando sus Talismanes y aprendiendo a ser mago. Podemos llamarlos Sentados una vez que hayan logrado ese objetivo.

Raimi se estremeció y se inclinó para mirarlo a los ojos. "Dijiste algo sobre las profecías de lo que sucederá... ¿Como su futuro? Eso es peligroso, ¿no? Ver el futuro no nos ha ayudado", declaró Raimi, recordándole las horribles visiones de su Talismán.

—¿Cómo es útil alguno de los Recuerdos? Bien podría volver a ser la piedra del rompecabezas de Mohan. Simplemente lo es, —comentó Owailion, y luego cambió de tema. "Mohan afirmó que el ladrón era casi con certeza uno de los dragones en el cónclave, pero si eso es así, eso podría ser lo único que se ocultaría de los Recuerdos. Además, no sé qué se supone que debo hacer con un dragón que también es un ladrón. No es como si pudiera arrojar al exilio a un dragón dormido como lo harían ellos".

—Pensé que habías dicho que era asunto de dragones. Mohan no quería traer una mala reputación a sus interacciones humanas.

—Se convirtió en un asunto humano en el momento en que me dieron los Recuerdos y la administración de la Tierra. Creo que las piedras rúnicas se vendieron y la transacción se llevó a cabo fuera del Sello.

Raimi frunció el ceño. "¿Vendidas? ¿Para qué? Los dragones... No han tenido necesidad de dinero".

Owailion suspiró con creciente angustia en su voz. "¿Venderías las piedras a cambio de la habilidad de no ceder al Sueño? Si uno de los dragones no quería entrar en hibernación, fácilmente podría haberle pedido a un hechicero forastero que lo ayudara a mantenerse despierto. Sería bastante fácil, incluso con una Piedra del Corazón, simplemente fingir irse a dormir y con solo dos Sabios en esta gran Tierra, apenas nos daríamos cuenta si permanecen activos. Pero si bien sería un trato factible, ¿cómo podría un dragón estar seguro de que el hechicero no lo traicionaría?"

Raimi asintió comprendiendo, pero luego agregó: "O que hay personas que harían ese trato. Los dragones son... Eran tan honestos y directos que nunca se les ocurriría que alguien fuera tan falso. ¿Crees que podrías saber quién lo hizo?" Se sintió helada al pensar en alguno de los dragones buscando un trato para evitar un destino que no les gustaba. Parecía tan fuera de su proceso de pensamiento.

Owailion se encogió de hombros. "Yo probablemente podría examinar los Recuerdos hasta descubrir cuál, pero de nuevo, ¿qué haría con ese conocimiento? No puedo enviarlos a la cárcel. Son demasiado poderosos. Además, dormir ya es una especie de castigo, un exilio".

Raimi lo pensó y luego recordó algo que Imzuli le había enseñado al principio. "Magia de nombres. Ahora sabes todos los nombres de los dragones, ¿no?"

Owailion asintió incómodo. "Si puedo pronunciarlos. ¿Qué tiene eso que ver con el precio de las piedras rúnicas?" Preguntó con cautela.

Imzuli me dijo que, si conoces el verdadero nombre de alguien, entonces puedes ordenarle a esa persona, dragón o humano, que haga cualquier cosa. Pueden resistirse a hacerlo, pero al final, incluso los dragones tienen que obedecerte. Podrías despertarlos para preguntarles si robaron las piedras rúnicas".

La expresión de Owailion se volvió más preocupada. "Mohan me advirtió sobre esta magia del nombre. Insinuó que los nombres tenían un poder tremendo. Los detalles están en algún lugar de las Memorias. Y ciertamente conozco los nombres de todos los dragones, pero Mohan no usó ese conocimiento en los demás para descubrir al ladrón. Quizás haya una razón. Suena como si la magia de los nombres eliminara el libre albedrío. Sería malvado... Contra la Piedra del Corazón. No se puede quitar el libre albedrío de otra persona sin que sea un acto de maldad".

—No si lo que les pediste no fuera malo en primer lugar. Pregúntame... Ordéname que haga algo. Veamos si funciona. Algo que no haría sin una orden pero que no es malo, —desafió.

La mente de Owailion, dejada abierta para que ella leyera, le murmuró sobre esta nueva y perturbadora forma de magia, y se sentó para concentrarse. Deliberadamente exploró los Recuerdos y pronto reconoció que Mohan no había compartido mucho de esto con él debido a su naturaleza. La magia de los nombres era inquietante si se usaba mal, impura y malvada.

Owailion no sabía su propio nombre verdadero, por lo que nunca estaría en peligro de ser manipulado con magia de nombres, pero Raimi, que llegó a la Tierra con su nombre intacto, no auguraba nada bueno para ella. Enok le había advertido que nunca volviera a usar su nombre. Desde entonces, no habían hecho nada para proteger su nombre e incluso lo habían compartido con todos los dragones en el cónclave.

—Raimi... Sólo podía pensar en una cosa que podía ordenarle que hiciera que se ajustara a probar la magia del nombre. Conjuró un simple trozo de col roja. "Sé que no te gusta, pero come esto".

Ella negó con la cabeza, mirando con recelo el repollo, el cual no era su favorito. "No, tienes que ser más contundente y vincular mi nombre".

Todavía no le gustaba la idea, pero Owailion volvió a intentarlo con un poco más de convicción. "Raimi, come este repollo".

Sus ojos se agrandaron y le arrebató la rodaja de verdura de la mano y comenzó a roerla como si se estuviera muriendo de hambre. "¡Raimi, detente!" Le gritó alarmado.

—¡Blech! Ella jadeó. "Oh, eso fue horrible", Raimi dejó caer el vegetal ofensivo.

"¿El repollo o la magia del nombre?"

—Ambos, sacudió la cabeza e hizo desaparecer el repollo que para ella era horrible. "Se siente como si no tuviera otra opción. No pensé, oh, vaya, repollo. No pensé en absoluto. Ni siquiera sentí como si me estuvieras ordenando. Eso es... Eso es..."

—Malvado, como dije. La Piedra del Corazón no me bloqueó, pero todavía se siente terriblemente mal usarla incluso en un sentido benigno. Mohan no me enseñó a usar la magia de nombres por una razón. Un Sabio no debería usarla.

Raimi asintió, ahora más pensativa. "Estoy de acuerdo, pero

¿y si se usa en nuestra contra? Todos los dragones saben mi nombre y estaría mal quitárselo ahora, incluso si pudiéramos averiguar cómo", señaló.

Owailion se movió incómodo y miró a su esposa, tratando de encontrar una manera de aliviar su miedo mientras disipaba el suyo. "Debemos averiguar quién vendió esas piedras. Hablaremos con cualquiera de los dragones que estén despiertos. No pueden haberse ido todos a dormir en un instante. Y me tomaré el tiempo para pensar en estos Recuerdos y ver si puedo identificar quién tomó las piedras rúnicas. Si vendieran las piedras, podrían estar dispuestos a usar tu nombre. Finalmente, necesitamos darte otro nombre, algo menos peligroso. Cuando otros humanos vengan como lo anticipamos, estarás más segura de esa manera".

—Será una mentira, —señaló lo obvio. "Los Sabios no pueden mentir".

—Hola, puedes llamarme Owailion, —respondió simplemente, aunque no sabía cuál podría haber sido su verdadero nombre. "Es lo que puedes decir honestamente".

Raimi suspiró y él pudo escuchar su inquietud y resolución. "Muy bien, si eso es lo mejor que podemos esperar, deberíamos comenzar a investigar pronto. No tengo ninguna duda de que pronto será difícil encontrar un dragón despierto".

Una semana después tuvo que admitir que Raimi tenía razón. Todas las mentes que Owailion tocó entre los dragones estaban profundamente dormidas y todavía no se sentía cómodo usando la magia de los nombres para despertarlos. Hizo este trabajo de exploración sentado en el centro del vestíbulo del palacio casi terminado en Paleone. No se estaba concentrando en el palacio en sí. Se lo dejó a Raimi, que trabajaba en los jardines, a pesar de que era invierno. En cambio, estaba deambulando por los Recuerdos, evaluando cómo el conocimiento completo de un dragón de mil años posiblemente podría estar rondando en su cabeza y cómo podría arreglárselas para sacar un pensamiento, una idea, un acto de todo ese tiempo. Decidió concentrarse en el único dragón que había expresado su desagrado por los humanos en primer lugar; Ruseval. El dragón verde parecía el candidato más probable para querer tomar las piedras rúnicas, pero ¿cuál era su motivo?

—Tú sabes, —sugirió Raimi cuidadosamente una semana después de que llegaron a Paleone cuando Owailion salió de su meditación el tiempo suficiente para comer algo, —sería más rápido si simplemente les preguntaras en lugar de buscar en los Recuerdos su trama. Ellos retuvieron su robo de los Recuerdos cuando sabían que eventualmente lo compartirían contigo. Con la magia de los nombres, obtendrás una reacción a tus preguntas como mínimo. Pon una excusa... Visítalos y le pides a cada uno que te guarde un futuro Talismán. Vas a tener que esconderlos... Incluido ese juego de flautas que todavía no me mostrarás.

Owailion sonrió en secreto. Había estado cargando la flauta de flautas durante tanto tiempo que probablemente la había perdido en el fondo de su bolso, olvidada y descuidada, pero todavía no tenía inspiración sobre dónde esconderla. El juego de flautas era como su palacio, todavía esperando la chispa de una idea que lo guiaría sobre cómo ocultarlo. ¿Por qué Dios le daría ideas para todo lo demás que necesitaba hacer, pero nada cuando se trataba del palacio de Raimi o los Talismanes? Eso era desconcertante.

—Oh, muy bien, —cedió. "Iré a hablar con ellos. Probablemente sería bueno estar seguro de que todos se están instalando ahora. ¿Estarás a salvo aquí sola?"

—¿Volverás?" preguntó tímidamente, recordándole lo que se perdería si no regresaba todas las noches. Era casi como si vivieran allí en Paleone. Era un techo sobre sus cabezas y tenía calefacción, muchas camas suaves para elegir, una cocina y todo lo que pudieran desear.

Owailion se rio entre dientes con su broma, se levantó y le dio un beso a Raimi antes de que desapareciera, dirigiéndose hacia un Recuerdo. Eligió comenzar donde lo dejó; con Ruseval. Owailion sabía dónde estaba la montaña del dragón verde, a mitad de camino de la Gran Cadena, al suroeste del lago Ameloni, frente a las llanuras del sur que habían sido su responsabilidad. Owailion no había hecho un orbe del lugar, pero los Recuerdos le proporcionaron el lugar y llegó a la ladera cubierta de glaciares en el frío glacial e inmediatamente creó una burbuja de calidez a su alrededor, porque sabía que esta discusión iba a ser larga y como él sospechaba, agotadora.

—Ruseval, ¿estás despierto? —preguntó en voz alta, sin molestarse en proyectar, como cuando hablaba con Mohan.

"¿?" vino la clara impresión de algo de conciencia, aunque la mente detrás de ella sonaba terriblemente lenta.

—Es Owailion, —anunció el humano, presionando sus palabras en la mente del dragón. "Lamento molestarte, pero le estoy pidiendo a todos los dragones que hagan algo por mí... Hagan un trato conmigo".

Owailion esperaba que la palabra "trato" resonara de alguna manera con el dragón, trayendo a la mente una imagen de otro trato, pero el cerebro adormecido de Ruseval seguía siendo pétreo. *"Prefiero hacer un trato con un demonio. Al menos de ellos, se puede esperar tener traición y uno puede prepararse. Ustedes los humanos son fanfarrones y no son fieles. Déjame en paz",* ordenó.

Owailion suspiró con pesar antes de intentar lo inevitable. "Rusevalnamik, ¿has hecho un trato para darle las piedras rúnicas a otro?" Owailion esperaba no usar la magia de los nombres, pero ahora parecía necesario. De lo contrario, nunca obtendría una respuesta franca del irascible dragón.

El gruñido resonó a través de la ladera de la montaña. *"No, no he hecho tratos. Ahora vete antes de que te ase"*.

Al menos el dragón era honesto, notó Owailion, y no se alarmó en lo más mínimo de que se hubiera invocado su verdadero nombre. En consecuencia, el humano se retiró apresuradamente y se dirigió a la montaña de Mohan, más al oeste. Con el interés de ser igual a todos los dragones, Owailion decidió acercarse a Mohan a continuación. Además, necesitaba escuchar una voz amiga.

Y estaba muy preocupado. ¿Era el don de la premonición parte de la magia del Sabio? Si es así, todavía sentía que algo saldría mal con respecto a esas piedras rúnicas. Owailion no quería que su amigo y mentor sintiera que solo había podido manejar la mayordomía durante unos días y ahora ya estaba buscando consejos como un niño verde, temeroso de cometer un error. Ya había violado una confianza; usando magia de nombres para encontrar respuestas que no podría lograr en ningún otro lugar. Pero sabía que Mohan querría saberlo y le importaría. Parecía mezquino que le preocupara que alguien pudiera estar usando mal el nombre de Raimi, pero había otros problemas al acecho además de un ladrón. ¿Qué había sido de las piedras? ¿Quién destruiría la montaña de Imzuli? ¿Qué podría devastar el delta de Lara? ¿Cómo habían logrado los humanos, hombres no mágicos, pasar el Sello? ¿Cómo impidieron que Zema volviera a hacer crecer sus piedras perdidas y dejara entrar a los demonios? ¿Cómo podía alguien matar a Enok justo después de que Owailion lo descubrió? Todas estas preguntas permanecieron como conectadas en la mente de Owailion y él quería las respuestas. Además, extrañaba a su amigo.

—Mohan, ¿estás ahí? —susurró, esperando no ser entrometido. A nadie le gustaba que lo despertaran de manera intempestiva, incluso a los dragones que no tenían absolutamente ninguna experiencia con eso.

Un silencio resonante se hundió en la mente de Owailion como si hubiera aterrizado en el pozo de los Recuerdos nuevamente. "¿Mohanzelechnekhi?" llamó de nuevo, esta vez manejando el nombre completo con relativa facilidad. "¿Puedes escucharme?"

La respuesta pareció venir de muy lejos como si el dragón ya hubiera caído en sueños profundos de lugares lejanos. *"¿Owailion? ¿Eres tú?"*

—Sí, lo soy, —respondió el Sabio. "Hay un problema serio aquí y... Y necesito la sabiduría de un amigo. El dragón que se llevó las piedras rúnicas... Creemos que las vendió en un trato corrupto. Hemos previsto una gran destrucción para la Tierra y la ruptura del Sello. La única magia que pudo haber hecho esta cosa horrible es... Creemos que es magia de nombres. Hasta ahora, Raimi no ha ocultado su nombre. Es de ella, desde que nació. ¿Podría...? ¿Un dragón usaría magia de nombres contra ella?

La distancia entre ellos pareció volver a aumentar y Owailion tuvo la clara sensación de que su amigo ya no estaba en la Tierra. ¿Se había ido? ¿Si es así, cómo? El enorme miedo de Owailion casi se lo traga. ¿Mohan estaba muriendo en lugar de quedarse dormido?

—*No, amigo mío. Hay otro deber que los dragones del Cónclave hemos sido llamados a cumplir. Soy como tú, el primero. Me queda para hacer lo que Dios me ordena... En un nuevo planeta. Los otros del Cónclave eventualmente seguirán; los que son lo suficientemente humildes para venir. Quizás no el ladrón.*

—¿Y no tienes idea de quién es? Owailion preguntó desesperadamente, tragándose un esfuerzo por desear que desapareciera toda la terrible situación, retroceder en el tiempo y comenzar la vida de Raimi en la Tierra en una burbuja de cuidadosas protecciones.

Mohan suspiró con pesar. *"He preguntado e investigado, pero he encontrado pocas respuestas. En las Memorias, ¿puedes leer los escritos? Quizás hablen de esto".*

—Es demasiado pequeño y oscuro para leer, —respondió Owailion con pesar. "Ahora mismo no tengo tiempo para tales acertijos cuando tengo el nombre de Raimi en mi mente. Las palabras reales en las piedras no merecen la pena. Me preocupa más quién las vendería. Cualquiera que esté dispuesto a arrojar las piedras también sería capaz de vender el nombre de Raimi".

—*¿Y dices que prevés una gran destrucción en la Tierra, y que el Sello ha sido roto?* Mohan preguntó.

—Sí, el bosque Don... Desaparecerá. La montaña de Imzuli es un hueco y toda el área del delta del río Lara es un pantano aplanado. Es irreconocible.

—*¿Y cuándo se supone que sucederá esto?* —preguntó Mohan. *"¿Cómo te enteraste de esta destrucción?"*

—¿Recuerdas el talismán que hice para Raimi? Es un talismán que muestra no solo el pasado sino también el futuro. Miramos hacia el futuro, pidiendo ver cómo cambiaría la Tierra durante nuestra administración y fue entonces cuando lo vimos. También fuimos testigos de que había colonos y aldeas por toda la Tierra, así que sabemos que el Sello también está roto.

Mohan suspiró audiblemente a través de la conexión y Owailion no pudo decir si era el agotamiento o el dolor. *"Entonces tendré que confrontar a Imzuli. La pérdida de su montaña podría ser la amarga consecuencia de esta tontería. Ella es la que ama a los humanos más que a mí. Ella es la más joven, la más emocionada de ver el mundo. Quizás Imzuli no quería dormir. Ella no sabía...* El tono de Mohan se desvaneció cuando cayó en una profunda lamentación.

Owailion sabía que los lazos familiares significaban muy poco en el mundo de los dragones, pero seguramente este era un padre preocupado por su hija. "Hablaré con ella y trataré de ver cómo puedo mitigar la situación", prometió Owailion. "Espero que no sea ella, por tu bien".

—*Por el bien de la Tierra,* —corrigió Mohan y su voz mental se desvaneció cuando rompió la conexión.

Owailion abrió los ojos y miró las montañas que lo rodeaban. No quería creer que Imzuli vendiera las piedras o le diera el nombre de Raimi a otro mago, pero tenía que enfrentarse a esa posibilidad. ¿Debería contarle a Raimi estas sospechas? En cierto modo, estaba agradecido de que Mohan sospechara de Imzuli. La dragona blanca nunca vendería el nombre de Raimi, sin importar cuántas tentaciones hubiera tenido. Quizás la depresión que había sentido Imzuli se debía al arrepentimiento por lo que había hecho. ¿Pero cómo cuestionaría a Imzuli sobre esto? ¿Cómo podría tener el don de ayudar a proteger la Tierra si no había nada que hacer para mejorar esto? Nada.

Owailion esperó, con la esperanza de que se le ocurriera alguna idea de Sabio, pero no vino a la mente nada más que regresar a Paleone y decirle a su esposa que su mejor amiga podría haberlos traicionado. Con eso en mente, sintió el tirón de su amor por Raimi. Ella era la Reina de los Ríos. Quizás ella podría borrar el pasado y eso era lo que él quería en ese momento, más que nada.

Raimi vio a Owailion ir a hablar con los dragones y sintió una sensación de desesperanza. ¿Por qué tuvo la premonición de que la magia de los nombres y las piedras rúnicas serían su ruina? ¿Se suponía que el talismán Talismán mostraba el futuro o lo había manipulado? Bueno, tenía la intención de averiguarlo. Deliberadamente dejó a un lado sus planes de jardinería y se volvió hacia su talismán Talismán. Quería volver a ver el momento en que esas piedras rúnicas habían sido robadas. Quizás el talismán podría mostrar lo que el ojo natural no puede ver.

Raimi se sentó en el frío suelo de mármol de la cocina de Paleone, ignorando la falta de algunas comodidades como sillas para una mesa. En cambio, se sentó con las piernas cruzadas, se metió la falda debajo y llenó el talismán mágicamente con el agua de su memoria. Ella calmó su mente al mismo tiempo que el agua se estabilizó y luego se concentró en lo que quería ver. "Muéstrame los minutos antes y después de que las piedras de Zema desaparecieran de la Tierra".

Inesperadamente, la imagen se transformó en un cálido cielo de verano en lo alto y no en el bosque de Zema. En cambio, el mar se hizo más grande, cambiando la perspectiva de Raimi. Más alarmante, vio un barco. Contaba con tres mástiles y estaba tripulado por unas pocas docenas de hombres, todos trabajando duro para llevar el barco a un lugar de amarre, pasando de un océano a un río. Echaron anclas y esperaron justo afuera del Sello y el flujo principal del río; era el río Don si los instintos de Raimi se lo decían correctamente. ¿Cómo había cambiado esto desde el bosque de Zema? Esta no era la misma vista de cuándo y dónde se robaron las piedras.

Entonces la imagen se elevó y un dragón blanco y plateado, salió del cielo, cegando a los hombres a la brillante luz del sol. Imzuli se posó delicadamente en el bauprés, manteniendo las alas extendidas para poder volver a levantarse instantáneamente en caso de que los marineros resultasen peligrosos. Raimi sintió que su mano temblaba y casi dejó caer el talismán en su sorpresa. Imzuli no habría hecho esto, seguramente. Dale el beneficio de la duda, aconsejó una vocecita en la cabeza de Raimi.

Afortunadamente, en la cocina de piedra vacía, Raimi podía escuchar fácilmente a los hombres a bordo del barco. El capitán y un hombre vestido con túnica, probablemente un hechicero, caminaron solemnemente hacia la proa para hablar con la dragona mientras el resto de la tripulación se encogía más allá de la timonera. "Bienvenida, Lady Imzuli", gritó el hechicero, como si la dragona no pudiera escuchar todos sus pensamientos.

—*Stylmach*, Imzuli se dirigió al hombre, *"¿Entonces pudiste leer las piedras?"*

El hechicero reconoció el nombre con una reverencia y luego respondió. "Tu curiosidad te acredita. Si las imágenes que compartiste conmigo son ciertas, hablan de dieciséis guardianes de la Tierra. Vendrán y protegerán la Tierra cuando... Y lo dice en las piedras... Cuando los dragones abandonen la Tierra en Sueño. He interpretado que eso significa que los dragones morirán".

Imzuli gruñó y Raimi, solo viendo este pequeño escenario en la superficie del Talismán gruñó con ella.

—*Lo dudo mucho,* —respondió Imzuli imperiosamente. *"Necesito la traducción completa y luego estaré de acuerdo en que has cumplido con tu parte del trato".*

Sin mucha fanfarria, el capitán extendió un pergamino enrollado y lo desplegó. Stylmach comenzó a leer en voz alta. Raimi escuchó la profecía, embelesada y a la vez aterrorizada. Todos los Sabios, su futuro y poderes dispuestos para que los escuchara un hechicero. No es de extrañar que los forasteros estuvieran tan decididos a penetrar el Sello y adquirir la magia de la Tierra. Los Sabios serían gloriosos, poderosos y la Tierra prosperaría bajo sus suaves manos. No debían ser gobernantes sino mayordomos y guías.

Finalmente, cuando Stylmach terminó su recitación, miró a

la dragona. Imzuli miró el pergamino con una mirada atenta y se disolvió en cenizas.

—*Muy bien, las piedras son tuyas entonces,* —anunció el dragón y un estruendoso peso de granito apareció en el espacio de la mitad de la cubierta, colocado uniformemente para no volcar el frágil barco.

—Seguramente, ¿hay algo más que podamos hacer por usted, Lady Imzuli? —preguntó el hechicero con una sonrisa apenas contenida, desesperado por continuar los negocios con la joven dragona.

—*Eso también lo dudo,* —respondió la dragona blanca en un tono frío. "*Solo tenía curiosidad. Ahora ha llegado el humano y no volveré a necesitar de tus servicios*".

—¿Oh? —llamó Stylmach cuando Imzuli se liberó de la proa del barco. "*¿Quizás podamos conocer a estos nuevos? O puedo ayudarte a evitar tu destino. Solo deseo ser de ayuda*".

Imzuli miró hacia abajo desde más alto que los mástiles ahora. Su mirada regia hablaba muy bien de lo poco que confiaba en este hechicero. "*Estoy segura de que los Sabios se encontrarán contigo algún día, Stylmach, y te arrepentirás hasta el día de tu muerte... Ya que los humanos a menudo también mueren*".

Como si estuviera desesperado por mantener la atención de Imzuli, intentó una vez más negociar con ella. "Puedo garantizarte una forma de no morir", gritó el hechicero mientras veía a la dragona alejarse, volando de regreso a través de la barrera invisible del Sello.

Pero Raimi le había pedido al talismán solo que mostrase cuándo las piedras habían abandonado la Tierra, no cómo Imzuli podría haber respondido. Las manos de Raimi ya no pudieron sostener el recipiente y lo dejó caer, derramando agua por todo el piso de mármol de Paleone. No podía moverse, no podía pensar. Solo quería congelarse y hacer que esa visión desapareciera. ¿Cómo podía su amiga traicionar a la Tierra de esa manera?

En ese momento reapareció Owailion, de pie ante ella. Se miraron el uno al otro y juntos a la vez dijeron una palabra.

"Imzuli".

17

NOCHE DE SUEÑOS

*C*omo ambos habían llegado a la misma conclusión de diferentes maneras y por diferentes razones, sintieron la necesidad de compartir, como si de esta manera pudieran dividir su dolor por lo que habían aprendido. Hablaron en voz baja como si alguien pudiera escucharlos.

—Pero el hecho de tomar las piedras no significa necesariamente que ella también compartió tu nombre, —puntualizó Owailion. "No puedo imaginar que Imzuli alguna vez nos haya traicionado. Solo unas semanas después de conocerla, ella fue tu escolta y ni una sola vez te hizo daño. Necesitamos hablar con ella".

La voz de Raimi se congeló como hielo. "¿Cómo? Ella está dormida... Por suerte".

Owailion consoló gentilmente a su esposa. "Están todos dormidos, preparándose para viajar a un mundo nuevo como lo hicimos nosotros. Eso es todo. Mohan me aseguró eso".

Raimi suspiró con pesar por la palabra. "No podría soportar confrontarla por esto. Ella sabe mi nombre. Quizás ella era simplemente tonta y joven, curiosa. Tal vez por eso estaba tan triste hacia el final. Ahora que miro hacia atrás, cuando nos acercábamos a Zema fue cuando ella se volvió tan distante. Eso tiene sentido ahora".

—El camino más claro es el que está detrás de nosotros, —respondió Owailion.

—Y el de adelante es el más oscuro, —agregó su esposa. "Si desafiamos sus acciones, ¿no se defenderá? ¿Podemos encontrar otra forma de asegurarnos de que no vendió mi nombre? No sé si estar triste o enojada".

Owailion, en lo más profundo de su corazón, quería esperar para hablar con Imzuli también, pero también sabía que era una tontería ignorar la posibilidad de una traición. "Puedo justificar dejar que todos los dragones se vayan a dormir y ver si Imzuli se les ha unido. Pondré un sensor de algún tipo en su montaña para ver si algo ha cambiado allí".

—Ya lo hice, —admitió Raimi miserablemente.

—Supongo que técnicamente Imzuli no ha hecho nada malo excepto en su forma de juzgar; regalar las piedras para interpretarlas parece un motivo tonto para poner en peligro la Tierra. Eso no beneficia a nadie; ni a los dragones, ni a los Sabios y queda por ver cómo influirá en el hechicero extranjero que las compró. Muy bien, —suspiró, finalmente reconociendo que su instinto de Sabio no tenía respuestas para él. "Dejaremos que los dragones durmientes se descansen y veremos qué pasa".

Raimi asintió con alivio.

Y así, Owailion volvió en contra de su voluntad a construir palacios como si nada alarmante rondara en el fondo de su mente. Le pidió a Raimi que siguiera arreglando el paisaje de los palacios y buscando su segundo Talismán a pesar de que sabía exactamente dónde estaba en ese momento; todavía en el bolso de Owailion. Y juntos ambos buscarían alguna manera de darle sentido a lo que Imzuli había hecho y esperarían que ella no hubiera hecho algo más. Sin discutirlo realmente, acordaron mutuamente no volver a mirar en el talismán por miedo a lo que pudieran ver; una imagen demasiado horrible para contemplar.

Owailion comenzó a trabajar en el palacio en la desembocadura del río Don durante el invierno y lo llamó Waild, por la palabra draconiana para bosque. Luego avanzó río arriba hasta el palacio destinado a la base de la Gran Cadena. Este, de temática animal, lo llamó Fiain por la palabra del dragón para los animales. De vez en cuando incluso viajaba a Zema para presenciar por sí mismo el extraño y espeluznante crecimiento de nuevas piedras, como dedos que se extienden desde el suelo. Nunca sintió a ninguno de los demonios que debían haber atravesado el portal. Las nuevas piedras ahora estaban casi a la altura de la cintura en el círculo estéril. Aun así, no se atrevía a vigilar a los dragones, porque todavía no había llegado a las montañas. Justificaba su demora con su decisión de no molestarlos. Y cada noche volvía al lado de Raimi que se quedaba en Paleone terminando los jardines.

Finalmente, en la cúspide de la primavera se completó Paleone, el primero de los dieciséis palacios de los Sabios.

—¿Puedes sellarlo? Owailion le preguntó a su esposa después de que ella lo llamó para informarle de los detalles finales. Hizo la transición de regreso a Paleone y se quedaron fuera de los muros de la fortaleza, mirando hacia el cielo tormentoso hacia la bandera azul que se agitaba con el viento. "Has tenido más éxito que yo con los sellos".

—Magia profunda, —confirmó Raimi. "Ella dijo que teníamos que atarlo a la tierra misma, no en nosotros. Las raíces de la tierra pueden soportar la tensión y los golpes que caerán sobre él".

Sus palabras, cuando las puso en acción, enviaron un escalofrío por la espalda de Owailion. Este palacio de hecho recibiría golpes y ataques. Puede que no tuviera el don de la premonición, pero sabía hasta los huesos que Paleone sería asaltado.

Nada cambió en la percepción de Owailion cuando escuchó a Raimi suspirar al completar la tarea final. "Está hecho", susurró.

En consecuencia, Owailion extendió la mano, casi tocando la pared de alabastro que defendía el patio, pero su mano encontró una resistencia invisible. "Eso es asombroso, mi amor. Tienes un don con esta magia profunda", murmuró, fascinado por cómo se había desarrollado su magia, tan diferente a la de él e igual de poderosa.

—Tengo un don con las presas, —corrigió. "Y las presas se pueden romper. Sabes que no siento que yo... Todo lo que toco saldrá mal de alguna manera. Por favor, no confíes en que Paleone está a salvo".

Owailion miró de nuevo a su esposa y luego a la aguja y notó que el estandarte ya no serpenteaba por el cielo de fines del invierno, ahora encerrado en una burbuja de atemporalidad donde ni siquiera el viento del mar podía alcanzarlo. "Confío en que hayas hecho lo mejor que se haya podido hacer. Es suficiente".

Desafortunadamente, esa noche volvieron a dormir en una tienda de campaña, ya que incluso ellos quedaron fuera del sello de Paleone. Owailion no esperaba soñar, porque no había encontrado un nuevo palacio para construir, pero algo agitó su mente y prestó atención. Se encontró de nuevo en Malornia, caminando hacia la iglesia donde había servido Enok, su mayordomo perdido. Esta vez, en lugar de sentirse simplemente inseguro, decenas de demonios parecían acecharlo, atravesando las sombras de los edificios alrededor de la plaza mientras pasaba por la ciudad. Los árboles y la hiedra que cubrían las paredes de la iglesia estaban llenos de grillos y murciélagos que se hinchaban y hablaban con voces humanas que le producían escalofríos en la columna vertebral. En el sueño, Owailion estaba obligado a traspasar las puertas de la iglesia, esperando un santuario. Se tambaleó sobre el limo baboso de una docena de demonios con forma de pez que cubrían las escaleras. Owailion se aferró al pestillo de la puerta y apartó a las serpientes que se enroscaban alrededor de la aldaba. Con alivio, abrió la puerta y se deslizó dentro.

El interior de la humilde iglesia se sentía fresco, limpio y oscuro, contrastando con la luz que se filtraba a través de sus sucias ventanas, pero Owailion se sentía a salvo de todos los males que acechaban afuera. Dejó que sus ojos se adaptaran al nuevo entorno y miró a su alrededor en busca de Enok a pesar de que su mente dormida sabía que el sacerdote estaba muerto y no estaría aquí.

Y, sin embargo, él estaba. El anciano, vestido con su túnica raída, salió de las sombras y saludó a Owailion como a un hermano. "Me alegro de que hayas venido, Rey de la Creación. Ha sido difícil localizarte".

—¿Localizarme? —preguntó Owailion, sospechando un truco.

—Sí, —respondió el sacerdote. "Sabes que me han matado, pero tengo un mensaje más... Algo que debes saber. El Talismán de tu dama no puede advertirle. Ella está en peligro. Los que me mataron, habían estado vigilando este lugar y lo saben". Enok miró a su alrededor en las sombras de la cámara como si temiera ser escuchado incluso en este sueño.

—¿Saben qué? Owailion animó. "¿De qué estás hablando?"

Enok clavó sus grandes ojos grises en él y luego se inclinó hacia él, con su mano alrededor del brazo de Owailion como un tornillo de banco. "Tu Señora, la Reina de los Ríos... Ellos conocen su nombre. Mantenla alejada del Sello. Por favor, no confíes en que está a salvo".

Esas habían sido casi las mismas palabras que había pronunciado en el sellado de Paleone. Owailion sintió que se despertaba con una sacudida, pero una palabra salió con su despertar.

—¿Cómo?

Owailion no pudo conciliar el sueño nuevamente, por mucho que lo intentara, para encontrar sus respuestas. Permaneció despierto el resto de la noche, acurrucado contra Raimi, que seguía durmiendo, ajena al horror que su esposo sentía cubriéndola, como si todos los demonios que lo habían acechado hasta la iglesia en su sueño, ahora hubieran venido a cubrirlo con un limo frío de pavor. Raimi estaba en peligro.

Raimi también dormía inquieta, pero en la superficie, apenas se movía mientras soñaba con agua, pero no con ríos o arroyos. En cambio, ella vagó en el océano, lejos de la tierra. Esto no la angustió, pero no pudo permanecer allí flotando en el agua, tratando de ver por encima de las crestas de las olas. Luego vio algo hacia el sur, saliendo del sol poniente. Un barco.

Sin remedio, Raimi comenzó a nadar hacia el barco distante y con golpes mágicamente mejorados llegó a su borda en minutos. No pidió permiso, pero se agarró y subió a bordo. Para su sorpresa, cruzó la barandilla con su vestido real, dorado y azul río con lirios de cobre, plata y oro cosidos por todo el corpiño y ni un cabello fuera de lugar debajo de una corona ornamentada, aunque nadó todas las leguas para llegar a un barco vacío.

Miró alrededor de la cubierta y hacia las velas de lona, puestas al máximo y sin nadie para atenderlas. El aparejo crujía con el viento y el barco debía estar avanzando bien. Sin embargo, el timón giraba libremente, moviéndose con la corriente. Con poca comprensión más allá de sus instintos, Raimi extendió la mano y agarró la rueda descarriada.

—Gracias por venir, Raimi.

Se dio la vuelta y vio a un hombre sencillo cuya apariencia le hacía cosquillas a un recuerdo, tal vez de su pasado olvidado. Era bajo y algo rudo y sencillo, con ojos oscuros y una mandíbula prominente y arrogante. ¿De dónde había venido? Ella lo habría notado acercándose en esta cubierta desnuda.

—¿Quién es usted, señor? —preguntó, sintiendo un poco de miedo, porque esto era solo un sueño.

—Puedes llamarme Stylmach, —respondió el hombre y luego se acercó, poniendo su mano en el volante frente a la de ella. Luego comenzó a girar la rueda, dirigiéndose al este del sol. "Te he llamado aquí para que hables conmigo, Raimi. Háblame de ti".

Algo en el yo onírico de Raimi comenzó a retorcerse de alarma. Esto estaba mal. No sentía miedo del extraño o del barco tan lejos de tierra. No, su pavor vino de darse cuenta de que quería... No, necesitaba hablar con este extraño. No podía ubicar de dónde surgía esta urgencia, pero burbujeaba como agua golpeada de piedra con alarmante minuciosidad; comenzaba un río. Ella no podía resistir.

—Sé tan poco señor, pero yo... Soy una pionera de la Tierra. No sé mucho más, porque vine a la Tierra con amnesia.

—¿De Verdad? Dices la verdad, ya veo. Muy bien, entonces cuéntame sobre la Tierra, —insistió Stylmach y luego agregó: "Raimi, dime todo lo que sabes".

Sintió que su columna vertebral se tensaba por la alarma. Abrió la boca para gritar despierta, llamando a Owailion, pero sintió que se le robaba el aliento y la mano enguantada de Stylmach se acercó a ella y con cuidado, acariciando su garganta, se enroscó alrededor de su garganta, robándole la voz.

—Raimi, no pedirás ayuda. No realizarás ningún tipo de

magia contra mí. Raimi, serás mía y cuando despiertes olvidarás todo lo que ha ocurrido aquí en tus sueños. Seré tu amo y harás todo lo que te ordene. Raimi, harás esto, ¿no es así?

Congelada para que ni siquiera pudiera alejarse de su agarre correoso, logró un solo trago seco antes de susurrar una única y fatídica respuesta.

"Sí".

Owailion preparó el desayuno sobre una fogata, conjurando solo las necesidades más básicas; huevos y una sartén. Se quedó mirando las llamas como si estuviera concentrado en sus esfuerzos, pero el fuego lo hipnotizó y casi quemó el desayuno antes de que Raimi se moviera y pudiera detenerse. Apenas la miró por miedo a recordar las palabras de Enok cada vez que ella cruzaba su campo de visión. Ella también parecía distraída para que él no la molestara y no comentara sobre su lento despertar. Él solo quería su paz y puso su intención en ello.

—Tamaar, abrió Raimi, mientras tomaba el plato que Owailion le pasó. "Supongo que necesito empezar a trabajar allí".

Ahora Owailion miró a Raimi más de cerca. Los círculos oscuros bajo sus ojos y la voz apagada le preocupaban. Dudaba demasiado de sí misma, lo sabía, pero ahora parecía casi letárgica o era la advertencia de Enok lo que lo hacía sospechar de cada expresión que cruzaba su dulce rostro. ¿Estaba cansada o enferma? ¿Podría un Sabio incluso enfermarse?

Owailion sacudió sus preocupaciones y respondió a su pregunta implícita. "Sí, y quiero darle algo a Tamaar. Tengo un Talismán que necesita un escondite y este sería un momento perfecto. Hice este cuerno hace unas semanas a partir de una cabra montesa mezclada con un árbol y necesita un hogar. Se lo daré a Tamaar y a la vez haré que ella te deje entrar".

Sacó de su mochila un Talismán en forma de cuerno de señal retorcido y se lo entregó a Raimi. Ella sonrió lentamente ante su pulida belleza. No, pensó, ella solo está cansada.

—Parece nácar, —comentó con agradecimiento. "¿Es para quien quiera que sea el Rey o la Reina del Mar?"

—Probablemente el mar. Owailion estaba agradecido por la distracción y por eso la animó. "Tamaar es un dragón marino, así que tiene sentido. También es la madre de Imzuli. Tal vez tenga una idea de lo que debemos hacer".

—Bien, —añadió Raimi, sonando más resuelta. "También quiero preguntarle cómo sella su territorio. Ella es mejor en eso si puede bajarlo y volver a subirlo. Podría ser importante entender eso".

Después del desayuno y un cambio rápido a través de uno de los orbes de memoria de Owailion, se pararon en el Acantilado del Invasor y Owailion colocó su mano contra el escudo de Tamaar alrededor de su territorio mientras Raimi sostenía el cuerno. "Tiamat", llamó, invocando el verdadero nombre de la dragona marina. "Necesitamos hablar contigo. ¿Estás despierta? Por favor, escúchanos".

—Ella fue el único dragón que selló su territorio, —comentó Raimi mientras esperaban una respuesta. "Me pregunto por qué"

—Sí, —confirmó Owailion. También deberías hablar con ella sobre su hechizo de la verdad. Ella es la experta en tus hechizos profundos y duraderos. Incluso podría ayudar con el hechizo del idioma".

Raimi asintió, pero Owailion pudo sentir la duda latente de su habilidad. En lugar de insistir en eso, renovó su llamado al dragón. "Tiamat, despierta. Necesitamos hablar contigo".

—*Fuera de aquí*, escucharon en triple tono mientras cada una de las cabezas de Tamaar les gruñía. "*Tenemos derecho a dormir*".

—Sí, pero tienes que despertarte para dejarnos entrar. Necesitamos dar los toques finales a ese palacio y quiero pedirte que me guardes un Talismán, —insistió Owailion.

Tamaar sonaba molesta. *"¿Solo tú y Raimi? ¿Sin dragones u otros hechiceros?"*

Owailion sonrió a su esposa mientras respondía: "No, estamos solos. Rai... Mi señora se quedará a trabajar en los jardines, pero eso solo debería tomar unas semanas y no te molestará. ¿Podemos entrar?"

Escucharon un trío de suspiros sufridos, pero también sintieron que el sello alrededor de Tamaar bajaba y podían pasar. Tan pronto como cruzaron la barrera invisible, sintieron que se levantaba de nuevo detrás de ellos como una trampa. Owailion los trasladó al palacio casi terminado en la costa sur y le mostró a su esposa la gran mansión durante unos minutos. Finalmente, se sentó en una de sus muchas terrazas a lo largo del acantilado para mirar al mar. A partir de ahí, comenzó una conversación incómoda con el dragón marino mientras Raimi comenzaba a planificar los extensos jardines que estarían involucrados en una mansión junto al acantilado.

—Tamaar, todavía no te has dormido realmente, ¿verdad? Comenzó Owailion, dando voz a su curiosidad por el proceso.

—*Tenemos responsabilidades que no son fáciles de dejar de lado,* se quejó la dragona. *"Es difícil mantenerse en guardia, incluso una cabeza a la vez. El escudo alrededor de Tamaar es importante y no sabemos si se debilita cuando nos quedamos dormidos. Una cabeza debe permanecer siempre despierta. Es como adentrarse en aguas profundas e inexploradas".*

—Puedo entender eso, —respondió Owailion. "¿Por qué no me dejas mantener el escudo? Puedo hacer eso por ti y entonces quizás puedas dormir mejor".

Solo recibió una queja no comprometida.

—Bueno, considéralo una invitación abierta. Además, necesito que sepas que eventualmente vendrá un Sabio que necesitará acceso a este territorio y no podrá despertarte. Ella es la Reina del Mar. No debes bloquearla. Si lo haces, habrá una protección incompleta sobre la Tierra en su conjunto, — advirtió.

—¿*Es eso una amenaza, humano?* Tamaar respondió en el tono más temible que jamás había escuchado de cualquier dragón, incluso Ruseval.

—No, —respondió con cuidado. "Este Sabio será un cumplido a tu poder. Ella..." Esperó por un momento, sintiendo la inspiración que acompañaba a esa declaración del Sabio", Ella tendrá tu nombre. Ella también se llamará Tiamat y así será como te encontrará". Trató de tranquilizar a la dragona incluso mientras se preguntaba de dónde había venido esa calificación.

—Bueno, de todos modos, sería bueno si la dejaras entrar y confiar en ella cuando venga. Con ese fin, tengo algo para que le des. Sabes que todos los Sabios van a buscar estos Talismanes. Encontrarte y acercarte será una tarea formidable. Ella debe venir a buscarte por este Talismán. Si lo hace, ¿la dejarás entrar y reconocerás su derecho a vivir en el palacio?

Owailion sostuvo el cuerno en el aire. No tenía idea de dónde estaba físicamente la dragona marina, pero darle un cuerno a la altura de un brazo sería imposible de todos modos. Por su tamaño, Tamaar tendría dificultades para sostenerlo. Esperó pacientemente a que la dragona respondiera, tomándolo mágicamente. Podía escuchar la desgana de Tamaar, goteando de molestia y teñida por el miedo a lo desconocido. Luego, con un bufido casi audible, el cuerno desapareció de su agarre.

Owailion se limpió el polvo de las manos como si ese deber estuviera cumplido y pasó a otro. "Finalmente, tengo un asunto más y no sé cómo hacer esto..."

—*Los humanos son tontos, ya sabes,* —interrumpió Tamaar.

"Están tan preocupados por los sentimientos de los demás que no les preocupa la verdad cuando es necesario decirla".

Owailion se aclaró la garganta y luego, como se lo reprendió, soltó su incómodo mensaje. "Imzuli robó las piedras rúnicas y se las dio a un hechicero forastero", dijo rápidamente, mentalmente, sin querer sacar las palabras a la luz donde le parecían más reales.

Durante un largo rato, un silencio de muerte resonó en la caverna de Tamaar. Podía imaginar las ruedas girando detrás de los escudos rígidos del dragón de tres cabezas mientras pensaba en esta acusación. Finalmente, el dragón bajó sus escudos lo suficiente como para volver a hablar con él.

—*Muéstranos,* —ordenó rotundamente.

Owailion obedeció de mala gana, presionando las imágenes que había visto en el talismán de Raimi en la mente del dragón. Tamaar lo absorbió y lo agregó a todo lo que había contemplado en privado detrás de su escudo. Solo entonces Tamaar comentó.

—*Esa cría tiene demasiado de su padre en ella. La curiosidad no le conviene. ¿Qué vas a hacer para solucionar este problema?*

Owailion se echó hacia atrás sorprendido. Había pensado, no, esperado y rezado, que los dragones tomarían las consecuencias de Imzuli bajo su competencia. "Yo... Yo... Yo no había pensado en hacer nada. Ella es un dragón, no un humano. No hay nada que pueda hacer para disciplinarla y realmente no se hizo ningún daño a menos que el hechicero que las compró pueda usarlas para hacer daño. Nos preocupaba más que ella... Si está dispuesta a vender las piedras, ¿qué más podría intentar vender?"

El gruñido de Tamaar raspó su mente. "¿Vender? No entendemos esa palabra".

Owailion explicó cuidadosamente. "Los humanos venden una cosa por algo que quieren más; su trabajo por comida, algo que han hecho para algo que no pueden hacer por sí mismos. En este caso, Imzuli vendió las piedras por una traducción de lo que estaba escrito en ellas. Tememos que no quisiera entrar en el Sueño y estaba dispuesta a vender... Vender el nombre de Raimi a un hechicero que podría evitar que se durmiera".

Después de pensarlo mucho, Tamaar hizo otra pregunta. "¿Le has preguntado sobre esto?"

—Tenemos poca evidencia de tales irregularidades. ¿No se lo impediría su Piedra del Corazón? No tengo ningún deseo de acusar a nadie, especialmente con tan poca evidencia. La conoces mucho mejor que yo. ¿Cómo reaccionará ella ante tal insinuación?

Tamaar no respondió de inmediato y Owailion ni siquiera pudo sentir sus escudos activados. Quizás se había vuelto a dormir. Pero cuando rompió su silencio, las voces mentales de Tamaar hablaron en un misterioso coro.

—*Ustedes son los administradores de la Tierra ahora. Cuando aborden esto, no nos informen. Ahora dormiremos.*

Con ese despido, Tamaar expulsó a Owailion de su mente.

Raimi se sentó en el escarpado acantilado justo fuera de los muros del palacio de ópalo, mirando hacia las aguas turquesas de una bahía estrecha y pensó profundamente en lo que tenía que hacer allí. Los jardines significaban poco y en realidad solo requerían una pequeña porción de su atención. En cambio, esperaba explorar los escudos que crearía alrededor de cada palacio. Después de estudiar el escudo de Tamaar que se hundió en el lecho marino a pocos metros más allá del acantilado en el que estaba sentada, Raimi sintió que podía hacer un escudo mejor y más sustancial que el que había intentado en Paleone.

También se preguntó cómo podría fabricar estos escudos para que el verdadero dueño de cada hogar pudiera entrar. Parecía un problema más preocupante que los propios sellos. Meditó sobre el problema, disfrutando del cálido aire de la jungla a pesar del sol invernal fuera del sello de Tamaar. En sus manos sostenía el talismán Talismán, vacío de agua y dejaba que su mente recorriera la tierra, como el agua que devora montañas y siempre busca su camino libre hacia los océanos. Ella se convirtió en los ríos y arroyos, limpiados por el movimiento y enfocados solo en las necesidades del futuro. Y a pesar de que el talismán estaba vacío, ella comenzó a tener una visión.

De manera alarmante, no mostraba el pasado, sino un futuro desconocido y Raimi deseaba abrir los ojos para que la visión se detuviera. Pero ella ya no estaba a cargo de la magia profunda. En cambio, sabía que Dios guiaba su mente ahora. *"Si sellas los palacios, proporcionaré un mayordomo para abrirlos. Cada Sabio debe buscar hasta encontrar. Encuentra al que les abrirá el sello"*, coreó la reconfortante voz en su mente.

Raimi jadeó cuando un panorama de figuras pasó por su mente: caballeros, hombres poderosos, un águila, un fantasma, un hada e incluso un fénix pasó por su mente como destellos en el agua, sin apenas tiempo para registrar detrás de sus ojos. *"A estos los haré mayordomos como el Enok de Owailion. Tienen las llaves para romper los sellos. Los Sabios deben buscar"*, reiteró la voz y luego se desvaneció.

Con un movimiento brusco, Raimi volvió en sí y sintió cómo el sol se había desplazado hacia el otro lado de la bahía mientras se concentraba en su hechizo profundo, pero ahora lo sabía. Si ella ponía los sellos, los mayordomos vendrían como Dios los preparó. Cada uno estaría vinculado a un Sabio como un compañero leal, dedicado a su única reina o rey, un amigo inmortal y estable, destinado a servir. ¿Eran siquiera reales?

Raimi no lo sabía, pero tenía suficientes respuestas. Como sabía que las aguas siempre fluirían y eventualmente se encontrarían con el mar, tendría fe en que esto también llegaría a buen término.

Sin embargo, después de haber creado con éxito otro hechizo de magia profunda, Raimi sintió pocos logros. Quizás todavía cargaba con los temores de que su magia causaría efectos negativos a largo plazo en sus seres queridos. Quizás su persistente sensación de melancolía se debió a la partida de Owailion. Como se estaba quedando dentro del escudo de Tamaar para trabajar en los jardines del palacio, su esposo no tenía la libertad de ir a visitarla todas las noches y, por lo tanto, por primera vez desde su llegada a la Tierra, Raimi estuvo esencialmente sola durante largos espacios de tiempo. De cualquier manera, tenía mucho en qué ocupar su tiempo durante los días. Este palacio no requería los caminos de piedra y los fuertes muros que tenía Paleone, sino que, en cambio, estaba lleno de jardines colgantes adecuados para la costa tropical que ocupaba, y esto mantuvo la mente de Raimi activa durante el día.

Sin embargo, por la noche soñaba con alarmante viveza. Owailion le había advertido que los sueños de un Sabio eran importantes, especialmente si los recordabas. Owailion a menudo se despertaba con un diseño perfecto para un palacio que goteaba de su mente y había compartido estas impresionantes imágenes con ella, por lo que ella apreciaba por qué él entendía exactamente cómo construir cada gran mansión. Los sueños de Raimi, hasta ahora, venían de forma confusa, como si atravesaran aguas profundas y las imágenes parecían simbólicas.

Ahora sola en el palacio Tamaar, Raimi dormía en una de las gloriosas habitaciones abiertas con un balcón que miraba hacia la bahía de color turquesa profundo y esa agua de alguna manera la convirtió en sus sueños. Un barco de tres mástiles se había acercado al estrecho puerto y echó anclas más allá del Sello. En su mente, era el mismo barco del trato de Imzuli, pero sin un alma a bordo. En cambio, Raimi solo escuchó una voz en su cabeza.

—Raimi, ¿estás ahí? Ella pareció reconocer la voz masculina y le produjo incomodidad, a diferencia de la voz de Dios. ¿Quién era? ¿Stylmach? Recordó el ligero acento y se refería a su yo del sueño, pero tenía que escuchar de todos modos.

—Sí, —respondió en su sueño.

—¿Hablarás conmigo? —preguntó Stylmach seductoramente. "Por favor, Raimi, háblame de ti".

Esta vez ella automáticamente le dijo todo lo que sabía; Reina de los ríos, maga sabia, casada con Owailion, amiga de Mohan e Imzuli. Ante la mención del dragón blanco, el hechicero tarareó conscientemente, pero no interrumpió. Luego, cuando mencionó sus Talismanes, el interrogador de sueños se interesó lo suficiente como para hacer más preguntas de sondeo.

—Raimi, cuéntame más sobre este talismán. ¿Es mágico?

—Muestra el pasado, —explicó Raimi, soñando con una familiar sensación de alarma. ¿Por qué le estaba contando la breve historia de su vida a este personaje de ensueño? Intentó deliberadamente no compartir qué cosas específicas había visto en el talismán.

Y el hechicero sintió su resistencia, así que cambió de tema. "Es una hermosa mansión la que tienes allí. Hemos visto a otros cruzando la Tierra. ¿Es tuya?"

—No, —respondió llanamente, esperando que Stylmach no fuera más lejos.

—¿Dónde está el tuyo? Supongo que eres una hechicera lo suficientemente grande como para merecer un palacio tan elaborado como este.

¿Estaba jugando con su supuesta vanidad? ¿Era tan sensible que sentía vergüenza de que Owailion todavía no le hubiera construido una casa? No, no estaba tentada a caer en esa estratagema, pero tampoco estaba dispuesta a revelar dónde se construiría la suya.

—El mío se acerca, —respondió Raimi, ya que en el sueño no sentía que pudiera ser lo suficientemente grosera como para no decir algo.

—Ah, —comentó el forastero a sabiendas, insinuando que estaba más abajo en la lista debido a la debilidad percibida de su parte. Luego comenzó a alimentarse de su instinto más pernicioso. "Todo lo que toques saldrá mal de alguna manera. Mira cómo tu guía y amiga Imzuli terminó siendo el ladrón de las piedras rúnicas. ¿Por qué Owailion no puede construir tu palacio? Ni siquiera puede encontrar un lugar donde ocultar las flautas para que puedas jugar al escondite por ellas. Parece tan tonto".

Entonces el hechicero la apartó de esa angustiosa línea de inseguridad y la sumergió en áreas más alarmantes. "Raimi, háblame de la Piedra del Corazón", ordenó.

El orden fue irresistible. Raimi no pudo detenerse y parte de ella se dio cuenta de que sus miedos más profundos se habían hecho realidad. Esa parte cuerda de su mente aún dormida gritó alarmada, tratando de resistir, pero no era lo suficientemente fuerte para luchar contra la compulsión. Había una razón para temer a este hombre de pesadilla, pero ella simplemente tenía que contarle sobre las Piedras del Corazón. ¿Podría manipular esa solicitud?

"Las Piedras del Corazón son la conciencia de un Sabio," comenzó, esforzándose por dar solo los detalles más inocuos. "Nos impide usar nuestra magia para el mal". Esperaba que fuera así, o la magia del nombre de Stylmach podría obligarla a hacer algo de lo que se arrepentiría por una eternidad.

—Ah, ¿y tú tienes una? Una vez más, Stylmach insinuó que podría ser indigna de tal bendición. O esperaba obtener más detalles, como cómo obtener una para él; arrancándola de la orilla de un río como una piedra que salta.

–Si. Ella resistiría el impulso tanto como fuera posible y no le daría información ofrecida libremente. Ella no señalaría que para ser un mago en la Tierra uno debe tener una Piedra del Corazón o el Sello los bloquearía. ¿Qué pasaría si un hechicero forastero adquiriera una? ¿Y si este Stylmach le ordenaba que le diera su piedra? ¿Podría él cruzar el Sello?

—Raimi, dime cómo encontraste tu Piedra del Corazón. De nuevo, la orden la inundó con insistencia. Sin recurso, ella le contó que la había encontrado en el fondo del río, dando a entender que no había nacido con ella en este mundo. Ella esperaba que desviara al hechicero lo suficiente como para no pedirle que se la entregara.

De repente, la pesadilla comenzó a nublarse demasiado en su mente. ¿No podría el hechicero mantener el vínculo con ella? Raimi se retorció frenéticamente, detestando la conexión. Sería preferible una pesadilla de demonios. Iba a traicionar a la Tierra y a todas las personas que amaba.

—Es hora de que me vaya, —anunció Stylmach inquietantemente. "Raimi, tus escudos permanecerán caídos para mí y olvidarás esta conversación por completo". Con eso, el sueño se desvaneció, pero se separó con la última y escalofriante promesa. "Hablaremos de nuevo mañana por la noche".

18

PESADILLAS

*R*aimi se despertó al amanecer sintiéndose inquieta. ¿Por qué los humanos deben dormir? Como maga, al menos debería tener la habilidad de permanecer despierta como los dragones, pensó aturdida. Raimi se levantó, estirándose mientras se movía hacia el balcón y miraba hacia el brillante océano que se derramaba debajo del acantilado. Ningún barco se acercó a la Tierra, nadie con quien comerciar, pero se preguntó si los forasteros vendrían a tratar de romper el Sello y podía verlos venir como afirmaba Tamaar. ¿Cómo los vería venir un humano?

Bueno, pensó Raimi, podría experimentar con magia más profunda. Ella ya había creado un hechizo de lenguaje y el guardián del lago Ameloni, así como el hechizo que unía los escudos del palacio a los mayordomos de las puertas. Es posible que no pueda ver la evidencia de estos hechizos, pero valía la pena intentar hacer otro. ¿Había un hechizo similar que pudiera utilizar para mantener a los hechiceros lejos de la Tierra?

Raimi miró hacia el agua y se basó en la magia profunda, anclándola en las raíces de la Tierra. Luego deseó que todos los barcos que... No, no pudieran volcar barcos solo porque llevaban un hechicero. Quizás algo más benigno. Pensando por un momento, en cambio, ató el hechizo para que todos los magos que viajaban sobre el agua se marearan, sin importar el tamaño del bote o cuán fuerte fuera el remedio que pudieran preparar. Sí, que ella pudiera desear que existiera. Raimi se sintió inquieta por la poderosa necesidad de hacer algo, cualquier cosa para defender la Tierra del mal que sintió arrastrándose sobre ella.

Luego, para deshacerse de estas premoniciones, Raimi trabajó duro el día alrededor de la jardinería del palacio en Tamaar; rosas, glicinas y plantas exóticas cuyo nombre no recordaba, pero se imaginaba que olían de maravilla. Es posible que estos jardines no fueran vistos ni apreciados por nadie durante mil años, pero debían complementar el trabajo de Owailion y ser autosuficientes hasta que los palacios fueran ocupados, por lo que, de nuevo, creó magia profunda. Además, en este caso, Raimi se sentía razonablemente segura de que no iba a dañar a nadie involucrándose a sí misma o su magia.

De repente, otro pensamiento provocó un escalofrío en la columna de Raimi. Sabía que vendrían colonos rompiendo el Sello, construyendo pueblos a lo largo de los ríos. Lo había presenciado en el talismán Talismán. Quizás los otros eventos angustiantes como la montaña de Imzuli o la devastación en el delta de Lara fueron naturales y no causados por forasteros. Sin embargo, alguien había destruido su casa en el delta. Raimi deseaba apasionadamente no poder ver esa destrucción. ¿Quizás tuvo lugar durante milenios? Las montañas cayeron y la tierra se elevó en ese tipo de período de tiempo. Tal vez los Sabios pudieran evitar algunas de las cosas que habían visto y tantos lugares hermosos no tenían que ser destruidos. Pero la llegada de los colonos siempre había parecido inevitable y de alguna manera bienvenida.

La depresión siguió al trabajo de Raimi ese día y, al anochecer, Raimi fue a nadar a la bahía para borrar su mal humor. Esperaba relajarse al darse cuenta de que solo tenía unos días más para trabajar en los jardines y luego podría ir y seguir a Owailion. El agua en el puerto profundo que esperaba podría ser lo justo para aliviar su tensión.

Sin embargo, Raimi estaba equivocada. En cambio, sintió que se iba a ahogar, lo cual era una tontería ya que su don con los ríos y la natación se aplicaba a cualquier cuerpo de agua. La oscuridad de la bahía profunda la hizo sentir como si algo con dientes pudiera surgir y mordisquearle los dedos de los pies, así que después de solo unos minutos apresurados en el agua, volvió a caminar y se fue a la cama temprano.

Desafortunadamente, los sueños volvieron a descender. Un barco navegó en su sueño, pero no lo recordaba de su pesadilla anterior. Curiosamente, en esta visión, la embarcación se encontró con un campo de nieve, subiendo por el río Lara hasta una ramificación, como si siguiera su retirada, invadiendo su mente. El barco permaneció sin tripulación y a la deriva. Recordaba vagamente a Stylmach y aunque le resultaba familiar, no podía recordar dónde había escuchado su tono acusatorio.

Eres una brujita traviesa, Raimi. Me hechizaste. Nunca me he mareado y ahora de repente lo estoy. ¿Cómo es eso? Contéstame, Raimi".

La compulsión en ella meció la cabeza sobre su cuello con la fuerza. ¿Mareado? ¿Lo había enfermado? ¿Cómo no podía recordar esta poderosa magia? ¿Era esto de su vida anterior? Raimi tragó saliva y luego respondió con cuidado al misterioso hechicero: "No te he puesto un hechizo". No era una mentira técnicamente. Ella había puesto un hechizo en todos los hechiceros, no en él específicamente.

—Bueno, fue poderoso. ¿Cuál es la cura? —exigió el forastero en tono amargo.

Raimi no sintió la compulsión ligada a esa pregunta para obligarla a responder, así que no lo hizo.

—¿Qué quieres de mí que estás invadiendo mis sueños?

—Quiero que me ayudes a convertirme en un Sabio, —respondió Stylmach con franqueza. "Y si no lo haces, haré que destruyas cada piedra de tu tierra".

Raimi pensó que temblaría de miedo ante esa perspectiva, pero algo del Sabio se deslizó en su mente dormida y sintió que una racha de desafío afloraba a la superficie. "Los ríos pueden fluir contra corriente de vez en cuando, pero lo que se necesita para ello, tú lo sabes", respondió con valentía.

—Raimi, dime qué se necesita para ser un Sabio de la Tierra.

El imperativo mágico hizo que la nieve se oscureciera en su pesadilla y no pudo reunir la voluntad para luchar contra ella, excepto en su tono. "No es así. Cualquiera que manipule a otros es indigno de ser un Sabio. Dios nos elige, borra nuestra memoria, nos da una Piedra del Corazón y nos trae a la Tierra. Él solo nos elige. Debes preguntarle".

Esta audaz respuesta no apagó la fijación de su torturador por el tema. "Raimi, ¿estar en posesión de una Piedra del Corazón me convertirá en un Sabio?" Stylmach gruñó.

Raimi pateó la nieve negra mientras luchaba contra cómo este flujo la alejaría de la Tierra y de todo lo que amaba. "No lo sé. Sé que no puedes ser un Sabio debido a tu manipulación".

Otra pregunta ardió en su mente. "Raimi, ¿cuáles son algunos de los límites de tu magia con la Piedra del Corazón?"

Empezaba a odiar el sonido de su propio nombre. Si alguna

vez escapaba de este Stylmach, cambiaría su nombre sin pensarlo, después de haber hecho trizas a este hechicero resuelto. "Bueno, muchos que te resultarán molestos. Por ejemplo, no puedo mentir. No puedo matar a menos que sea en defensa de la Tierra, de otros o de mí misma. Además, no puedo hacer nada que no sea honorable y bueno a los ojos de Dios, como usar la magia de nombres para convertir a otros en esclavos. Estoy obligada a proteger la Tierra de demonios y hechiceros como tú y mi vida está dedicada a eso. Y... Y no puedo tener hijos".

—Interesante... ¿No puedes mentir? Stylmach sonaba dudoso.

—No, ni siquiera cuando no me obligas a responder tus preguntas sin valor. Ahora déjame ir, —ordenó, sin ningún efecto.

—No he terminado contigo. Luego dijo las palabras que ella más temía. "Dame la Piedra del Corazón, Raimi".

La Reina de los Ríos temblaba de miedo helado y en su mente lloraba pidiendo la ayuda de Owailion, pero en una pesadilla su llamada falló, bloqueada por la orden de Stylmach. Owailion no podía ayudarla. Y no quería que su marido estuviera cerca para ver este acto vergonzoso. ¿Y si el hechicero le ordenaba atacar al hombre que amaba también? ¿Y si Stylmach también comenzara a manipular a Owailion?

Raimi trató de retrasar lo inevitable. "¿Cómo puedo dártela? No eres real. Eres solo una pesadilla". De hecho, esperaba que una pesadilla fuera todo lo que enfrentaba, pero en ese momento solo se estaba mintiendo a sí misma y lo sabía.

—Sostén la Piedra del Corazón hacia el barco, Raimi.

La orden se estrelló contra ella como rocas en el fondo de una cascada, aplastante y helada. Jadeó, luchando por un camino libre del poder palpitante de esa orden y no pudo encontrar una manera de evitar hacer lo que le dijeron. Como si su mano realizara las acciones de una marioneta, metió la mano en su alma y sacó el pequeño orbe azul. En su pesadilla, cerró los ojos y lo extendió sobre el campo de nieve hacia el barco.

—Olvidarás que hemos tenido esta conversación. No hablarás con nadie sobre esto. No harás ningún hechizo contra mí, nunca Raimi.

Luego, una mano invisible se acercó y le arrebató el globo de la mano. Raimi permaneció lo suficientemente consciente como para ver cómo el orbe de pulso lento aceleraba abruptamente su latido para igualar el ritmo del corazón de su nuevo dueño. Entonces la pesadilla se desvaneció y Raimi se despertó jadeando en la oscuridad.

—Raimi, ¿qué ocurre? Escuchó la voz de bienvenida de Owailion en su mente y se recostó contra las almohadas con alivio.

"Pesadilla," le explicó a su marido. Se dio cuenta de que él estaba en algún lugar de una tienda de campaña en las montañas, levantándose por la mañana mientras ella todavía tenía algunas horas de luz de las estrellas, más al oeste.

—Háblame de tu pesadilla, —sugirió gentilmente ya que no podía estar allí con ella.

—Solo es eso; No recuerdo nada de eso. Simplemente me siento... Vacía. Ella suspiró, preguntándose qué estaba pasando con ella. Por las noches ahora tenía sueños tan horribles que inexplicablemente la eludían y simplemente no podía imaginar soportar más. "Creo que tengo un conocimiento suficiente de los jardines aquí como para poder completar lo que debo desde la distancia. ¿Puedo ir a reunirme contigo?

—Me encantaría tu compañía. Estoy aquí en el borde occidental de la Gran Cadena. Oh, y ten cuidado. Finalmente encontré un lugar para tu segundo Talismán.

Raimi sonrió a pesar de su cansancio. "Le diré a Tamaar que me voy y luego me reuniré contigo".

Owailion miró asombrado por el cambio que vio en Raimi después de solo unos días lejos de él. La luz había huido del río en sus ojos. Parecía demacrada y las ojeras bajo sus ojos por falta de sueño no lo explicaban todo. De hecho, ¿un Sabio podría enfermarse? Si es así, entonces eso era todo, pero ¿qué había causado este cambio? Raimi podría afirmar que no estaba durmiendo bien, pero la acechante profecía de Enok lo perseguía.

Bueno, él haría lo que estuviera a su alcance para ayudarla a recuperarse. Owailion conjuró una cama enorme y lujosa en la tienda que usó mientras estaba en las montañas e insistió en que ella descansara allí ese día. Ahora aquí con él de nuevo, Raimi finalmente durmió en paz. Mientras ella dormía la siesta, Owailion en privado, porque sospechaba que ella no apreciaría sus investigaciones, utilizó su tazón Talismán para volver atrás y ver sus actividades durante su tiempo en Tamaar. La vio trabajar en los jardines, los hechizos profundos, nadar ocasionalmente y luego irse a la cama todas las noches. Nada más pareció suceder. Sin sueños perturbadores, Raimi se despertó después de unas horas y luego fue a buscarlo a su lugar de trabajo.

—Así que finalmente escondiste la flauta de flautas, comenzó mientras miraba el impresionante paisaje de un gran pozo ubicado en el paso entre dos enormes montañas mientras Owailion guiaba una piedra blanca de fundación en el agujero.

Owailion asintió y pudo ver la sonrisa secreta en sus labios. "Me di cuenta de que no obtendría más ideas inspiradas hasta que enfrentara mis miedos. Y cuando lo hice, encontré un lugar para tu juego de pipas. Entonces supe que lo que menos queremos hacer tú y yo es confrontar a Imzuli. En el momento en que pensé en eso, supe que las flautas le pertenecían".

Raimi se veía mejor debido a su siesta, notó Owailion, pero su mirada de perplejidad lo retrasó al señalar eso. Ella finalmente preguntó: "¿Fuiste a hablar con ella? ¿Y también escondiste las flautas con Imzuli? ¿Ahora me estás diciendo dónde están? ¿No es eso contrarrestar el propósito de ocultar los talismanes?"

—No, el propósito no es ocultarlos, —respondió. "La idea es desafiarte, obligarte a pasar algún tipo de tarea mágica. Tú y yo somos reacios a hablar con Imzuli. Pasé mi parte de la prueba cuando fui a darle las flautas y vi que efectivamente estaba dormida. Sé que no hizo el trato con ese hechicero para permanecer despierta. Ahora te toca a ti hablar con ella sobre las piedras... Y pedirle las flautas. Esa es tu prueba".

Raimi tragó con preocupación. "Eso va a ser otra pesadilla. Sabes que me preocupo por todo en lo que me involucro, termina para peor, y esto podría fácilmente ir hacia los lados".

—Lo harás bien, le aseguró Owailion. "No has empeorado nada estando aquí en la Tierra. Solo has mejorado las cosas".

Owailion vio la duda aún en sus ojos angustiados y agregó. "Me has hecho mejor. Y mira todos los hechizos profundos que has desarrollado. Mira, te daré su verdadero nombre para que puedas despertarla". Luego conjuró un pequeño trozo de papel y un lápiz y escribió el verdadero nombre de Imzuli que había recibido de los Recuerdos.

Raimi miró el pequeño trozo de papel que le ofreció con temor, pero lo tomó. Luego besó apasionadamente a Owailion, para mostrarle su agradecimiento por su apoyo a pesar de que había poco que él pudiera hacer para ayudarla. Si finalmente quería enfrentar sus defectos de carácter y desafiar a sus demonios personales, entonces debía lidiar con la confrontación en algún momento. Él la escuchó cantar ese mantra que mientras se enganchaba mágicamente a un pequeño arroyo que corría por un glaciar en la base de la montaña de Imzuli y se trasladaba allí con un pensamiento mágico.

19

CONSEGUIR LAS FLAUTAS

*R*aimi se dio cuenta mientras miraba hacia la montaña que se cernía sobre ella, que ella nunca había estado en ninguna de las montañas sin una escolta de dragones. Se sintió como una invasora. Sin embargo, recordó el enorme agujero que había visto en el talismán de Talismán con esta montaña desaparecida y, en cambio, el palacio de un Sabio con impresionantes jardines había crecido aquí. Esa era otra cosa sobre la que necesitaba hablar con Imzuli. ¿Cómo le dirías a alguien que su casa iba a desaparecer? Ese problema podría ser otra pesadilla en sí mismo.

Raimi miró la pequeña tira de papel que le había dado Owailion y luego respiró hondo. "¿Tethimzuliel? Despierta", ordenó.

Al principio, la respuesta ni siquiera fue en palabras. Algo en la mente de Raimi sintió que el dragón rodaba en las profundidades de la montaña, ignorando la llamada o solo perturbada por ella. "Tethimzuliel, soy yo, Raimi. Necesito hablar contigo. ¿Puedo entrar y ver tu cueva?"

—¿*Raimi?*" La voz de Imzuli, pesada por el sueño y la

confusión, requirió concentración para escuchar. *"Me desper-taste. ¿Cuánto tiempo ha pasado?"*

—Solo unos meses, amigo. ¿Puedo pasar? —respondió Raimi. Estar de pie en la ladera de la montaña no parecía un buen lugar para hablar, no con el hielo y las avalanchas colgando sobre ella a principios de la primavera y la repentina sensación de que los oídos que la escuchaban siempre la perseguirían y querrían escuchar un nombre.

En respuesta, Imzuli extendió la mano y tiró bruscamente a Raimi hacia ella, llevándola a la caverna dentro de la montaña. La mujer se quedó sin aliento ante el repentino cambio de escenario. La cueva, iluminada por orbes como los que usaba Owailion a menudo, parecía hecha de la piel reluciente de Imzuli; plata brillantemente pulida. Las paredes lisas, completamente libres de estalactitas o incluso escombros, se sentían como el interior de un huevo cromado, y fácilmente duplicaban el tamaño de la propia Imzuli, quien descansaba en el medio como una reina en un trono, mirando a Raimi con sus brillantes ojos plateados. Todavía ajustándose a la luz que había conjurado.

—*Puede que no sea un juez adecuado de la apariencia humana,* —comentó Imzuli, —*pero no te ves bien. ¿Estás enferma?*

Raimi trató de no reír. "Eso es exactamente lo que me dijo Owailion. No, solo estoy teniendo pesadillas. ¿Sueñas mientras duermes?" preguntó, de repente curiosa ahora que surgió el tema.

—*No lo creo. No entiendo el concepto; ¿una historia o una visión mientras duermo? No, no creo que haya soñado, pero es que tampoco llevo mucho tiempo dormida.*

Torpemente, Raimi se detuvo. "Tienes una hermosa casa aquí. Todavía no tengo una, pero estoy con Owailion así que eso es bueno. Esa es una de las cosas que me trajo aquí para hablar contigo y no sé cómo decir esto sin lastimarte, amiga mía. Owailion ha descubierto que uno de los palacios para los Sabios se supone que se construirá... Se construirá aquí donde se encuentra tu montaña".

Imzuli parpadeó sorprendida pero no dijo nada. Al estilo típico de un dragón, los escudos sobre su mente se cerraron de golpe para que pudiera pensar en privado, pero no había nada que decir. *"¿Él sabe esto?"* La dragona finalmente preguntó.

Para ayudar a su amiga a entender, Raimi reunió una versión más lenta y corta de la visión del talismán y luego la compartió para que la dragona pudiera ver las imágenes que pasaban por la Gran Cadena. Imzuli reconocería las montañas que conocía tan bien por su forma y tamaño y luego, cuando la montaña perdida apareció a la vista, Raimi trajo las imágenes directamente al valle que se había formado. Ambas vieron los detalles de las cascadas que alimentaban un paraíso tropical donde antes se había asentado una montaña gloriosa. Flores de cientos de especies cubrían los caminos serpenteantes que llenaban el valle. El palacio en la parte inferior del pequeño valle parecía ser una serie de columnas con líneas de techo bajas talladas en mármol en lugar de paredes altas y cerradas como todos los otros palacios habían estado antes, pero era inconfundible: el palacio de un Sabio.

—Lo siento, fue lo único que a Raimi se le ocurrió decir.

—*¿Sabes cómo sucederá este cambio?* —preguntó la dragona sin tono.

Raimi negó con la cabeza, pero luego recordó que los dragones rara vez podían interpretar el lenguaje corporal. "Mientras la montaña esté allí, ni siquiera pensaríamos en construirla aquí, no importa lo que Dios dijese al respecto. Owailion tiene dos palacios terminados, pero tiene otros ocho en construcción, varios sin comenzar y tres que aún no ha encontrado. Tiene mucho en qué pensar y no te molestaremos... Excepto.

Solo queríamos preguntarle si podías mudarte a otro lugar para dormir; Jonjonel, por ejemplo. Hemos previsto muchos cambios terribles en la Tierra que no podemos explicar. Odiaríamos que algo inesperado te hiciera daño. ¿Te mudarás de tal manera, que...? Cuando algo haga que tu montaña desaparezca, ¿tú no desaparezcas con ella? Eso sería una tragedia peor".

Imzuli no respondió durante mucho tiempo. Estaba pensando profundamente, de nuevo detrás de sus escudos, con sus ojos plateados cerrados en concentración. Raimi no tenía idea de qué tipo de vínculo y devoción podría tener un dragón con su montaña natal, pero tenía que ser fuerte. Lo único que un humano podría tener que comparar podría ser la familia. ¿Podría un dragón sobrevivir moviéndose a otra montaña? Los dragones no eran como ella, siempre avanzaban, vivían en una tienda de campaña e incluso emigraban a otra tierra. Para Raimi, sería fácil dejar su casa, pero sabía lo suficiente para reconocer que, para un dragón, incluso una dragona tan joven y de mente abierta como Imzuli, nunca sería una decisión fácil.

Instintivamente, Raimi extendió la mano y acarició a Imzuli en el brazo como si un toque curara el problema. Los ojos de la dragona se abrieron de golpe y miró a su amiga. "Tendré que pensar en esto... Si puedo permanecer despierta el tiempo suficiente para concentrarme por completo. Pero esta noticia no es la razón por la que has venido a hablar conmigo".

Raimi miró hacia abajo con temor. "No, hay otras cosas... Además de las flautas que sé que tienes para mí. La prueba para que gane las flautas está sacando a la luz cosas tan difíciles. Imzuli, sabemos que vendiste las piedras rúnicas a un hechicero forastero. Simplemente no podíamos entender por qué".

Imzuli refunfuñó de forma audible y se echó hacia atrás para poder recostarse con la cabeza al nivel de Raimi, sus ojos plateados brillando bajo las luces mágicas. ¿Podría la cara de un dragón expresar vergüenza? Los ojos plateados de Imzuli brotaron como mercurio y captaron destellos de las luces de arriba. El blanco generalmente cegador de su piel se apagó hasta casi gris y la punta de su cola comenzó a moverse levemente. Tomó tiempo, pero finalmente, la dragona explicó.

—*Esa fue la cosa más tonta que he hecho en mi vida,* — admitió Imzuli. *"¿Alguna vez has hecho algo que sabías que estaba mal incluso mientras lo hacías, solo porque tenías curiosidad? Siempre me ha fascinado la idea de seres humanos como Mohan. Aprendí sobre el concepto de escritura mirando esas piedras. Solía estudiarlos cada vez que me acercaba a Zema"*.

La dragona suspiró rabiosamente y el olor de su aliento sulfuroso sopló alrededor de las faldas de Raimi. *"Verás, toda mi vida he sabido que los humanos vendrían. Nací casi al mismo tiempo que se dio la profecía del Sueño. Mohan se aseguró de que entendiera que los humanos iban a tomar la administración de la Tierra. Sabía que mi tiempo de vigilia sería limitado, así que quería experimentar todo lo que pudiera en el poco tiempo que me dieron. Salí del Sello y visité otras tierras tan pronto como tuve la edad suficiente para volar hasta allí. Vi mucho de cómo viven los humanos. Vi regateo y comercio. Vi lo que podía hacer la escritura, la música y la danza y quería... Quería ser un poco como un ser humano. ¿Eso es una tontería, sí? He aprendido más en solo seis meses siendo tu amiga que en noventa años explorando otras tierras. Pero hice ese trato porque quería ver cómo funcionaba el comercio y el significado de las palabras en las piedras. Sabía que no eran mías para dárselas. Y luego, cuando Owailion descubrió que las piedras habían desaparecido, ya era demasiado tarde para devolverlas... Además, estaba demasiado avergonzada para admitir mi error"*.

Raimi miró con compasión al dragón reluciente y se dio cuenta de que podía perdonar la tontería de Imzuli sin pensarlo. "Solo tengo seis meses, recuerda. Yo también he hecho tonterías. Todos hacemos cosas de las que nos arrepentimos. Llegué a la Tierra con la sensación de dañar todo aquello en lo que me involucro. Al principio, no estaba dispuesta a casarme con Owailion porque temía estropear eso también, lastimándolo de alguna manera. Hay un viejo dicho; 'Soy solo un humano', y significa que todos cometemos errores. Pero también se aplica a ti, Imzuli. Eres solo como un humano".

La dragona se rio entre dientes, que salió como un rugido relajante que hizo que toda la caverna hiciera eco y las luces temblaran en el aire. *"Me gustaría ser humano, pero soy malvada por desearlo y no puedo hacer el mal".*

—¿Es por eso que estabas tan ansioso por cazar a ese demonio que vino de Zema? Raimi preguntó ahora que todo se había resuelto.

La dragona dejó caer su mandíbula de nuevo y rugió en positivo. *"Debería haber revelado la verdad antes. Sabía todo sobre Zema, excepto que no había pruebas. Tenía la esperanza de que la escritura en las piedras explicaría cómo evitar que vinieran los demonios. Pero estaba equivocado. Sabes lo que dicen las piedras, ¿no?"*

—Sí, y no se perdió nada que no podamos aprender por nosotros mismos.

—*Eso es bueno, porque retuve lo que había aprendido de los Recuerdos que le di a Owailion. Yo también me avergüenzo de eso. ¿Me perdonarás?*

Raimi no vaciló. Extendió la mano y le dio un abrazo entusiasta y muy humano al hocico de la dragona, lo único que podía rodear con sus brazos. "Perdonada." Luego pasó obstinadamente al siguiente tema que necesitaba abordar. "Durante un tiempo nos preocupaba que, si estabas dispuesta a tomar algo que no te pertenecía para venderlo, también podrías tomar otra cosa para vender. Mi nombre".

Eso hizo que Imzuli levantara rápidamente la cabeza en alarma. *"Ese hechicero me ofreció la oportunidad de no irme a dormir a cambio de algo, pero no sugirió tu nombre. Eso habría sido realmente malvado y podría haberlo asado solo por sugerirlo. No tenía nada más que vender y hubiera estado tan mal que hubiera perdido el alma. No, irme a dormir es el camino correcto para mí. Algún día tendré otras aventuras".*

—Me alegro de eso, —respondió Raimi, sintiéndose mucho mejor por su amiga. "Por favor, piensa en mudarte a Jonjonel. Estoy preocupada por ti".

—*Voy a pensar en ello.* Entonces la dragona parpadeó significativamente con sus ojos plateados, sacando la siguiente pregunta con una inflexión humana. *"¿Pero es esto realmente de lo que viniste a hablar conmigo?"*

—Oh, sí, las flautas.

Imzuli no exigió nada a su amiga a cambio del arreglo de flautas. Las había colocado dentro de uno de los globos brillantes que flotaban sobre sus cabezas cerca del techo de la caverna. La dragona bajó la luz con un empujón mágico y la colocó en las manos extendidas de Raimi donde explotó como una pompa de jabón y la mujer las atrapó.

—Son hermosas, —susurró Raimi, girando el brillante juego de flautas para ver la decoración, incrustaciones de oro y plata en todo el juego.

—*¿Qué hacen? Owailion dijo que esas pipas no eran suyas, por lo tanto, no podía explicarlo,* la curiosidad entusiasta de Imzuli había regresado.

—Owailion no sabía... Bueno, generalmente las flautas son para hacer música, pero como son un talismán también tendrán otro propósito, una habilidad mágica como mi talismán, el cual puede mostrarme el pasado. ¿Debería intentar tocar con ellas?

—*Sí, por favor,* Imzuli casi se rio y luego agregó con tardía precaución. *"¿Harán algo dañino? ¿Incluso puedes tocar una canción?"*

Raimi supo instintivamente que podía tocar el instrumento

porque este era su Talismán; pretendía invocar magia para ella al igual que el talismán. Sin embargo, temía su efecto. El talismán, aunque asombroso en sus capacidades, también trajo dolor de manera profunda. Raimi cerró los ojos con cuidado para concentrarse y abandonarse a los impulsos que vendrían con las flautas. Ella no participó activamente en lo que estaba a punto de hacer. Este era un reflejo automático. La canción fluyó con facilidad. Una melodía dulce, triste y encantadora emergió de las flautas y sintió que su magia acariciaba su mente y cuerpo como una ducha refrescante bajo una cascada. Lavó algo de su corazón y se sintió nueva. Era como si el sol apareciera en medio de la noche.

—Oh, jadeó y dejó de tocar con un terror repentino.

—¿*Raimi? "¿Qué estás haciendo aquí?"* Imzuli preguntó en un tono desconcertado. No podía recordar la conversación que acababa de tener.

—Imzuli, ha sucedido algo terrible. Estaba... Estaba tocando la flauta de flautas. Eso es lo que recuerdo.

—*No recuerdo habértela entregado. ¿Me quedé dormida y me despertaste?*

La dragona se había olvidado y Raimi acababa de recordar todo.

Raimi comenzó a llorar. Estaba maldita, como había sospechado. Todo saldría mal como había temido. "Imzuli, esto es horrible. ¡Le di mi Piedra del Corazón a un hechicero forastero!" casi chilló. Algo en Raimi se abrió como una presa que se rompió y ella agarró su bolso, buscando su Piedra del Corazó no su talismán, cualquier cosa que pudiera ayudar.

—¿Raimi? La voz mental de Owailion interrumpió su concentración. "Estás frenética. ¿Qué pasa?"

Owailion había sentido claramente su pánico abrupto mediante su vínculo amoroso a través del continente y Raimi parecía no poder pensar con la suficiente claridad como para darle una respuesta lógica. No tenía ninguna para darle. La mente de Owailion se dirigió a través de la de ella hacia Imzuli. La dragona expresó confusión, pero sin reflejar el pánico de Raimi.

Afortunadamente, él no esperó; Owailion se movió directamente a la cueva de la dragona, sin pedir permiso, y vio a Raimi sentada a los pies de la dragona, llorando e histérica, luchando por sacar el talismán de su bolso con la flauta de flautas a un lado. Miró a Imzuli para ver si ella era la fuente del miedo de su esposa, pero la dragona parecía estupefacta.

—¿Qué pasó? —preguntó a las dos mientras se arrodillaba frente a Raimi y le quitaba el bolso. Con manos mucho más tranquilas, encontró el talismán dentro y lo sostuvo, sin dejar que Raimi lo tocara. Lo llenó mágicamente con agua conjurada y luego susurró: "Muéstrame lo que acaba de pasar para asustar tanto a Raimi".

Podía sentir tanto a su esposa como a la dragona mirando por encima del hombro para ver el reflejo en el recipiente. Los tres miraron en el talismán mientras Raimi presionó la flauta de flautas contra sus labios, tocó una melodía y él vio su reacción. ¿La dragona había olvidado la hora anterior de conversación y Raimi había recordado abruptamente haber regalado su Piedra del Corazón? ¿Cómo pudo pasar esto? Owailion dejó caer el talismán y tomó a Raimi por los hombros para tratar de calmarla.

—¿Cuándo le diste tu Piedra del Corazón a un forastero? —preguntó con miedo, aunque permaneció lo más tranquilo posible solo porque sabía que no serviría de nada agregar su miedo al de ella.

—En las pesadillas. Las flautas... Casi balbuceó, tratando de sacar medias frases para hacerse entender. "Él me dijo que lo olvidara. Las flautas... Te hacen recordar.

—O te *hacen* olvidar, —agregó Imzuli amablemente. *"No*

recuerdo que ella llegara aquí. ¿Puede el talismán mostrarnos lo que sucedió en una pesadilla?"

—Esperemos que sí, —respondió Owailion a la sugerencia de Imzuli. Cogió el talismán, lo volvió a llenar y luego redactó cuidadosamente su petición. "Muéstrame las pesadillas que ha tenido Raimi".

El talismán mostró obedientemente una de las imágenes de lo que realmente había sucedido detrás de los ojos de Raimi mientras dormía. Ahora todos podían entender por qué ella no recordaba sus sueños. Le habían ordenado que los olvidara. Con magia de nombres.

—Ese es el... Conozco a ese forastero, —comentó Imzuli mientras miraba hacia el interior del talismán y veía el barco que había invadido los sueños de Raimi. ¿Podría haber alguna duda de que habría dos barcos idénticos con poderosos hechiceros a bordo? Imzuli bajó la cabeza, inundada de vergüenza por haber tenido algún trato con el hombre y su ira creció. "Se llama Stylmach. Ese es el barco que usa para moverse por la Tierra, pero habla el idioma de Malornia... Hacia el oeste".

—¿Cómo...? ¿Cómo consiguió mi nombre? Raimi se estremeció incluso cuando la visión del sueño se desvaneció y comenzó a intentar recuperar el control. "Dijiste que no vendiste mi nombre".

Imzuli pareció confundida de nuevo. "¿Cómo supiste...? ¿Cuándo te dije eso?"

—Justo ahora, trató de explicar Raimi. "Vine aquí para preguntarte sobre eso y para rogarte que te mudes a Jonjonel. ¿No recuerdas nada de esa conversación?"

—No, lo he olvidado. ¿Puede ese talismán mostrarme los recuerdos que me han quitado?

—Intentemos. Necesito ver todo lo que ha sucedido aquí, —comentó Owailion. Cogió el talismán, lo llenó por tercera vez y luego ordenó: "Muéstranos todo lo que ha sucedido aquí en esta caverna desde que llegó Raimi".

Raimi no había olvidado lo que sucedió durante la interacción que había mantenido con Imzuli, así que mientras Owailion y el dragón revisaban la conversación y la obtención de las flautas, pensó metódicamente en todas las cosas que podría haberle revelado a este Stylmach.

—Desde que le di mi Piedra del Corazón, probablemente sepa que soy una Sabia, —admitió en voz alta después de su revisión. "Probablemente le hablé de todo lo que eso implica; el Sello, el Sueño y todos mis poderes. Podría haberle dicho por qué queríamos las piedras y que habría más Sabios y nuestras afinidades. Oh, esto es horrible. Mi maldición nos ha arruinado a todos".

—No tienes una maldición, —interrumpió Owailion su lúgubre lista. "Pero tenemos un problema y necesitamos planificar".

Raimi suspiró y trató de reagrupar sus pensamientos. "Si él fuera una persona real, no un sueño, entonces Stylmach puede olvidar mi nombre, ¿no es así? Espero que por eso me hayan dado un Talismán del olvido".

—*Parece nuestra mejor esperanza. Debes recuperar tu Piedra del Corazón, o puede que te haga hacer algo peor,* —advirtió Imzuli.

—También haremos sufrir a Stylmach por esto. Espero que a los Sabios se les permita matarlo por su osadía, —sentenció Owailion.

Raimi asintió con la cabeza. "Me niego a ser el medio de traer destrucción a la Tierra. No dejaré que esta maldición afecte a todo lo que amo".

Y así, los tres comenzaron a conspirar.

20

RECORDADO Y OLVIDADO

*R*aimi tuvo que dormir. Ella no pudo luchar contra eso. El mago podría haberlo exigido, pero esta vez no se resistió a dormir, sabiendo que tendría un sueño que no quería tener. Sin embargo, esta vez Owailion flotaba en el fondo de su mente y tratarían de convertir una necesidad en una ventaja. Raimi permaneció en la caverna de Imzuli, probablemente el lugar más seguro de la Tierra para ella en este momento, con su esposo y la dragona cuidando de ella.

—¡Me engañaste, bruja! fue el primer comentario de Stylmach cuando el barco de los sueños se acercó a ella. Esta vez, el escenario estaba de nuevo en un río, pero ahora el arroyo atravesaba las paredes de la caverna plateada y volvía a salir por el otro lado. La nave de alguna manera logró encajar dentro a pesar de que esto desafiaba la lógica. "La Piedra del Corazón no funciona", acusó Stylmach. "Solo me quema. No hizo nada por mis poderes. Ni siquiera puedo sostenerla".

—¿Poderes? Raimi trató de no expresar el placer privado de que su torturador sufriera. "Nunca dije que daría poderes mágicos. Te dije que era la conciencia de un Sabio. Es un juez y un foco, nada más. No puede convertirte en un Sabio. Fue Dios quien me hizo una Sabia, no la Piedra del Corazón".

"Tú... Esa...", la voz de Stylmach escupió con furia. "Mentiste. Dijiste que me impediría hacer magia de nombres o cualquier magia que llamas malvada".

Raimi no había considerado esto y casi la sorprendió. Cómo podía la Piedra del Corazón impedir que mintiera y, sin embargo, ¿permitir que este mago hiciera una manipulación tan vil? Entonces sus instintos de Sabio entraron en acción. "La piedra es sólo un juez. Te ve, te juzga por la patética excusa de humanidad que eres y te permite alcanzar ese potencial, capaz de hacer magia maligna. Eso es todo".

Stylmach farfulló de nuevo antes de que lograra escupir algo en respuesta. "¿Magia malvada? Bueno, tengo noticias para ti, bruja. Tú eres la que va a hacer magia maligna. Raimi, voy a hacer que destruyas la Tierra. Vas a desmenuzar a tu amada nación pieza por pieza. Vas a darme todo y nada de lo que puedas hacer me detendrá. Raimi, ven a mí".

Sintió el tirón, empujándola contra la pared de la caverna. "¿Cómo? Esto es un sueño", insistió, porque su mente consciente no podría atravesar la materia sólida si todavía estuviera dormida.

—Métete en el río, hacia el barco. Yo haré el resto. Ven a mí, Raimi.

Raimi abrió sus ojos físicos. El hechizo de vigilia de Owailion había funcionado. Podía fingir estar dormida, pero Stylmach no sabría que era perfectamente capaz y consciente. Pero aún debía obedecer la orden que le había dado el hechicero. Se agachó, recogió su mochila cuidadosamente cargada con la flauta de flautas dentro, dejando el talismán con Owailion y dio los pasos necesarios hacia el río imposible. Vio el miedo apenas contenido en los ojos de Owailion cuando la magia de Stylmach la agarró y la atrajo con fuerza hacia su nave.

Su primera impresión fue que estaba despierta y muy enferma. Su hechizo de mareo había funcionado demasiado bien. El bambolear de la cubierta bajo sus pies la sorprendió al abrir los ojos y luego perder su última comida en las ásperas tablas.

—No es muy agradable, ¿verdad? La voz física real de Stylmach sonó incluso más áspera de lo que esperaba cuando se dejó caer a la cubierta vomitando y todo lo que pudo ver de su enemigo fueron sus elegantes botas. La dejó sufrir sobre las manos y las rodillas hasta que se quedó vacía y luego le arrojó un balde de agua húmeda y ella lo usó tomando algunos buches para al menos enjuagar el sabor. Solo entonces ella luchó por ponerse de pie para enfrentarlo.

Stylmach parecía un hombre corriente; cabello castaño, ojos color avellana y una túnica de mago sobre la ropa de un marinero. El barco ahora parecía tripulado, pero la mayoría de la tripulación les daba un amplio espacio. Raimi miró a su alrededor y no vio señales de orilla. Se estremeció de miedo ante los límites que pudieran restringirla aquí. ¿Poseía su magia tan lejos de la Tierra y sin su Piedra del Corazón? Afortunadamente, todavía sentía la presencia de Owailion en la parte posterior de su cerebro suavizando su miedo, ayudándola a mantenerse positiva.

—¿Dónde me has traído? Ella demandó, mirando al hechicero.

—Raimi, no usarás magia contra mí. No te pondrás en contacto con nadie que permanezca en la Tierra. Y Raimi, harás exactamente lo que te diga que hagas. Stylmach restableció inmediatamente sus restricciones y luego agregó a su pregunta: "Estás lejos de las fuentes de tu poder. Si eres realmente un Sabio, no deberías poder aprovechar tus poderes. Están destinados estrictamente a la Tierra. Las piedras que Imzuli me trajo así lo expresan".

—Y tú estás usando magia de nombres conmigo, —señaló con amargura. "¿Cómo encontró mi nombre un forastero como tú?" Fue algo que les preocupaba mucho cuando los tres planearon este enfrentamiento. Si tuvieran que borrar el nombre de ella de todas las almas del planeta, sería más difícil que simplemente tratar con Stylmach.

El hechicero se rio entre dientes. "Eso fue fácil. Tomé las piedras de tu dragón mascota y luego las compartí con mi maestro que estaba siguiendo a cierto sacerdote. Mientras estaba allí, tu Owailion visitó al sacerdote y pronunció tu nombre. Lo seguí de regreso mientras mi maestro trataba con el sacerdote y te encontré con él. No lo recuerdas, pero ahora hemos tenido varias conversaciones. Has compartido mucho conmigo sobre cómo se utilizan las Piedras del Corazón y la magia de un Sabio".

Raimi sintió una sensación de alivio; nadie en la Tierra la había traicionado. Podía sentir la furia de Owailion acechando a través de su enlace. Ahora, al menos él entendería por qué Enok había muerto.

Stylmach prosiguió. "Imzuli hizo un trato conmigo antes. Quizás ella vuelva a comerciar conmigo. Preferiría tener un dragón como mascota que un mago... Aunque eres bastante adorable", agregó Stylmach y Raimi sintió ganas de vomitar de nuevo. El hechicero se acercó a ella, llevando su mano a lo largo de la línea de su mandíbula y ella estuvo tentada de morderlo, pero no quería que se le pusiera una restricción física además de mágica, así que simplemente tragó. Fácilmente sintió que Owailion resistía la tentación de venir y borrar la sonrisa del rostro del hechicero con una avalancha, pero todavía no; no mientras su nombre permaneciera en manos de Stylmach. "Sí, bastante encantador".

—¿Qué quieres de mí? —reiteró, esperando acelerar esta

angustiosa conversación. Sintió que Owailion luchaba por no intervenir.

—¿No es tan obvio? —respondió Stylmach y luego miró hacia el cielo primaveral como si sospechara de alguien que los escuchaba. "Ven conmigo Raimi", y le pasó la mano por el brazo, provocando escalofríos de repulsión. Luego la tomó de la mano. La condujo a la escotilla que daba a la bodega del barco. Hacia la parte trasera del barco, tenía un camarote con muebles finos, un juego de cama enorme con cubiertas de seda e incluso ventanas de vidrio grueso para que pudiera ver el océano más allá del barco. Probablemente había sido la cabina del capitán, pero Stylmach se la había apropiado para sus propios fines.

Stylmach le ordenó que se sentara en una silla finamente tallada con cojines de terciopelo y sirvió vino tinto para ambos. Cuando ella no tomó el vaso que le ofreció, bebió de todos modos sin obligarla a participar. Probablemente volvería a aparecer en ella de todos modos. El mareo no había remitido. En cambio, ella lo miró fijamente hasta que él dejó la copa en la mesa y luego se sentó en una segunda silla.

—Quiero poder. Podría conseguirlo de los demonios, pero luego me controlan, lo cual es peor que no tener lo que quiero. Tienes poder, pero aún se me escapa cómo lo aprovechas. ¿Tengo que entrar dentro del Sello para usar la Piedra del Corazón? Raimi, respóndeme.

—No, —respondió ella rotundamente. "Estar dentro del Sello no cambiará nada para ti".

—¿Puedes hacer magia fuera del Sello? ¿Lejos de tus líneas de ley? Continuó como si su magia fuera un juego de veinte preguntas.

Sintió la curiosidad de Owailion. Tampoco había oído hablar de las Líneas de Ley ni siquiera en los Recuerdos. Imzuli también confirmó que ella tampoco había oído hablar de ellas. Entonces Raimi hizo la pregunta obvia: "¿Líneas de Ley?"

Preguntar también proporcionó un intento desesperado de evitar revelar que podía hacer magia en cualquier lugar, sin importar qué tan lejos de la Tierra estuviera.

Stylmach resopló con impaciencia por su ignorancia de este tipo de magia. "Las venas por donde fluye la magia. Seguramente puedes sentirlas. La razón por la que puedo hacer magia aquí en el mar es que tengo un mapa de las líneas ley que se encuentran debajo del lecho del océano. Eso es más de lo que la mayoría de los hechiceros pueden afirmar". Parecía excesivamente orgulloso de este hecho, asumiendo que lo hacía más poderoso que sus compañeros.

Raimi mantuvo los labios apretados sobre sus pensamientos sobre las líneas ley del hechicero, pero Stylmach esperaba una respuesta.

—No siento las líneas ley, ya que soy muy nueva en la magia. Quizás eso lo confundiría lo suficiente como para olvidar su pregunta sobre su habilidad para hacer magia aquí en el mar. "¿Quieres mi poder para poder mostrarles a tus compañeros que soy tu marioneta mágica? ¿De qué sirve eso?"

—¿Mis compañeros? Stylmach negó con la cabeza con asombro. "No, debes ser nueva en la magia para no entender. Ni siquiera puedo tirar de tus hilos sin que otros escuchen tu nombre y se hagan cargo. Simplemente anhelo un poder que otros no puedan controlar. Todos los hechiceros compiten. Si me vieran manipulándote, vendrían detrás de mí de otras maneras y detesto mirar por encima del hombro. No, mi mentor sospecha que te encontré, pero nadie más debe saberlo. Por eso quiero más allá del Sello. Si soy el mago más poderoso de la Tierra, nadie puede desafiarme, ni siquiera mi mentor. Entonces pregunto, ¿pueden bajar el Sello y luego volver a colocarlo? Respóndeme sinceramente, Raimi".

Sintió el estrepitoso tirón de la compulsión y le gruñó. "Te lo dije, un Sabio no puede mentir. No tienes que obligarme a ser honesta. Y no sé nada del Sello. Es algo que construyeron los dragones, por lo que se basa en su magia, no en la de un humano. Si el Sello baja, es probable que se quede abajo".

Stylmach no parecía feliz con esta noticia. Gruñó en voz baja, se puso de pie, se sirvió otra copa de vino, la bebió en un largo trago y luego caminó hacia la parte trasera de la cabina para mirar por las ventanas, ya que temía que un barco espía los siguiera.

Para distraer su conspiración, Raimi comenzó su propio interrogatorio. —¿Qué es el Sello para ti? —preguntó, explorando sus metas e intereses. "Si eres lo suficientemente fuerte para entrar, obviamente eres lo suficientemente poderoso como para no preocuparte por los ataques de forasteros, incluso si no hay un Sello". Ella argumentó.

Raimi no pudo interpretar la mirada que él le dio; ¿lástima, diversión, disgusto? Ella no podía decirlo, pero él regresó a su silla frente a ella. "Realmente no entiendes el poder, ¿verdad? Si nadie sabe que lo tiene, no vale nada. Si rompo el Sello y gobierno la Tierra, tendré que defenderla y no quiero lidiar con eso. Las personas y los recursos dentro del Sello son míos para controlarlos y los hechiceros de fuera necesitan mirar con celos, ver, pero nunca tocar. Quiero lo que tienes Raimi; control total sin competencia. Apostaría que, aparte de los dragones, hay muy pocos magos al otro lado del Sello".

Raimi se sentó allí un rato, mirándolo, preguntándose cómo reaccionar. Luego se echó a reír de su ignorancia. "¡Eres un tonto!" Ella se burló de él. "¿Crees que hay riquezas o multitudes dispuestas a adorarte y magia que cae de los árboles como fruta? Es al revés. No tengo nada de valor excepto el amor al otro lado de ese Sello. He estado durmiendo en el suelo o en la casa de otra persona desde el día que llegué. Casi todo lo que tengo está en mi mochila", explicó. Su mención de la bolsa solo lo alentó a hacer lo único que ella quería que él intentara.

Los ojos de Stylmach se volvieron hacia la mochila que tenía en la espalda. "Dame tu bolso, Raimi," ordenó. No luchó demasiado, solo un gruñido simbólico antes de quitarse la mochila del hombro y entregársela. Miró dentro y luego vertió el contenido sobre la mesa sin ceremonias. Lo había empaquetado cuidadosamente con todo lo que quería que él encontrara, escondiendo las cosas que no eran para los ojos de Stylmach. A la vista, un simple plato y taza de hojalata, una cuchara de madera, una manta de lana y una chaqueta de abrigo. Incluso tenía un cuchillo de cinturón y una falda de repuesto, pero poco más de valor, excepto por el exquisito juego de tubos de flauta que acababa de aterrizar sobre los otros artículos.

—Raimi, no me lo dijiste. ¿Eres músico? Cogió la flauta de flautas y la examinó minuciosamente. "Hay un hechizo en ella, lo puedo decir".

Su corazón cayó. Su plan no funcionaría a menos que ella pudiera jugar para él.

—Son encantadoras, —comentó como si quisiera un set para él. "Raimi dime, ¿cómo las conseguiste?"

Esa era una pregunta que realmente quería responder. Al menos Stylmach no las haría añicos antes de que ella tuviera la oportunidad de explicarlo. "Mi esposo me las dio. Él las hizo".

—¿Tu esposo? Oh, sí, Owailion. Entonces te las arreglaste para casarte. Háblame de tu marido, Raimi.

Luchó contra esta compulsión con todas sus fuerzas, escupiendo las palabras entre los dientes como si fuera a arrancarle los ojos por preguntar. "Él es el primer Sabio. Él es el Rey de la Creación. Él construye los palacios y hace cosas... Todo tipo de cosas como flautas, talismáns y herramientas".

—¿Owailion es su verdadero nombre? Stylmach preguntó casualmente.

—No, y antes de que lo preguntes, no sé su nombre de pila.

Él tampoco. No nació en la Tierra, pero lo trajeron aquí como adulto, sin recuerdos de su vida anterior.

—Entonces, ¿por qué sabes cuál es tu nombre si tampoco viniste con otros recuerdos como él? Stylmach preguntó.

Raimi se encogió de hombros. "¿Mala suerte? Todo lo que intento hacer sale mal. Estoy maldita de esa manera".

Stylmach pareció irritarse y admitió: "Supongo que también estoy maldito de esa manera. Siempre es malo estar bajo el control de los que vinieron antes". Luego sus ojos se desviaron como si se sintiera atraído una vez más por las flautas que estaba tocando. Obviamente, se sintió atraído por el poder y percibió su intensidad. El hechizo de Owailion también reforzó sutilmente esto desde lejos. "¿Cómo se hicieron estas flautas, Raimi?"

Ella suspiró con un falso cansancio como si ahora estuviera resignada y ya no peleara con él. De hecho, Raimi no luchó por responder a esto porque alimentó los deseos de Stylmach. "Owailion escuchó que las flautas se estaban 'volviendo demonios' y las detuvo poniéndolas en esta forma, canalizando la magia hacia otra cosa. Ese es uno de los deberes de un Sabio; prevenir la formación de demonios".

—¿De Verdad? Siempre pensé que los demonios venían del Otro lado. Quizás ahí es donde los envías cuando terminas de luchar contra ellos si logran convertirse en demonios. Entonces, ¿qué hacen estas flautas?

—Me hicieron músico, —comentó ya que no había coacción. Ella no tuvo que decirle todo lo que hacían. "No recuerdo haber sido musical, pero fue algo natural cuando los toqué por primera vez".

—¿Y haría lo mismo por mí? Stylmach preguntó especulativamente.

—Realmente no lo sé, —admitió Raimi. En privado, esperaba que hiciera que Stylmach fuera lo suficientemente musical como para borrar su memoria. Al menos había logrado revelar solo una de las capacidades de la flauta de flautas y Stylmach aún no había insistido en que continuara. "Por favor, tócala", ella deseó, aunque el deseo mágico no podía afectarlo. El mandato de no lanzar ningún hechizo sobre él todavía se mantenía fuerte.

Pero la curiosidad era aún más fuerte. Stylmach se llevó las flautas a los labios y sopló a través de ellas experimentalmente. Cuando no sucedió nada mágico, aparte de un simple tono puro que se deslizaba por el aire, colocó sus manos sobre más paradas y luego comenzó a tocar. La canción del hechicero reflejaba sus raíces; malvado y untuoso. Se sentía como si algo pudiera acercarse sigilosamente detrás de ellos sin ser visto y atacar. Raimi luchó contra el hechizo de la música cantando un hechizo silencioso sobre sí misma.

—Raimi, no escucharás la canción. Raimi, no lo olvidarás. Stylmach olvidará mi nombre, pero yo no olvidaré el plan. El río ha pasado y nunca volverá a ser el mismo. Está en el pasado. Todo es nuevo. Raimi no olvidará el plan.

—Buena chica, Raimi, —susurró Owailion en su mente y pudo escuchar la tensión en su voz.

Stylmach tocó toda la canción antes de mostrar algún signo de cambio. Él parpadeó, la miró y luego bajó las flautas con un miedo repentino. Raimi se puso de pie y se dio cuenta con un sobresalto de que se había cambiado a su ropa real, pero con algunos detalles adicionales. Ahora llevaba una coraza de bronce con incrustaciones de oro, esmeraldas y zafiros sobre el vestido de seda que se había vuelto de un verde cobrizo, casi en llamas. En su mano, sostenía una lanza de pesca con un perverso anzuelo de bronce en la punta. Su cabello, suelto bajo su corona, goteaba con agua como si acabara de desembarcar.

—¿Quién...? Tartamudeó el hechicero.

Antes de que Stylmach pudiera decir algo más, ella habló

en su lugar. "Soy la Reina de los Ríos y he venido a despojarte de mi nombre". ¡Ella no lo había olvidado! Había funcionado. Tenía que recordarse a sí misma constantemente, pero recordaba el plan.

—Y yo soy su esposo, el Rey de la Creación, —anunció Owailion cuando apareció en la cabina, vistiendo su traje real bajo una armadura de acero grabada. "Le entregarás tu mente".

Stylmach podría haber olvidado la única carta de triunfo que tenía, su nombre, pero eso no significaba que fuera impotente. Lanzó un rayo de poder puro a Owailion, quien lo desvió con un pensamiento y las ventanas de vidrio se rompieron. Los muebles finos explotaron en pedazos.

—No lo harás, —espetó Stylmach, y levantó las flautas que aún no había entregado, amenazando con romperlas. Trajo un martillo a la existencia, listo para golpear.

En ese momento, el peso de un dragón blanco y plateado que aterrizaba en la proa los empujó por todos lados, haciendo que el mareo fuera crítico. No estaría bien vomitar sobre su vestimenta, así reiteró Raimi; "Me darás las flautas o aplastaremos tu barco. Hay un dragón en cubierta y no tendrá reparos en incendiarte junto con toda la tripulación. Me darás las flautas y me permitirás borrar toda tu memoria o morirás".

La ira recorrió la nave, pero el escudo más poderoso de Stylmach no pudo resistir el ataque de los Sabios. Su mente se abrió a ellos y reveló que apenas recordaba su objetivo; para entrar en la tierra sin romper el sello.

—¿Ustedes son de la Tierra? Stylmach preguntó desesperadamente. Finalmente adivinó al menos de dónde habían venido estos dos gloriosos magos. Estaba seguro de que debería saber contra quién estaba luchando.

—Somos los Sabios, guardianes de la Tierra y tú has tomado cosas que no te pertenecen. Las piedras rúnicas, una Piedra del

Corazón y un nombre, —anunció Owailion, sus ojos oscuros brillando como obsidiana.

—Las piedras rúnicas... Las obtuve de un dragón... En una transacción justa, —protestó Stylmach, pero en la cubierta, el rugido de un dragón casi los ensordeció a todos.

—Pensé que los dragones ya estaban muertos.

—Pensaste mal. ¿Ahora tienes las piedras o no? Raimi repitió y llevó la lanza en forma de gancho hacia adelante para empujarlo, perforando fácilmente el escudo mágico que Stylmach sostenía a su alrededor.

—No, las cambié... En Malornia, —protestó, retrocediendo contra la cama rota. Pero mientras hablaba, Raimi vio el parpadeo de una lengua bífida escapar de detrás de sus dientes. ¿La lengua de un mentiroso?

Con solo su instinto, Raimi deseaba ver todo, incluido Stylmach como realmente era. En consecuencia, la apariencia del hechicero cambió tanto como la de ella, si no más. A su lengua bifurcada se le unió el vómito que corría por su frente y el peso de cientos de cadenas tan pesadas que se arrugó bajo ellas. En su mano sostenía un vil veneno que humeaba maligno y en la otra una espada ensangrentada. Su rostro se hundió y enormes agujeros marcaban sus mejillas con barba canosa.

Stylmach no presenció el cambio profundo en su apariencia, pero otra puñalada con la lanza de Raimi le hizo reconocer que podría necesitar decirle la verdad, así que aclaró. "Yo... Bueno, no di las piedras. Se las vendí en Malornia".

—¿A quién? —preguntó Owailion con fiereza.

—Para el rey, a cambio del nombre de un dragón.

Otro nombre; ¿esta vez el nombre de un dragón? ¿Terminaría alguna vez? Tanto Owailion como Raimi casi gimieron de terror. En una advertencia silenciosa, le envió a Owailion: "Todavía no puedo lanzar un hechizo sobre él a menos que sea sobre todos nosotros. ¿Puedes atarlo de alguna manera para que no pueda volver a usar un nombre? Raimi preguntó en su cabeza. Owailion la escucharía a pesar de la incapacidad de ella para proyectarse completamente hacia él.

Owailion asintió con la cabeza y luego pasó junto a su esposa, colocando una espada de platino reluciente bajo la barbilla del mago marchito. "Tú tienes dos opciones aquí. Dame tu verdadero nombre y borraré tu memoria de todos los nombres y magia, o simplemente te mataré. ¿Qué escoges?"

Ambos pudieron escuchar su desconfianza en este trato. Stylmach temía que la espada de Owailion tuviera el poder de matarlo a través de su escudo, pero también desconfiaba de lo que le harían después de que estos Sabios lo despojaran de toda magia. Mantendrían su nombre y luego podrían torturarlo como él había torturado a Raimi.

—Sigues olvidando, un Sabio no puede mentirte, le recordó Raimi. "Si dice que tomará solo tu magia y tus recuerdos, no te hará nada más, pero te matará si no te rindes a nuestras demandas".

Stylmach logró asentir sin cortarse con la hoja afilada de Owailion y luego comenzó a hablar. "El nombre de dragón que me dieron fue Tiamat. No había encontrado tiempo para probarlo porque uno debe estar cerca para poder usarlo". Por alguna razón, Stylmach no pudo imaginar que recibió un terrible rugido del dragón en la cubierta que pudo presenciar todo lo que sucedió debajo de la cubierta. "Y... Y mi nombre es... Gnalish".

Raimi buscó el movimiento de una lengua de serpiente y no vio ninguna. Ella asintió en señal de aprobación y luego Owailion habló. "Gnalish, ahora olvidarás toda la magia que hayas conocido. No conoces el nombre de ningún dragón o Sabio. Tu magia se ha ido Gnalish. Y has sido marinero en este barco durante algún tiempo. Vete a casa".

—Oh, y Gnalish, dame mi Piedra del Corazón, Raimi le

ordenó con autoridad mientras sentía caer sus últimos tentáculos de poder sobre ella. Le tendió la mano como si Gnalish tuviera que dársela, pero se había olvidado por completo de dónde estaba. Todo el nombre mágico que pudiera invocar no cambiaría eso. En cambio, se concentró en el rompecabezas y sintió la presencia del pequeño orbe en un cofre escondido debajo de la cama y lo recuperó con un pensamiento. Con eso, Owailion tomó a Raimi de la mano, le indicó a Imzuli su partida e instantáneamente regresaron a la Tierra.

21

EROSIÓN

—¿Qué vamos a hacer? Raimi le preguntó a Owailion con franqueza tan pronto como regresaron a la Tierra. Él los había llevado a la cascada justo debajo del palacio de los animales que casi había terminado. Dirigió su mirada a Imzuli que se posó cansada en la orilla.

—Primero, hacemos un nido para ti, —ordenó Owailion. "Imzuli, te agradecemos tu ayuda para lidiar con Stylmach, pero ya es hora de que te vuelvas a dormir. ¿Considerarás mudarte a Jonjonel? Está desocupado y sabemos que no te molestarán allí".

—Parece que debo hacerlo, —suspiró la dragona con rabia. "¿Podemos cubrirlo de plata?"

Owailion se rio entre dientes y comenzó a hacer eso desde la distancia. "Debería estar listo para ti cuando llegues", prometió. Con una despedida final, los dos Sabios vieron a Imzuli levantarse del suelo y desaparecer.

—La voy a extrañar, —susurró Raimi con nostalgia.

—Y tú... la interrumpió Owailion antes de que Raimi se

angustiara demasiado, "tienes que mantenerte alejada del océano. Hasta que sepamos que el mentor del Stylmach no te conoce, nunca debe verte. Iré a Malornia y lo buscaré. Quédate aquí".

Raimi casi argumentó que su restricción era una precaución inútil, pero la expresión de Owailion la detuvo en seco. Ella no se atrevería a dejarse caer en otra trampa. "Quizás", especuló, "por eso no tienes inspiración para construir mi casa en el delta; demasiado cerca del mar. Muy bien, me quedaré aquí y trabajaré en los jardines. Averigua si puedes lidiar con el rey que compró las piedras y conoce el nombre de Tamaar. Me temo que serán mal utilizados".

Owailion estuvo de acuerdo de todo corazón y luego con un beso, desapareció de sus brazos.

Y Raimi se quedó en los jardines de Fiain, trabajando silenciosamente dentro de los muros, pero su mente vagaba a otra parte. Diariamente comenzaba a hurgar en los misterios que quedaban; por qué habían muerto los bosques, por qué su delta se había convertido en un pantano, cómo la montaña de Imzuli podía convertirse en un valle con el palacio de un Sabio hundido en él. No tenía respuestas para tales preguntas y eso la angustiaba. Si el mentor de Stylmach también conocía su nombre, ¿podría también realizar la magia para destruir esas cosas en la Tierra? Trabajar en los jardines no la distrajo lo suficiente de los incómodos cambios que habían visto del futuro y que aún no lograban comprender. Las inquietantes premoniciones del talismán persistieron.

Afortunadamente, Owailion regresó con ella todas las noches y compartió su progreso, de lo contrario, ella se habría vuelto loca de preocupación. "Los demonios han abandonado completamente la aldea de Enok", informó. "Es como si su trabajo estuviera hecho y hubieran seguido adelante".

—¿Qué harás ahora? —preguntó, aunque realmente temía saber.

—Me estoy moviendo hacia el sur a lo largo de la costa, en dirección a su ciudad capital", explicó Owailion. "Espero que el mentor de Stylmach esté unido a la corona y pueda enfrentarme a él y al rey al mismo tiempo. Sin embargo, dado que los Recuerdos no tienen referencias para Malornia, debo reconocer mi camino a medida que avanzo".

Raimi no sugirió que se uniera a la tripulación de un barco en lugar de caminar por tierra. Su hechizo de mareo afligía a cualquiera que poseyera magia, incluso a un Sabio. Tenerlo fuera era tedioso para ambos y Raimi tuvo que tomar el relevo al dirigirse a los demonios y continuó trabajando en los jardines mientras Owailion atravesaba Malornia. Durante semanas soportaron esta rutina hasta el verano.

Luego, en la noche de mitad del verano, después de celebrar el 'cumpleaños' de Owailion, Raimi se despertó aterrorizada. Se sentó en la oscuridad de una de las habitaciones recién terminadas de Lara, jadeando por un sueño que no podía recordar.

Owailion se levantó y le tendió un brazo. "¿Qué te sucede?"

—Un sueño... Y no puedo recordarlo. Ella se estremeció y casi no pudo pronunciar las palabras. "¿Tú crees...?"

—Revisé en profundo la mente de Stylmach y no he podido encontrar a su maestro, —respondió Owailion mientras tomaba a su amada en sus brazos y la mecía, con la esperanza de consolarla mientras ocultaba sus propios miedos. "Por la mañana miraremos en el talismán y veremos lo que viste".

Raimi no se sentiría consolada. En cambio, reveló algo más. "He puesto hechizos de advertencia en la montaña de Imzuli y el delta. Quiero saber si se usa magia cerca de ellos, por si acaso", le aconsejó. Ella había continuado experimentando con hechizos profundos que no dejaban rastro hasta que se activaban y por eso se olvidó de decírselo hasta que este sueño se lo recordó. Los hechizos profundos eran como agua profunda, inadvertidos hasta que alguien se ahogaba. "Ninguna alarma se activó".

Owailion aprobó sus precauciones besando la parte superior de su cabeza y estableciendo un hechizo de sueño sin sueños sobre la mente de Raimi.

A la mañana siguiente, probando la cocina recién terminada en Lara, Raimi entró para discutir lo que había sucedido en la noche. Llevó consigo el talismán y las pipas, sabiendo que serían necesarios. Pensó profundamente en las impresiones de su sueño al aire libre para que Owailion supiera lo que temía. Para ella, los sueños rara vez habían sido esclarecedores. Acercó el talismán y susurró su petición. "Muéstrame mi sueño de anoche".

En el reflejo del talismán, ambos observaron mientras Raimi atravesaba el profundo bosque de Don. Pasó las manos por la corteza de los árboles, buscando la enfermedad que un día haría que este bosque se extinguiera; uno de los daños menores que habían presenciado en las profecías del talismán para la Tierra. No encontró señales de desaparición aquí, porque los árboles estaban tan espesos que le resultó difícil encontrar un camino.

—¿Por qué estoy aquí? Raimi preguntó en el sueño que no había pedido.

Los árboles parecían susurrarle algo y ella no podía entender el idioma que hablaban. "No puedo entenderles", respondió ella.

Entonces su perspectiva cambió. Todavía estaba en el bosque de Don, pero en lugar de estar cerca del mar, se encontró con la Gran Cadena ante ella. Esta vez las montañas le susurraban y si bien las palabras parecían más claras, ella no podía entender el lenguaje de la piedra más que el lenguaje de los árboles.

Luego, por tercera vez, su ubicación cambió y se paró hasta las rodillas en el río, donde el bosque la rodeaba y miró hacia abajo, escuchando las palabras que rezumaban de las montañas y los árboles. El río se sumó a la melodiosa canción. Raimi miró hacia abajo en el flujo y vio allí un reflejo de montañas, no el bosque a su alrededor. Desconcertada, volvió a preguntar: "¿Qué están diciendo?"

Para su sorpresa, una brillante Piedra del Corazón bajó rodando por el agua clara. Había bajado de las montañas, a través de este bosque y ahora se dirigía hacia el mar, pensó. Raimi la alcanzó, pero inexplicablemente, se alejó de ella rodando. Por lo general, el río le traería cualquier cosa que pidiera, pero esta Piedra del Corazón tenía mente propia. Se escabulló demasiado rápido para que ella pudiera seguir el ritmo, aunque permaneció siempre a la vista. La siguió corriente abajo hasta que los árboles empezaron a ralear y pudo saborear el agua salada del océano en el flujo. Los árboles empezaron a dar paso a pastos marinos y la Piedra del Corazón dejó de rodar lejos de ella. Raimi la sacó del agua y miró hacia el cielo abierto.

—Te encontrarás aquí. El próximo Sabio se llamará Gilead, —susurraron el bosque, el río y las montañas. Sorprendida, Raimi jadeó cuando finalmente entendió las palabras. Con eso se despertó.

Tanto Owailion como Raimi parpadearon, como si hubieran estado bajo un hechizo y luego miraron hacia el talismán. Allí, como si hubiera estado esperando todo el tiempo, una nueva Piedra del Corazón descansaba en el plato poco profundo. Asombrada, Raimi la recogió y notó que no latía al ritmo de su corazón.

—Gilead, ¿el próximo Sabio? Ella sonrió mientras lo decía.

Esto podría ser lo más cercano a tener un hijo y se sintió muy parecido. Ambos se rieron de su alarma en un sueño inocente y se besaron en señal de felicitación. Por fin, supieron algo positivo que estaba destinado a suceder en el futuro. No tenían pistas sobre cuándo o cómo, pero Raimi ahora entendía que el nuevo Sabio vendría al delta del río Don.

—Quizás deberíamos trabajar en el palacio de Don, — sugirió Owailion con entusiasmo. "Probablemente sea habitable ahora y podemos mantener un ojo abierto para él... O ella. Es extraño que ahora tengas la Piedra del Corazón para entregársela".

—Me pregunto qué afinidad podría tener él o ella. Bosque, montaña, mar; todos aparecieron en el sueño. Comentó Raimi pensativa.

—Hay un palacio de montaña definido, uno para el mar y el del Don podría ser un palacio del bosque. Owailion le recordó. "Vayamos y veamos cómo se está integrando la arquitectura. No está demasiado cerca del mar donde un forastero podría verte".

Viajaron instantáneamente al delta del río Don usando uno de los orbes de Owailion y miraron a su alrededor, esperando que llegara un Sabio, pero no había nada. Había varios kilómetros hasta el océano abierto, por lo que no temían que algún hechicero de Malornia pudiera espiar a Raimi allí. Además, el palacio había estado en construcción durante algún tiempo y ella podía permanecer adentro, fuera de la vista. El edificio todavía carecía de las cosas más apreciadas, como un hogar en el que pudieran poner leña o agua corriente. Esto no les impidió acampar dentro de la cocina. Raimi miró en la arquitectura para ver signos de cuál sería la afinidad aquí y alguna esperanza de indicar que pertenecía a un Rey o Reina del Bosque, pero no vio nada definitivo.

—Deberíamos preguntar sobre el futuro, para ver quién

viene como el próximo Sabio, se preguntó mientras sacaba el talismán. Ver algo bueno en él había restaurado su fe en el Talismán.

Owailion quería detenerla. El futuro, aunque estaba disponible para ser visto, siempre parecía estar maldito cuando lo miraban. Sintió que el Talismán debería ser exclusivamente para el pasado, donde siempre había sido más útil. Sin embargo, no era su mando, así que asintió y luego se alejó para ver si podía acelerar la colocación de las piedras de hogar para que pudieran encender un fuego.

Raimi miró el agua de su talismán y susurró las palabras que quería: "Muéstrame al futuro ocupante de este castillo".

Pero el talismán permaneció sin vida, mostrando solo el techo de la cocina. Eso fue curioso. Las dudas de Raimi volvieron a aparecer. Tal vez estaba siendo demasiado agresiva, exigiendo demasiado de su magia en lugar de dejar que surgiera de forma natural. Una vocecita en su mente susurró de nuevo que las cosas que tocaba siempre salían mal. Ella se metería en problemas; tratar de hacer demasiado y no ser paciente con el tiempo de Dios.

Raimi se estremeció y se contentó con ir a buscar una cama para ellos en el palacio a medio terminar.

Las pesadillas la acosaron nuevamente y esta vez Raimi no pudo escapar de ellas.

—Buena chica, has venido. Ahora tiene una razón perfectamente legítima para quedarse aquí cerca del mar. Ahora, recuerda, no reaccionarás a ninguna de estas comunicaciones, Raimi. Te preocupa que tu maldición pueda dañar a Owailion, así que no se lo dirás, Raimi. Ahora, veamos qué tan sutil puedes ser. Raimi, quiero que mates el bosque de Don, pero no lo destruyas de una vez. Que sea una muerte lenta que Owailion no notará.

Esta voz suave e insinuante no hizo preguntas, no entabló conversación e hizo un trabajo mucho mejor que Stylmach al unirla dentro de la magia del nombre. No podía concebir ninguna forma de mitigar las órdenes. Ya se había visto obligada a apagar las alarmas que había puesto en el delta y la montaña de Imzuli. Una muerte lenta para el bosque; ¿Cómo se suponía que iba a hacer eso? Sabía que el cobre era la forma de matar las raíces de un árbol. Si clava un clavo de cobre en un muñón, el tronco se descompondrá lentamente y nunca volverá a levantarse. Entonces, ¿podría lograr lo mismo introduciendo cobre en el suelo, envenenando lentamente un bosque?

Las corrientes de la mente de Raimi conocían los caminos por los que las cabeceras del Don podían fluir, donde podría recoger cobre en las montañas y comenzar a subir los niveles de minerales en el río Don. Sutilmente cambió los caminos de algunos arroyos en el brazo este de la Gran Cadena, lavándolos con mineral de cobre sobreexpuesto y empujó un manantial a través de un área especialmente rica en cobre para que el nivel freático hiciera el resto. Cambiar el agua sería suficiente para destruir con el tiempo el Bosque Don y nadie, ni siquiera un Sabio lo sabría a menos que sospecharan de su engaño y mirasen en su mente.

—Eso es bueno, Raimi. Ahora, borra este sueño de las visiones del talismán. Dormirás bien Raimi y cuando te despiertes olvidarás toda esta conversación. La voz susurró sutilmente, insinuándose en sus sueños como lo había hecho durante semanas. Enviar a Owailion a Malornia había sido un desperdicio cuando el enemigo ya estaba con las puertas de su mente. Olvidaría los detalles, pero algo en su interior recordaba la manipulación. Sabía que esto era peor que antes, pero ese conocimiento nunca la siguió al mundo de la vigilia.

Raimi agradeció a Owailion por terminar rápidamente un hogar y el sistema de bombeo del palacio Don, ya que tenían la intención de quedarse aquí hasta que llegara el nuevo Sabio. El trabajo de Owailion para encontrar al Maestro malorniano no había dado frutos y era demasiado peligroso salir a buscar más.

Podrían organizar el servicio de limpieza aquí y en cualquier otro lugar. Raimi alentó cuidadosamente para que el servicio se instalara. Tal vez él se daría cuenta de lo que Raimi no le mostraría o no podía dejarle ver; lo deprimida que se sentía. Ella sonrió alegremente. Ella lo besaba a menudo y los jardines se expandieron maravillosamente con el creciente clima de verano.

Pero mantener a Owailion fuera de casa solo empeoró el miedo de Raimi por otras razones. No le gustaba estar tan cerca del océano. Podría haber otra nave allá afuera, iniciando la manipulación de la magia de nombres en ella nuevamente. Sabía que algo andaba mal a pesar de los recuerdos perdidos, así que, en lugar de ceder a ese miedo, tomó medidas. Una mañana, Raimi llamó a la mente de una gaviota que vivía en el delta y le pidió que se dirigiera hacia el océano abierto, en busca de interacciones con la humanidad más allá del Sello. El pájaro voló hacia el sol brillante y ella volvió a trabajar en los jardines.

Al anochecer, la gaviota regresó y habló con ella. El pájaro de ojos brillantes no había visto nada inusual, al menos a nivel humano, pero había habido cambios extraños en el mar justo más allá del Sello. Una nueva isla, con la forma de un dedo acusador, se destacaba ahora entre las olas. Tenía solo unos pocos árboles y los pájaros la estaban investigando en busca de una colonia, dado que no había estado allí la temporada anterior. Mientras Owailion investigaba las piedras que aún crecían en Zema, Raimi envió su mente al delta tan lejos como se atrevió sin dejar el Sello y trató de ver lo que el pájaro había descrito, pero la niebla lo ocultaba de la vista. ¿Era un puesto de avanzada para el mago que la acechaba y la usaba, libre del mareo que mantenía a los demás a raya? ¿Podría preguntarle a Owailion sobre la isla del dedo?

"No", respondió la voz esa noche cuando él rebuscó en su mente y la escuchó conspirando. "Estás tratando de descubrir quién soy y cómo estoy usando tu exquisita magia. Raimi, no harás nada que me revele a ti. Estás bajo mi control y seguirá siendo así eternamente".

Y para enfatizar el punto, la gaviota que había usado como espía cayó en su regazo muerta en medio de su pesadilla. A esta ella la recordaría.

Sin embargo, no se le permitió la dignidad de llorar por su libertad o integridad perdidas porque eso sería una señal de que algo andaba mal y Owailion lo notaría. Empezaba a temer irse a dormir. ¿Podría quizás sobrevivir sin dormir?

—Entonces solo invadiría tus pensamientos también estando despierta. Como castigo por tu rebelión con la gaviota, quiero que destruyas una montaña. Sabes cual quiero. Sé que la dragona ha seguido adelante gracias a tu manipulación. Sin embargo, sé que a la dragona le costará perdonarte. Quiero que aplastes la montaña de Imzuli, Raimi.

Raimi trató de luchar, señalando que Owailion sabría que algo había sucedido. No puedes cambiar la faz de la Tierra sin que él se dé cuenta. Los Recuerdos proporcionaban cada detalle de la Tierra y lo sentiría en sus huesos.

—Y, sin embargo, no dejarás rastro en tu magia, sonó la voz. "Arrancarás el recuerdo de esa montaña de su mente, y Raimi, te observaré para asegurarme de que lo haces perfectamente. Raimi, haz lo que te digo".

—¿Por qué esa montaña? —suplicó mientras se despertaba en la oscuridad. Tenía que retrasar lo inevitable. El hechicero sutil, su Atormentador no respondió, dejando atrás su mandato y ningún otro recurso. El mandato la obligó a levantarse de la cama mucho antes del amanecer para que pudiera planificar.

Después del desayuno, al día siguiente, Raimi se aseguró de que Owailion estuviera bien ocupado en su último proyecto, un palacio al sur del Bosque Fallon, porque ella también debía responder a la compulsión de evitar la detección. Luego comenzó a trabajar en cómo destruir una montaña para que nadie se diera cuenta.

Consideró lo que sabía sobre la montaña de Imzuli; su ubicación, ríos y quebradas que cortan sus costados y los glaciares que los alimentan. Sus arroyos podían erosionar la piedra, pero eso llevaba tiempo, que no estaba de su lado. Dentro de la montaña, con esa gran cámara hueca reforzada mágicamente con una capa de plata, titanio o acero, podría eliminar eso y debilitar la estructura, pero montañas como esa no colapsaban simplemente. Si fuera un volcán, eso podría ser otro asunto, pero todo el tramo norte / sur de la Gran Cadena se formó a partir de un levantamiento debido a fallas sísmicas, no a volcanes. Y un terremoto solo dejaría una montaña de escombros que sería imposible de explicar. No sabía mucho sobre las montañas, pero sabía eso. Brevemente, se sintió agradecida de que el Rey o la Reina de las Montañas aún no hubiera emergido o Raimi ciertamente sería capturada.

Con un giro de su mente, reunió todo el revestimiento que Imzuli había hecho en su cueva y convirtió la caverna en una simple piedra. Pensó brevemente en tomar todo el metal y forjarse una espada para suicidarse en lugar de verse obligada a infligir dolor en la Tierra. No sería una garantía. ¿Podría una espada matarla alguna vez? Además, su Atormentador la oiría, la detendría antes de que cayera la espada y luego la castigaría. Supuestamente un Sabio no podía morir, o eso le habían hecho creer. Entonces, en cambio, hizo que la carcasa plateada de Imzuli desapareciera de nuevo en la magia del mundo.

A continuación, Raimi examinó la forma en que el agua, su fuerte podría socavar las raíces de la montaña desde abajo. Los acuíferos naturales dentro de la roca, las fuentes de manantiales y la corrosión lenta estaban a su disposición, por lo que comenzó a levantar el agua por las grietas y hendiduras que siempre podía encontrar. Hizo suficiente erosión en un día, comparado con un siglo de tiempo si sucediera de forma natural. Pero, aun así, la poderosa montaña se mantuvo firme y sin cambios en apariencia. Detuvo sus esfuerzos cuando Owailion regresó por la noche y esperaba que el progreso que había hecho satisficiera al Atormentador.

—Muy decepcionante, Raimi, las palabras de atormentador invadieron su sueño esa noche. Se suponía que ibas a derribar la montaña. Como consecuencia...”

—Me diste el mandato de que esto debería ser lo más sutil posible y que Owailion no debe saber que estoy detrás de ello. Empecé a trabajar en moler montaña abajo, pero pronto será obvio, —interrumpió al Atormentador.

—¿Tan obvio como despojarte de todos tus amigos y seres queridos para que te vuelvas hacia a mí? El hechicero invisible se rio de una manera tóxica. “Raimi, tienes que esforzarte más”.

—Y cuando Owailion rastree esta destrucción hasta mí, ¿cuáles serán mis consecuencias entonces? Ella le espetó. “Nunca estaré libre de tus demandas, ¿verdad? ¿Qué quieres de mí?”

La pausa se demoró en el aire del sueño como los copos de nieve que flotan en el aire amargo. “Te quiero, Raimi. Quiero la Tierra y toda su magia. Pero, sobre todo, te quiero a ti, Raimi, Reina de los Ríos...”

Esa respuesta la dejó tan atónita que se aferró infructuosamente a algo que decir. Nadie más en el planeta la había conocido. Ella no era, al menos en su opinión, una gran belleza o particularmente inteligente. Tenía una personalidad demasiado atrevida, imprudente y descarada y tenía pocos talentos que no fueran directamente mágicos. ¿Por qué alguien la querría?

—Tú eres mucho más dura dentro de ti, Raimi. Te vendes como poca cosa en todo momento. De tal manera que yo sé que puedes hacer un mejor esfuerzo en la montaña, —reprendió la voz.

—Haré lo que quieras, comenzó a rogar Raimi. "Dejaré la Tierra e iré contigo de buena gana si eso detiene esta destrucción. Juro que no pelearé contigo si dejas de obligarme a hacer daño a la Tierra y a las personas que amo". En su sueño, el juramento incluso la puso en su vestimenta real mientras hablaba con el mago incorpóreo.

—Ah, como si eso fuera tan fácil. Mi esperanza es que finalmente vengas a mí sin tener que jurarlo. Verás, Raimi, no te quedará nada que proteger, así que no tendré que preocuparme de que te escabulles y vuelvas con tus amigos. Todos los dragones se habrán ido y todos los Sabios se desvanecerán. La Tierra será nuestra junto con todo su poder.

Raimi se estremeció cuando ni siquiera una maldición pudo salir de su boca. Ella se sintió rota. Ella aplastaría la montaña de Imzuli porque no tenía otra opción, pero con suerte, una idea del Sabio de cómo lidiar con la atadura en la que se encontraba enredada vendría si le daba tiempo. Como el hechicero parecía haber terminado con ella, Raimi se obligó a despertar y se deslizó fuera de la cama, buscando un lugar tranquilo para llorar. Sus ojos parecían secarse cada vez que Owailion estaba cerca y sus palabras se desvanecían en una inundación cuando deseaba compartir su carga.

En la oscuridad de la cocina, ella agitó el fuego y luego conjuró una silla y una mesa para sentarse. En momentos como este, sola y libre de sueño, podía llorar y planificar. Con ese fin, mantuvo su mochila consigo constantemente para que, si el hechicero le exigiera que se fuera, no tendría que entregar todo lo que poseía. De ahí sacó su ropa y se vistió y luego sacó su talismán y flauta de flautas, preguntándose si podrían ayudarla de alguna manera. Los dos Talismanes le hicieron cosquillas en la mente, insinuando posibilidades. En este momento, competían las compulsiones conflictivas de destruir la montaña y no permitir que Owailion se diera cuenta de ella. ¿Podría hacerle olvidar la existencia de la montaña con sus flautas? Quizás sí, pero ¿cómo escondería el enorme agujero? Ella podría hacer desaparecer el pico, pero la magia sería obvia. Solo los terremotos, los volcanes y la simple erosión no traerían preguntas obvias.

El talismán le dio un codazo en la mente. Mostraba el pasado... El río del pasado. El tiempo fluyó como las aguas. ¿Podría hacer que el agua pasara más rápido de lo normal? Por supuesto, era lógico que pudiera acelerar el tiempo por los mismos medios. Si acelerara la erosión de una montaña, ¿cuántos años se necesitarían para convertirla en un valle? Ella no tocaría las montañas a su alrededor. Eso es lo que ella debía intentar.

En la tranquila oscuridad de la noche, en la cocina sin equipar, Raimi se concentró en lo que tenía que hacer. Conjuró una copia del mapa de Owailion y se recordó a sí misma alterarlo una vez que completara el trabajo, luego rodeó la montaña apropiada en el mapa y comenzó a desear. En esa área, solo el paso del tiempo aumentaría en un factor de millones. Las tormentas y el viento, la lluvia y las fracturas heladas erosionarían la montaña. Pasarían milenios en una hora. En su mente, vio el desgaste y miró dentro del talismán para juzgar cuándo detenerse. Este trabajo significó que los arroyos que normalmente caían alrededor de la montaña ahora fluían abruptamente hacia el valle que ella había formado. Un lago pronto llenaría el pequeño valle, haciendo imposible que Owailion construyera un palacio allí en el futuro. Eso no serviría; podría arreglarlo abriendo otro camino fuera del valle y hacia un río que eventualmente desembocaría en el enorme lago sin nombre en el noreste. Ella había creado un nuevo río y destruido una montaña.

Entonces Raimi detuvo el río de tiempo que había creado. La montaña que había destruido y el camino de un nuevo río que provocó ahora habían sido recortados en el mapa que había conjurado. Con un simple pensamiento, usó su copia para reemplazar la que guardaba Owailion. Él no debía ser consciente de su traición. Su esposo nunca volvería a confiar en ella si se enterara de cómo estaba traicionando a la Tierra. Ella lamentó la pérdida de esa confianza, sobre todo.

Con tristeza, Raimi recogió su flauta de flautas y como una marioneta, forzada y torpe, regresó al dormitorio que estaban utilizando. En lugar de despertarlo, simplemente se sentó en el borde de la cama, se concentró en lo muy específico que quería que él olvidara, incluso hasta el punto de arrancarlo de los Recuerdos dotados de dragones y luego reprodujo su recuerdo del hogar de Imzuli. El dragón blanco siempre había vivido en Jonjonel y ahora dormía allí tranquilamente. Tal vez en mil años cuando los dragones se despertaran de nuevo, Raimi admitiría lo que había estado haciendo.

—Los dragones se extinguirán en mil años. Serán olvidados hace mucho tiempo, el hechicero se sumergió en su mente, profundizando su tristeza.

Raimi se apartó de la figura dormida de su marido, sintiéndose infiel. "He hecho lo que me pediste. Ahora te preguntaré algo. ¿Dejarás la Tierra en paz, dejarás a Owailion en paz y los dragones y todo eso, si voy a ti...? ¿Sin magia de nombres?"

—Ahora, Raimi, ¿por qué querría eso? Es mucho más delicioso verte erosionar tu vida, comerte tu propio corazón.

Antes de hacer algo que justificara un nuevo castigo, Raimi dejó a un lado la flauta de flautas y se conjuró un hechizo para alentar el sueño sin sueños. Ahora sabía que su maldición era cierta; todo lo que tocaba sería destruido. Así que siguió durmiendo de todos modos, soñando con el asesinato y el suicidio.

22

ULTIMÁTUM

Owailion sabía que algo andaba mal a pesar de todo. Los ojos de Raimi ocultaban un estado de ánimo oscuro y los temores nerviosos la atormentaban. No había compartido con ella el sueño de advertencia de Enok, pero ahora, a fines del verano, Owailion rara vez se alejaba de ella mientras trabajaban en varios palacios. Raimi a veces se excusaba para ir a nadar al río después de trabajar todo el día en los jardines. Owailion la observó a través de un globo de memoria, pero aprendió poco. Anhelaba tan fervientemente hablar con ella, rogarle que explicara de alguna manera su ansiedad. ¿Podría volver a verse atrapada en la magia de los nombres? Este comportamiento extraño parecía hacer eco de cómo había actuado Imzuli unas semanas antes del Sueño cuando también dejó de hablar.

Finalmente, un día, Owailion sugirió un picnic, solo para que ella le respondiera.

—Sí, Raimi estuvo de acuerdo. "Vayamos a la playa donde está esa piedra con forma de dedo".

Owailion sintió una punzada de alarma. Había visto esa isla

que se elevaba sobre la niebla y era visible cerca de la costa, pero no formaba parte de los Recuerdos. Que estuviera tan cerca del mar no le preocupó ni la mitad de lo que ella lo sugirió. Ella debería haber temido ir allí.

Cuando llegaron, Raimi inicialmente solo se quedó mirando la roca con forma de dedo, sin decir nada. Frunció los labios, cruzó los brazos sobre sí misma y dejó que las aguas del río se encontraran con el mar ante ella.

Este lugar parecía simbolizar su conflicto. En su mente, Owailion se percató de cómo ella se sentía, como un río tragado y abrumado por el océano.

Owailion se guardó sus pensamientos para sí mismo. Era un día horrible para hacer un picnic en la playa, pero era el 'cumpleaños' de ella y aceptar ir a un lugar tan poco acogedor había sido suficiente para decirle que estaba preocupado. La arena sopló en sus ojos y el viento se hizo más frío, pero Owailion supo instintivamente que necesitaba decirle algo que con suerte podría revelar aquí. Se sentó solo en la manta que habían traído, solo mirándola. En lugar de especular, Owailion confió en sus instintos y la vio mirar.

—Raimi, por favor habla conmigo, —sugirió finalmente. No había magia de nombres detrás de la solicitud de Owailion, simplemente amor. Ella ni siquiera se volvió para mirarlo. En su mente, escuchó cómo se sentía hipnotizada por sus ojos oscuros o el cabello misteriosamente blanco en un rostro joven. Tenía poder sobre ella sin magia.

Cuando finalmente pensó en algo que decir, lo dijo mentalmente, no en voz alta, como si pudieran haber sido escuchados. "¿Sabes que siempre sentí que todo lo que tocara iba a salir mal? Todavía me siento así".

—Sí, —respondió. "Pero eso no es así".

Owailion no pudo resistirse. Se acercó a ella y susurró su nombre, y se deslizó en su mente, cerca para que ni siquiera el viento pudiera oírlos. "Raimi, ¿estás siendo controlada de nuevo por alguien?"

Raimi no pudo hacer que su boca se moviera o incluso emitir palabras mentales, pero se las arregló para mirarlo seriamente. La burbuja protectora de Owailion se calentó a su alrededor, manteniéndola con suerte a salvo, pero todavía no podía emitir ningún sonido.

—¿Está en esa roca? Owailion sintió que un pozo de pavor le caía en el estómago, pero continuó con el cuidadoso interrogatorio sabiendo que incluso los movimientos positivos y negativos podrían ser demasiado difíciles para ella si la magia de nombres la manipulaba. Parpadeó hacia el mar y luego hacia el suelo. Entonces Owailion interpretó que su Atormentador estaba en todas partes.

—¿Está dentro del Sello?

Sacudió su cabello fuera del viento inexistente. No creía que el hechicero hubiera llegado tan lejos, pero el Atormentador no necesitaría mucho para ordenarle que soltara el Sello y luego podría entrar directamente.

—¿Ya te ha ordenado que hagas daño a algo?

En respuesta, se volvió tierra adentro, hacia las montañas. "¿Los dragones?" Owailion especuló. "No aún no. ¿La Tierra? ¿Yo?" Owailion pasó sus reconfortantes manos por sus brazos y por su espalda para evitar que se desmoronara. Él sabía y entendía, incluso si no se hubiera dado cuenta específicamente de los daños que ella había causado.

—Te perdono, mi amor, le susurró al oído. "Esto no eres tú ni tu maldición. Este es el mal al que deben enfrentarse los Sabios. Ahora, ¿crees que él es el mentor de Stylmach?" Preguntó Owailion, continuando la línea de preguntas.

Volvió a mirar al mar y trató de sonreír como si supiera que la estaban observando. Owailion la besó para ayudar a la farsa.

"¿Te está contactando a través de sueños?" Ella suspiró exhausta para que él supiera que eran más que sueños.

—¿Te hace preguntas? Raimi frunció el ceño para poder entender la diferencia. Ella había sido completamente incapaz de involucrar a este Atormentador en revelarse a sí mismo con una conversación.

—¿Puede contactarte si nos movemos tierra adentro de nuevo? Raimi parpadeó positivo; no había forma de escapar de este. "¿Sabe que el próximo Sabio vendrá aquí?"

Esta vez los ojos de Raimi se agrandaron con alarma. No sabía cuánto sabía el Atormentador sobre por qué habían llegado a la desembocadura del río Don. ¿Había sido un verdadero sueño o solo una excusa para acercarla al mar de nuevo? Ella no parecía saber.

—Muy bien, tenemos que protegerlo a él tan bien como a ti, —decidió Owailion por ellos, sabiendo que ella estaba al borde de su ingenio cuando se trataba de burlar a este hechicero. "Creo que necesitas estar con Imzuli. No la despiertes. Acampa en su montaña y... Y eso es... ¿Jonjonel? ¿Ha cambiado algo allí?"

Los ojos de Raimi se abrieron tanto que él pudo ver su propio reflejo en sus tormentosos ojos verdes. "Lo resolveré. Déjame la flauta de flautas y lo recordaré. Ve donde Imzuli, pon un escudo alrededor de la montaña y no salgas hasta que te diga que es seguro. ¿Puedes hacer eso?"

La frente de Raimi se arrugó con preocupación. No podía estar segura de una forma u otra. ¿Y si el Atormentador le ordenaba que fuera a él?

—Usaré la magia de nombres para imponerlo. Veamos qué comando debes obedecer. Raimi, no salgas de la caverna de Imzuli hasta que no tengas noticias mías.

En respuesta, ella extendió la mano y finalmente lo tocó, besándolo con pasión, profundamente y luego, mientras hacía lo que él sugirió, presionó su flauta de flautas y la Piedra del Corazón del nuevo Sabio en sus manos.

"Te amo," se las arregló para decir.

La mente de Owailion la siguió, monitoreó su magia mientras alcanzaba el arroyo en la base de Jonjonel y se desvanecía de sus brazos.

Alejarse del mar se sintió como un alivio, se dio cuenta Raimi, a pesar de que su Atormentador no tenía problemas para llegar mucho más al interior. Obedeciendo a la magia del nombre de Owailion, extendió sus pensamientos hacia la caverna que Owailion había creado para Imzuli y encontró un poco de agua que se filtró en ella como punto de atracción. Entró en la oscuridad de la caverna y ni siquiera se molestó en iluminar su camino en la profunda oscuridad. Podía escuchar la suave respiración del dragón, medio retumbar, medio suspiro cálido en su mente. Raimi se conjuró una almohada del tamaño de un humano, se acostó y con un experimento final se dijo a sí misma, con magia de nombre firme, "Raimi, duerme sin sueños".

Pero entrar en los sueños no era todo lo que poseía el Atormentador.

Cuando empezó a entender la magia, Owailion pensó en lo asombroso que era todo y que no le costaría mucho ser un administrador de la Tierra. Nadie invadiría, nunca querrían nada y el espectro de la tristeza y el miedo nunca levantaría su cabeza. ¿Qué tonto había sido al pensar de esa manera? Con gran poder, siempre surgió la necesidad de usarlo. No podía imaginar por lo que estaba pasando Raimi, pero él temía que sacrificaría todo, incluso la Tierra misma si hubiera una manera de salvarla.

El problema era que no sabía cómo hacerlo. Se acercaba un nuevo Sabio y eso podría ayudar, siempre y cuando hubiera tiempo para entrenarlo. Owailion conocía el nombre del recién llegado y Raimi le había dejado las pipas y la Piedra del Corazón extra como otra pista de cómo la estaban manipulando. Obviamente, no confiaba en sí misma con estos elementos y se había visto obligada a hacer que Owailion olvidara algo. ¿Ahora quería que él recordara todo lo que se había visto obligada a borrar? Owailion sintió que debía investigar eso antes de decidir cómo lidiar con este Atormentador. No se atrevía a buscar al próximo Sabio en busca de ayuda, o eso alertaría al hechicero sobre un Sabio nuevo y vulnerable. Lo mejor era confrontar primero a este hechicero que tenía a Raimi como su marioneta. Y para hacer eso, necesitaba saber qué había pasado entre su esposa y el Atormentador. Con eso decidido, Owailion recogió su manta y, como si solo estuviera siguiendo a Raimi a casa, regresó a la fría chimenea del palacio de Don.

Owailion se sentó a la mesa y luego sacó las pipas con temor. ¿Podría instruirlas específicamente para que le dieran el recuerdo que le había sido removido? Bueno, valía la pena intentarlo. Se llevó las flautas a los labios y sopló. Se concentró en producir música y descubrió que una canción que reflejaba su estado de ánimo aparecía sin esfuerzo. Hábilmente dio una orden específica y como si no pensara en ello, Owailion comenzó a recordar lo que le habían quitado; una montaña entera. Bajo el hechizo de la canción, Owailion recordó abruptamente cómo Raimi le había pedido a Imzuli que se moviera y el dragón lo había hecho. Luego, durante las siguientes semanas y meses, bajo el mando de su Atormentador, Raimi había borrado la montaña del dragón, tanto de sus recuerdos como de todos sus mapas. También aturdiéndolo, Owailion reconoció que Raimi había matado el bosque. Y lo peor de todo ella le había ocultado estas cosas.

Pero a Owailion eso no le hizo daño. Estaba aterrorizado. Owailion conocía la debilidad de Raimi; su creencia en la maldición de que cualquier cosa que tocara sería destruida. Y todos estos hechizos realizados bajo la magia de los nombres solo ayudarían a reforzar esa creencia. Deseó en un instante haber tomado su talismán Talismán también para poder regresar y escuchar sus pensamientos mientras se ocupaba de esta invasión de su magia. Tenía que haber alguna forma de cortar el vínculo entre Raimi y el Atormentador. ¿Podría Owailion encontrar al hechicero y romperle el cuello antes de pedirle a Raimi que hiciera algo que realmente lastimara a los demás? Debía hacer algo pronto o el hechicero expondría a la Tierra a la pura maldad de manos de Raimi. Aún no había matado a nadie y había hecho todo lo posible para evitar causar daño, pero era solo cuestión de tiempo.

Owailion atravesó el continente hasta Jonjonel, donde supo que Imzuli hibernaba y sintió que su esposa también estaba allí, durmiendo tranquilamente y, con suerte, sin tener sueños invasores. Ahora, ¿cómo podría protegerla?

—¿Tethimzuliel? Despierta, —ordenó la voz.

Imzuli gruñó ante la interrupción. ¿No se suponía que tenía permitido dormir? Pero esta voz era insistente. No le era familiar y se preguntó si era Owailion, el único otro hombre humano que conocía... Además de ese Gnalish a quien se sentía inclinada a asar en este punto. Esta Voz parecía no ser ninguna de las dos y había invocado su nombre. Imzuli se sentó y casi se golpeó la cabeza contra el techo de la caverna y entonces recordó. Ella se había mudado a Jonjonel.

—Tethimzuliel, debes obedecerme. Raimi está en esa caverna contigo. Tráemela, Tethimzuliel.

¡Nombre mágico! La dragona lo supo al instante. Un mago estaba tratando de manipularla. Ella no se atrevió a moverse. Si Raimi estaba allí en la caverna con ella, podría pisar accidentalmente a su amiga antes de encontrarla. Imzuli encendió una sola luz en la caverna y encontró a su amiga humana acurrucada durmiendo justo debajo de su ala.

—¿Dónde te la llevaré? Gruñó la dragona, retrasando el imperativo, aunque dolía resistirse. Los dragones a menudo pueden manipular la magia de los nombres si se les dan suficientes formas de retrasar y calificar la orden.

La imagen de un barco... De nuevo, ese maldito barco, en un puerto, se introdujo en la mente de la dragona. Imzuli conocía el lugar; El lugar favorito de Raimi en la desembocadura del río Lara, donde algún día se construiría su palacio. La dragona suspiró, sintiendo la compulsión y sin salida.

—¡Owailion! Imzuli llamó, pero la voz la bloqueó.

—Ah, ah, no llamar a nadie más Tethimzuliel, —calificó el mago. "Solo recógela y tráela aquí".

Imzuli a regañadientes estiró una garra y delicadamente tomó a su amiga, con almohada y todo. Raimi no se movió ante el movimiento, como si estuviera hechizada. Bueno, dada la situación, probablemente era verdad. La dragona blanca se movió a la cima de Jonjonel, balanceándose en el pico volcánico con cuidado antes de extender sus alas y luego hacer la transición, esta vez al delta.

El río serpenteaba más allá de las islas del bajo delta y se adentraba en el mar desafiando la marea. En contra de ese flujo, Imzuli vio la nave luchando, pero incapaz de acercarse al Sello. Voló a través de la barrera invisible y aterrizó en la cubierta, apretándose entre dos mástiles. Afortunadamente, las velas estaban enrolladas o nunca habría encajado.

Dejó suavemente a su amiga en la cubierta y sintió la liberación de al menos esa orden. Todavía no podía llamar a uno de los otros dragones en busca de ayuda ni a Owailion para decirle lo que estaba sucediendo. En cambio, Imzuli miró alrededor del barco y finalmente vio a un hombre que se acercaba, vestido con un traje de cuero negro, pulido con el brillo de un dragón y sobre él una capa plateada con marcas doradas corriendo por su espalda. Imzuli comenzó a sentir un gruñido que se elevaba como un volcán en sus entrañas y pasó por encima de Raimi como si fuera a defenderla físicamente.

—No te molestes, Tethimzuliel, —dijo el mago con orgullo. "Gracias por tus servicios. Puedes volver a dormir ahora Tethimzuliel".

El dragón tenía pocas posibilidades de agarrarse a sí mismo antes de colapsar en la cubierta, dormida con el hocico rompiendo la barandilla del lado de estribor, casi arrastrándose en el agua, sus cuartos traseros cayendo por la borda a babor y su cola actuando como un segundo timón repentino. Las alas extendidas ocultaron a Raimi de la vista y el mago suspiró. Qué molestas se habían vuelto las palabras exactas.

Y mover a la dragona lo agotaría. Bueno, no podía hacer su próximo trabajo con una dragona que estaba a punto de volcar el barco. El hechicero se subió las mangas y luego hizo un movimiento de levitación. El enorme cuerpo se movió con sus manos. Sacó cuidadosamente a la dragona de las estructuras vitales del barco y luego la hizo girar, de regreso a través del Sello y hacia la orilla. Imzuli no movió un músculo cuando aterrizó con un ruido sordo en la playa arenosa.

El Atormentador se volvió hacia Raimi, que seguía durmiendo, ajena a su cambio de ubicación. Tenía que estar de acuerdo con su aprendiz, Stylmach, en que esta maga era encantadora. Su cabello deslumbrante y su piel pálida lo atraían particularmente y casi podía perdonarla por destruir todo el arduo trabajo que había puesto en su protegida. Casi. Si tal vez él pudiera hacer lo mismo con ella, convertirla en una marioneta, obediente y apenas mágica, sería una buena esposa. El Atormentador levantó un mechón de su cabello cobrizo, deleitándose con su aroma. Luego se dio una sacudida. Era hora de ponerse a trabajar. Ella necesitaba ser disciplinada.

—Raimi, despierta, —ordenó con dureza. Luego restableció rápidamente todos sus controles antes de que ella pudiera obedecer completamente la primera directiva. "Raimi, no usarás magia en mí o en este barco hasta que te lo diga. Raimi, no te pondrás en contacto con nadie en la Tierra".

Se despertó desconcertada y un poco enferma. "Sí, tu hechizo de mareo todavía está funcionando", advirtió cuando sus ojos verde hielo se enfocaron en él y vio la rabia allí. Ella lo aplastaría en el instante en que se deslizara.

No tardó mucho. En algún lugar profundo de Raimi comenzó a planear sus actos de rebelión. ¿Qué podía hacer todavía? Instintivamente se acercó al río Lara y comenzó a contenerlo como si su magia estuviera bloqueada detrás de un escudo más que físico. Un poco más allá del Sello, el agua que se extendía por la playa a pocos metros del barco comenzó a acumularse, atraída por su magia. Podía justificarlo ya que no estaba atacando a su Atormentador ni al barco; simplemente estaba represando un río. Pero ella no se atrevía a pensar en este acto o él lo sabría.

Mientras tanto, el hechicero continuó picoteando su alma dolorida con sus palabras. "Oh cielos", comenzó, "no debiste haber intentado salirte con la tuya. De alguna manera trajiste a Owailion a nuestra pequeña relación. Lo abandonaste y luego te escondiste. ¿La dragona blanca te perdonó por lo que le hiciste a su montaña? ¿Qué tal el hecho de que también me hayas dado su nombre?"

Raimi se encogió porque ni siquiera recordaba esa traición. Miserablemente miró alrededor de la cubierta del barco, luchó por levantarse de su cama y miró hacia el norte, hacia su casa. Reconoció los hermosos acantilados y la costa verde donde el río Lara cortaba las llanuras altas. Entrecerró los ojos y pudo ver la masa de Imzuli, brillando más brillante y más blanca que la arena en la que estaba acostada.

—Sí, me diste su nombre cuando te lo pregunté, le recordó el Atormentador.

—Pensé que no querías un dragón tanto como me querías a mí, —espetó Raimi, sin perder de vista la Tierra, su amiga, sus esperanzas.

—Te tengo a ti... y ahora tengo una dragona también. Quería a la dragona como lección práctica. Verás, existe el mito de que los dragones no pueden morir. De hecho, parecen ser inmortales, pero hay algunas cosas raras que pueden matar a una criatura magnífica como esa; su nombre es una de ellas.

Eso hizo que Raimi se volviera hacia él. "No, por favor", susurró con miedo.

—Tienes dos opciones. Mato a tu dragón o bajas el Sello. ¿Cuál será? El parpadeo en los ojos de este hechicero forastero hablaba de placer por la manipulación. "Siempre puedo pedirle que hagas la misma elección. ¿Tethimzuliel elegiría a Raimi sobre el Sello? ¿La despierto para preguntarle?

Raimi estaba impotente. Lloró incluso mientras su mente luchaba por comprender la elección. Sin esperar a que el dilema se hundiera siquiera, el hechicero hizo lo prometido. "Tethimzuliel, despierta. Tethimzuliel, no puedes hacer magia. No puedes volar ni llamar a nadie".

Imzuli, a solo unos metros de la orilla, levantó la cabeza con alarma y se orientó con la misma mirada que su amiga humana, si eso era posible. Hicieron contacto visual a través del agua y luego Imzuli rugió de frustración. Saltó sin gracia y trató de soplar fuego en un intento inútil de escapar de los lazos mágicos del nombre. No le quedaba ninguna de sus habilidades dracónicas y estaba inmovilizada en la orilla, discapacitada y furiosa.

—Tethimzuliel, el insufrible hechicero comenzó a explicar el ultimátum. "Le he dado a Raimi una opción: bajar el Sello de la Tierra o te mato. Es una elección simple en mi mente, dado que no eres amiga mía. Los dragones y los humanos han sido enemigos durante siglos. No veo cómo dos especies diferentes de magos tengan la posibilidad de compartir el mismo territorio. ¿Es por eso que pusieron a dormir a los dragones?"

—Los dragones son nuestros amigos, —insistió Raimi, porque sabía que Imzuli no podía responder. "Solo un monstruo me pediría que tomara esa decisión".

—¿Soy un monstruo? Su Atormentador enarcó una ceja y sonrió. "Muy bien, tomaré la decisión por ti". Luego se apartó imperiosamente de Raimi, quien solo podía mirar con horror. Luego, con una voz lo suficientemente fuerte como para llevar el agua, ordenó.

—Tethimzuliel, muere.

23

PERDIDO

*R*aimi casi dejó de respirar al igual que Imzuli. Sin ni siquiera un gruñido, la dragona plateada se derrumbó en un montón y no se movió. "¡NO!" Raimi chilló de pura emoción. No podía atacar a su Atormentador ni realizar magia contra él, pero tenía que hacer algo.

Sin pensarlo, Raimi se lanzó por el costado del barco. Quizá no pudiera usar magia contra él, pero sabía nadar. Y el Atormentador la dejó ir. Disfrutaba de lo que había hecho, disfrutaba de esta despreciable experiencia. Había matado a una dragona inmortal. Raimi, por su parte, dejó que sus lágrimas fluyeran y se sumaran al océano. En unos momentos salió tambaleándose de las olas, llegó hasta Imzuli y se arrojó sobre el cuello de su amiga. La rabia y el dolor se mezclaron para bloquear la mente de Raimi por un momento.

Desesperada, la Reina de los Ríos buscó algún recurso y sintió más arriba de ella el canal de agua que ella había proporcionado. Sabía que algo se iba a romper y ahora entendía por qué. Llenó cada fuente río millas río arriba, más allá del delta y ahora sabía qué había causado esa terrible visión futura de

Talismán. Ella misma estaba destruyendo el lugar más hermoso que había conocido. En el talismán, había visto que toda el área se convertía en un pantano y las laderas protectoras desaparecían. Bueno, su Atormentador quería que ella eliminara montañas; esto lo haría. Raimi lo justificó porque solo estaría enterrando a Imzuli, no dirigiendo magia contra su Atormentador o el barco. Y si quedaban atrapados en las secuelas, entonces que así sucediera.

Mientras tanto, mientras la presión se acumulaba detrás de la presa invisible de Raimi, el Atormentador la vio sufrir mientras ella le ordenaba impotentemente a su amiga que volviera a vivir. Luego agregó su comentario. "Podrías haber evitado esto si hubieras decidido romper el Sello en su lugar", gritó desde la seguridad del barco. "¿Por qué siempre debes convertirlo en una prueba tan dura de usar la magia que tienes? Yo sería el Rey de la Tierra y tú mi Reina. Todo el pueblo nos adoraría".

Dado su dolor, Raimi no levantó la cabeza para mirarlo, pero respondió, aunque solo fuese para mantenerlo hablando, de modo que hubiera más presión detrás de la presa para cuando ella la rompiera. "Eres un tonto", dijo sombríamente, dejando que su desprecio se mostrara, con la esperanza de incitarlo a atacarla en lugar de simplemente usarla como una marioneta. "No entiendes la Tierra. No hay gente aquí para adorarte; solo yo, Owailion y algunos dragones dormidos durante milenios. No ganarás nada si vienes aquí a gobernar".

—La gente vendrá, le recordó, haciéndolo sonar como una amenaza.

¿Había visto el Atormentador la predicción del futuro del talismán en su mente? ¿Había estado escuchando todos sus pensamientos durante meses? Raimi esperaba que no o sospecharía lo que estaba tramando en ese momento.

En cambio, el Atormentador continuó parloteando sin darse cuenta de su rebelión mental mientras ella se alejaba de él para mirar hacia donde habría estado su hogar, pero que ahora nunca se construiría.

—Las líneas ley que fluyen en tu tierra deben ser tremendas para que tengas tal poder. Te he visto mover montañas, matar bosques y cambiar el mundo, Raimi. Y lo volverás a hacer por mí Raimi; tú y yo juntos".

—No sabes lo que estás pidiendo, —advirtió Raimi. "No puedes pedirme que mantenga un mandato cuando tengo un segundo mandato que no podrás romper. He jurado proteger la Tierra de personas como tú. No puedo hacer ambas cosas".

El Atormentador se rio de ella cruelmente. "Te he visto hacer ambas cosas. Hiciste desaparecer una montaña entera y ni siquiera tu patético esposo sabía lo que estabas haciendo. No sé cómo descubrió que yo sostenía tus hilos, pero él es solo el Rey de los Edificios. Te ha abandonado. Raimi, eres mucho más grande que él. Mereces más. Puedo darte todo lo que él no puede. Él no es nada. No te ha dado hijos ni te ha construido un palacio como a todos los demás. Incluso ahora está balbuceando en otro río, sin esperar nada. Ni siquiera ha venido a rescatarte aquí. Te compadezco por estar atada a un hombre así toda tu vida".

Owailion, pensó, desconectando el parloteo del hechicero. Ni siquiera puedo despedirme de ti. Entonces se le ocurrió una idea, una visión inspirada por el Sabio. Sí, puedo enviar un regalo. Puedo darte el talismán. Puedes ver lo que estoy a punto de hacer. No te está dejando un mensaje. Te envío un regalo del pasado. No es magia dirigida al Atormentador. Puedo hacer ese poquito de magia y es posible que entiendas mis acciones. No tuve elección.

Con un simple pensamiento, Raimi le dio a su amado Owailion su último Talismán. Ahora lo tenía todo; la Piedra del Corazón extra, las Flautas del Olvido y el Talismán del Pasado. Ahora tal vez él la perdonaría.

El hechicero debió haber sentido su falta de atención, porque usó la magia de nombres para hacer que volviera a concentrarse en él. "Raimi, escúchame", ordenó. "Harás esto conmigo. Tú serás mía. Raimi, rompe el sello y déjame entrar".

Raimi se dio cuenta de que podría haber esperado demasiado. Podía sentir que la presión del agua había aumentado hasta el punto de que casi nada podía contenerla. También sabía que tenía que quitarse la Piedra del Corazón para realizar su comando. El Atormentador no entendía nada de las restricciones de la Piedra del Corazón; ella no podía obedecerle y aún proteger la Tierra. Sin embargo, sin el juicio de la piedra, esperaba que pudiera matar al monstruo. Ella estaba preparada.

Resuelta, Raimi metió la mano en su pecho y lentamente quitó su Piedra del Corazón. Brillaba bajo el sol brillante y luego se volvió con cansancio y colocó la Piedra del Corazón dentro del cuerpo de Imzuli, justo al lado del corazón de la dragona y luego se puso de pie. Con dolor, Raimi recordó todo lo que había aprendido mientras estudiaba cómo se construyó el Sello. Conocía bien la magia profunda en sus raíces. Sintió cómo se entrelazaba con los recuerdos de Owailion. Ella realizaría un último hechizo de barrido.

Para ayudar al Atormentador a comprender que estaba a punto de obedecerle, levantó los brazos por encima de la cabeza. Al otro lado del agua, lo vio sonreír con anticipación y había acercado el barco al Sello, esperando que solo fuera cuestión de segundos antes de que pudiera desembarcar. Luego, con un deseo, Raimi rompió la presa que mantenía a raya al río Lara y derribó al Sello de una vez.

El río de magia de Raimi fluyó.

Owailion estaba en la orilla brumosa del río Don, mirando hacia el mar, preguntándose si realmente estaba viendo lo que había allí. Esa única isla, más allá del Sello, parecía un centinela flotando sobre la niebla y no se atrevía a investigar o el hechicero sabría que estaba siendo observado. Afortunadamente, Raimi estaba lejos, dormida en una caverna y este hechicero seguía sin saber que ahora tenía dos Sabios para luchar, uno de los cuales no podía nombrar.

La otra gran preocupación de Owailion era que en algún lugar pronto aparecería un nuevo Sabio. Podía sentirlo en sus huesos y el recién llegado necesitaría ser protegido y entrenado. En su corazón, Owailion sabía lo mismo que sabía cuándo Raimi llegó por primera vez. Ese primer evento de llegada, venir a la Tierra, te hizo vulnerable. Temía la idea de luchar contra un hechicero al mismo tiempo que tenía que darle la bienvenida a un nuevo Sabio. La mente de Owailion recorrió todos los pasos: arrojar un escudo sobre él, y tal vez llevarlo tierra adentro, evitar que hablara hasta que terminase la batalla y esperar lo mejor, decidió Owailion.

La paciencia nunca fue su mejor rasgo, se dio cuenta Owailion mientras recuperaba la manta y se sentaba. También estaba impaciente por la llegada de Raimi. Entonces había sido la soledad lo que impulsaba su inquietud, pero ahora la batalla inminente lo puso casi frenético de impaciencia. Quería usar la flauta de flautas para limpiar la mente del hechicero y terminar.

El sol se estaba poniendo sobre el mar cuando Owailion sintió un suave roce de magia y el talismán de Raimi apareció abruptamente sobre la manta frente a él. Alarmado, lo alcanzó. ¿Por qué le estaba enviando esto? Lanzó su mente a buscar la de ella para descubrir el propósito de darle el talismán. La magia de Owailion se tensó hasta el otro extremo del continente para encontrarla en Jonjonel cuando se dio cuenta de que ella no estaba allí y una punzada de pánico lo atravesó. Se puso de pie con el talismán en las manos y estaba a punto de ir a buscar su presencia en otro lugar cuando la tierra tembló y casi se cae, tambaleándose por el estruendoso chasquido de algo. La llave de dolor en su mente se liberó de su alma.

Owailion sintió caer el Sello.

Jadeó, porque, con su caída, podía ver la bahía frente a él llena de barcos de todos los tamaños y formas navegando hacia adelante y hacia atrás. La mayoría parecía estar en una carrera moviendo mercancías al sur hacia Marwen o al oeste hacia Malornia, pero un barco estaba anclado justo al lado de la isla del dedo que Raimi le había señalado, esperando este evento. Owailion ahora podía ver a través del Sello. Supuso que la Tierra también estaba abierta para él. Sus ojos siguieron la costa y notaron cómo se había cortado una carretera a lo largo del borde donde el Sello habría bloqueado los carros y el tráfico de caballos. De hecho, un vagón que ya estaba en la carretera se detuvo y se salió del camino trillado hacia Owailion.

Owailion se sintió dividido en tres direcciones y no pudo reaccionar ante todo lo que de repente supo que tenía que afrontar; un barco con un hechicero a bordo, alguien simplemente cruzando donde el Sello que había estallado momentos antes y lo más alarmante, Raimi no estaba junto a él.

Desafortunadamente, la decisión fue tomada por él. Una ola de poder puro se lanzó hacia Owailion desde la nave y se tambaleó hacia atrás bajo el peso de la misma contra sus escudos. A cambio, montó una burbuja de protección invisible más fuerte a su alrededor y luego se enderezó. Con un rápido pensamiento, Owailion rompió la cadena del ancla del barco y golpeó el casco contra la isla de dedos a la que se había enganchado. La nave comenzó a romperse de inmediato, pero los ataques mágicos continuaron. Las explosiones estallaron y esta vez cayeron sobre los pobres viajeros que conducían su carro por la playa hacia Owailion.

Desesperadamente, Owailion también arrojó un escudo al azar alrededor del carro y comenzó a correr hacia los viajeros. No se atrevió a usar más magia descarada alrededor de alguien que probablemente estaba pasando, pero cada golpe mágico en la carreta lanzaba explosiones de arena y hierba que seguramente los alarmaban. De hecho, el vagón se detuvo y los pasajeros que estaban dentro bajaron, tratando de esconderse de los ataques errados. Owailion lanzó una ola de poder a la isla dedo y notó que el barco ya se había hundido, por lo que el hechicero debería estar en la isla, protegido detrás de un escudo. Tendría que destruir la isla para distraer al hechicero.

Owailion se agachó detrás del carro para enfrentarse a los recién llegados, un hombre enorme, su encantadora esposa y dos niños pequeños que se encogieron de miedo detrás de su carro. "Bienvenido a la Tierra", dijo Owailion entre dientes apretados, tratando de no gritar por las explosiones. Owailion solo podía esperar que hablaran su idioma. No quería que el hechicero escuchara este intercambio, por lo que agregó una burbuja de silencio sobre el carro.

—Puedes llamarme Owailion. Te he estado esperando, creo. Tu nombre no sería Gilead, ¿verdad?

El padre de la familia lo miró como si estuviera haciendo el ridículo, pero otra explosión de la isla hizo que todos volvieran a agacharse. "Sí, pero ¿cómo lo supiste?" respondió el hombre en voz baja. De modo que el Sabio más nuevo no había llegado a la Tierra en una llegada milagrosa ni sin su memoria. En cambio, vino de una tierra vecina con una familia a cuestas. Owailion no tenía tiempo de considerar las implicaciones de esa circunstancia.

Owailion sacó la nueva Piedra del Corazón. "Soy un mago aquí en la Tierra y ahora tú también. Toma, sostén esto", y Owailion pasó la Piedra del Corazón a las enormes manos del hombre y luego continuó. "Estamos bajo ataque desde esa isla.

Quiero que desees que esa isla se derrumbe y se erosione. Dirige todos tus pensamientos hacia la base de esa roca. Me ocuparé del hechicero. Debemos sacarlo juntos".

Toda la pequeña familia se quedó boquiabierta ante la apresurada explicación de Owailion. Luego, otro ataque golpeó como una campana contra el escudo. Gilead era tan alto que incluso de rodillas tuvo que agacharse para esconderse detrás de su carromato, pero eso lo decidió. Él hizo lo que se le encomendó. El Sabio más nuevo miró hacia la isla que estaba cerca de la costa y deseó que la piedra se desintegrara. Un grito de alarma resonó sobre el agua y Owailion vio a un hombre vestido con una túnica que había sido invisible reaparecer en la cima de la isla en ruinas. Cayó como un pájaro herido con un chapoteo en el agua. Por su parte, Owailion rompió el cuello del hechicero antes de que cayera al agua. De repente, todos los ataques terminaron con esa muerte y Owailion se puso de pie, junto con la familia muy perturbada.

—Gracias por tu ayuda, comenzó Owailion, aunque sus pensamientos ya estaban saltando muy lejos, buscando a Raimi.

—Yo... Yo... ¿Qué hice?" Preguntó Gilead mientras él también se levantaba y se sacudía el polvo de las rodillas.

Owailion sintió un latido frenético en su corazón y deseó poder enseñarle a este hombre lo que había sucedido, pero con más urgencia necesitaba encontrar a Raimi. Podía saborear algo mal en el aire a su alrededor, como si ella lo hubiera bloqueado completamente de sus pensamientos. Owailion luchó por concentrarse en lo que estaba enfrentando en ese momento. Miró a Gilead.

—Eres mágico como te dije. Hay muchas cosas que necesito hacer para explicar todo esto, pero ahora, hay alguien que me necesita mucho más. Volveré lo antes posible. ¿Por qué no van tú y tu familia a esas dunas y buscan refugio? Volveré tan pronto como pueda.

Y luego, sin ver si obedecerían, Owailion desapareció, dejando más preguntas a su paso de las que nadie podría esperar hacer.

El chasquido del Sello retumbó a través del agua y provocó terremotos en toda la Tierra, pero localmente también enmascaró el rugido del agua que se acercaba en los oídos de Raimi. El maldito río arriba ahora arrasó con las laderas y salió volando de la meseta en una tormenta cegadora, lleno de escombros erosionados de las colinas y los valles inundados. Cientos de árboles se partieron bajo la ola fangosa. No es de extrañar que a Owailion le faltara la inspiración para construir un palacio aquí. Habría sido destruido en su acto final. Una pared de roca y barro de pura furia derribó a Raimi, la enterró con el cadáver de Imzuli y lanzó un tsunami sobre el barco.

Pero el hechicero estaba preparado, se dio cuenta Raimi. El barco se derrumbó debajo de él, pero su Atormentador escapó ileso, porque aún podía sentirlo desde su tumba en el barro, aunque apenas estaba consciente y no podía respirar ni ver en el barro espeso que se había lavado. Ella lo sintió caminar a través de los escombros hacia ella pasando junto al Sello caído. Él le ordenaría que se mantuviera viva y ella no quería hacer eso... No de nuevo. Ella había peleado con él hasta ahogarse, pero él todavía poseía su nombre. Él le había ordenado que matara a su mejor amiga y ella había herido terriblemente a la Tierra bajo sus órdenes. A continuación, se vería obligada a luchar contra Owailion. Ella no lo soportaría más. Pero el Atormentador le había enseñado una cosa que él no había querido; una salida.

"Raimi," se susurró a sí misma, agradecida de que ya estaba enterrada junto a Imzuli, "muere".

24

HOMENAJE

Owailion la sintió morir. Así fue como pudo encontrarla. Dio vueltas en su mente, tratando de localizar el enlace oscuro que se desvaneció abruptamente. La muerte de Raimi lo golpeó como un puñetazo en el estómago, bloqueándolo con la ola de magia que se había acumulado y luego se liberó como un tsunami. Owailion jadeó y vomitó, buscando el aliento que había perdido. Se tambaleó hacia Raimi en mitad de la transición a un lugar que no reconocía.

Owailion llegó a una playa arrasada frente a una bahía contaminada con escombros de una inundación. Detrás de él, más arriba en la playa, no reconoció nada, ni siquiera en los Recuerdos. Árboles rotos y un nuevo río sucio cortaban senderos lentos y afilados a través del barro, rezumando como una serpiente y formando pantanos tierra adentro. ¿Qué río era este? No podía pensar. Un gran bulto cubierto de barro estropeaba la llanura uniforme de la llanura aluvial. Comenzó a correr hacia la forma, pero no pensaba con claridad. Tenía que encontrar a Raimi y ella no estaba aquí.

Una explosión de luz lo arrojó de nuevo a uno de los

arroyos y Owailion se desmayó brevemente, pero el terror frenético lo hizo volver a la conciencia y luchó por ponerse de pie para enfrentar este nuevo asalto. ¿Dónde estaba Raimi? "¡Raimi!" gritó en el silencio resonante de una mente ausente mientras un hechicero desconocido salía del oleaje lento hacia él.

—Ella es mía, Owailion, se burló el Atormentador.

Por un momento desconcertante, Owailion no pudo entender cómo un humano podía ser tan malvado como para ni siquiera darse cuenta del dolor que había causado. Owailion quería convertirse en dragón; inmenso y escupir fuego para asar a este enemigo en el olvido. Quizás algún día lo lograría, pero con el fuego que él pudiese manejar. Cediendo a su temperamento, Owailion recurrió a los Recuerdos y lanzó una bola de fuego al hechicero. Luego levantó a su enemigo hacia el cielo, disparándolo hacia arriba, más allá de las nubes, más allá del aire. La pura rabia mantuvo viva la llama incluso después de que el oxígeno que la alimentaba se consumiera. Cuando Owailion sintió que el escudo del mago finalmente explotó y el fuego se abrió paso, soltó al monstruo y lo dejó caer en picada a la tierra.

Antes de que aterrizaran las cenizas del hechicero, Owailion vadeó hacia el montículo en la orilla y, usando magia, barrió el barro que le llegaba hasta la cintura. Encontró la piel del dragón casi irreconocible y sacó toda la masa y el agua de mar del océano para lavarla. Era Imzuli.

—¿Tethimzuliel? —gritó, esperando que la dragona estuviera dormida de nuevo, pero sintió el mismo vacío sin siquiera un atisbo de reconocimiento. "¿Dónde está Raimi?" le preguntó al cadáver en su loca desesperación.

Todavía no había respuesta. Finalmente, cubierto de barro y apenas capaz de moverse, un rayo de lógica logró gotear en la mente de Owailion. Tienes magia. Úsala. Dejó de luchar y comenzó a escanear el campo de barro con un ojo mágico, buscando algo específico.

Encontró el cuerpo de Raimi completamente enterrado boca abajo en el oleaje poco profundo donde la marea la limpiaba lentamente. ¿Cómo podía haberse ahogado?, se preguntó. Ella es la Reina de los Ríos. Ella no puede ahogarse. La mente de Owailion traqueteaba a través de pensamientos a medio formar sin ningún esfuerzo por encontrarle sentido a lo que podría haber sucedido. En cambio, se sentó en el agua y acunó el pálido y elegante cuerpo de Raimi hasta que la noche cayó sobre su cabeza. Lloró y se lamentó durante horas, solo, completamente solo.

El amanecer llegó antes de que Owailion pensara en algo más que hacer. La marea amenazaba con llevarlos a los dos al mar y podría haberlo acogido con satisfacción, excepto que no sabía cómo morir con ella. Así que, en cambio, llevó a Raimi a la orilla con determinación y aproximadamente donde podría haber estado su palacio, la enterró en una isla recién formada. También colocó el cuerpo de Imzuli junto a ella y luego se preguntó qué hacer a continuación. Intentó algún tipo de ceremonia cuando salía el sol, pero solo podía pensar en una cosa que decir. "Bajo los ojos de Dios, siempre te amaré y me uniré a ti solo por la eternidad".

Por una vez, el juramento, al volver a prestar sus votos matrimoniales, no cambió su apariencia. Todavía se puso de rodillas en el barro, irreconocible y con éste secándose sobre él.

El resto del día permaneció sentado en una miseria helada, sin querer salir del pantano o limpiarse, encender el fuego o comer; nada. Quizás él también se convertiría en uno con el pantano. Pero finalmente, recordó los talismanes que llevaba consigo y los trajo a la existencia. Simplemente los miró con una especie de miedo. Quería olvidar su dolor y las flautas ayudarían, pero no quería arriesgarse a olvidar a Raimi. Los dos estaban unidos en su mente. Quería olvidar que ella se había ido y las flautas no podían ayudar allí. Las flautas nunca podrían hacerle olvidar su amor.

A continuación, especuló sobre el uso del talismán. Finalmente, se le ocurrió la idea de que ella le había dado el talismán para ver el pasado como casi su último acto. A este Talismán, también le temía. No quería ver la lucha de Raimi. ¿Sería la realidad peor de lo que había descubierto su imaginación? Pero si iba a vivir para siempre, podría necesitar hacer algo más que sentarse en el barro durante algunos miles de años. Owailion pensó detenidamente sobre su pedido del talismán, lo llenó con agua que no estaba turbia por el continuo sedimento del río Lara y luego susurró: "Muéstrame cómo Raimi llegó a estar aquí y murió".

La visión comenzó en la caverna de Imzuli en Jonjonel y, afortunadamente, pudo escuchar las órdenes mentales del Atormentador o habría asumido lo peor del dragón blanco. En cambio, Owailion observó cómo Imzuli intentaba proteger a su amiga y luego, cuando llegó el ultimátum, supo exactamente por qué Raimi había decidido lo que ella había hecho. Había dejado a un lado su Piedra del Corazón en caso de que le impidiera morir. Ella no sería el medio para traer más destrucción a sus seres queridos o la Tierra. Ella nunca elegiría; era una elección imposible.

De hecho, la maldición de Raimi la había seguido hasta la Tierra y lo que había tocado se había arruinado... Incluso su corazón, pensó Owailion con amargura. Afortunadamente, sus últimos pensamientos habían sido sobre él y le había enviado el Talismán para que supiera cuánto lo amaba. Fue su regalo de despedida para él. Ella no había querido dejarlo, pero su deber así lo había exigido. Ella había sido pionera sin él.

Owailion pasó otra noche, secándose el barro por todas partes, y pensó en todo lo que había visto y conocido, que si se le hubiera presentado el mismo dilema habría hecho exactamente lo mismo. Por eso Dios no le había proporcionado su nombre en su 'nacimiento'. Owailion probablemente habría tomado el camino más fácil para salir de su vida eterna si este hubiera sido su destino; por siempre solo. No podía estar enojado con Raimi. Ella había sido sabia y eso, él no lo quería olvidar.

Así que finalmente, después de tres días de duelo y entumecimiento, actuó por fin. Owailion enterró el talismán y la flauta de flautas justo al lado del cuerpo de Raimi. Luego, recordando su deber, se lavó un poco en el agua más fresca río arriba y luego regresó con Gilead y su familia en el otro extremo del continente.

EPÍLOGO

"¿*M*ohan? Mohanzelechnekhi ¿Puedes escucharme?" Owailion esperó el tiempo necesario para permitir que su amigo respondiera. En todo caso, el dragón se sentía más lejos que nunca. El miedo humano a la reacción del dragón dorado ante todos los fracasos de Owailion hacía que cada momento pareciera mucho más tortuoso. Temía esta conversación, pero tenía que hacerlo.

—¿*Owailion?* El dragón dorado sonaba un poco desconcertado, pero respondió claramente.

—Si soy yo. Tengo algunas... Malas noticias. Imzuli está muerta... Y también Raimi". Lo dijo apresuradamente, tratando de sacarlo antes de que se derrumbara una vez más. Owailion esperaba que los escudos de Mohan se golpearan para que pudiera pensar y llorar en privado, pero para su sorpresa ese no fue el caso.

—*Me preguntaba por qué había llegado tan temprano,* — comentó Mohan. *"Ella está aturdida en este momento y todavía no puedo hacer que hable de lo que pasó".*

—Espera, ¿Imzuli está contigo?

305

—*Por supuesto*, Mohan sonaba serio y perfectamente cuerdo cuando dijo esto. *"Ella iba a ser la próxima en venir de todos modos, pero luego de unos cien años más o menos. Todos finalmente dejaremos la Tierra y vendremos aquí... Dondequiera que sea este lugar. Estamos durmiendo durante todo el viaje, pero aún no he llegado, así que no lo sé. Y, al no tener cuerpo, tendrá que conformarse conmigo para tener compañía durante un tiempo"*.

—Los dragones... Están dejando la Tierra, ¿no duermen aquí?

—*Oh, habrá dragones en la Tierra durmiendo por mucho tiempo más. Como dije, solo una vez cada siglo algunos partirán, pero por lo general, vendrán con sus cuerpos. Dado que a algunos de ellos les ha sido dado un Talismán como responsabilidad, esos serán los últimos en partir. Quizás para cuando todos los Sabios estén en su lugar, todos nos habremos despedido de ti. Aún no conozco el propósito completo del Sueño, pero todos debemos seguir adelante.*

Owailion tenía poca energía para esta nueva y maravillosa noticia. "Yo... Yo... Tenía tanto miedo de decirte que tu hija había sido asesinada en defensa de Raimi. Dale las gracias de mi parte".

—*Lo haré, y lamento lo de Raimi. Quizás fue imprudente no advertirte antes sobre la magia de los nombres. Pero todo irá bien con el tiempo.*

La ira humana llegó demasiado fácilmente a Owailion ahora con su dolor y luchó por controlar su tono. —¿Bien con el tiempo? —preguntó, tratando de mantener el cinismo fuera de su voz.

—*Sí, te dije que los Sabios no pueden morir realmente, ¿no es así?* —preguntó Mohan. *"Si no, lamento que todo no se haya enseñado como debería haber sido"*.

Owailion se esforzó por contener sus crudas emociones.

"Explícame cómo los Sabios no pueden morir cuando acabo de enterrar su cuerpo".

Mohan, por otro lado, se volvió más amable con su afligido amigo. *"El espíritu de un Sabio no es diferente al de un dragón. Ambos estamos ligados a la Tierra y ese deber se mantiene hasta el fin de los tiempos. Su espíritu no puede dejar la Tierra y, finalmente, una vez que hayas cumplido con tus deberes, encontrarás la manera de traerla de regreso. Es una promesa".*

—¿Después de que cumpla con mis deberes? Owailion casi estalló, mordiéndose la lengua.

—*Después de que la Tierra sea sellada de nuevo y hayas hecho todo lo que juraste hacer... Incluida la construcción del palacio de ella. Eres el líder de los Sabios y debes supervisar la Era del Hombre. Entonces la Tierra estará protegida por tu magia y luego podrás encontrar su espíritu nuevamente y unirte a ella con un cuerpo y estar con ella nuevamente. Pero debes tener paciencia. Esa es tu debilidad, Owailion. Paciencia. Tu tiempo llegará. El camino está despejado y cuando no lo esté, será recto.*

Owailion escuchó esas palabras, el eco de la promesa de Dios de regreso después de haber nacido. Ya no se atrevería a enfadarse por su dolor. Podría caer en desgracia y volverse indigno de ser un Sabio. No volvería a encontrar a Raimi si caía en su dolor. Lentamente, Owailion se obligó a ser cortés. "Gracias mi amigo. Intentaré recordar eso. Adiós".

Y cuando sintió que la última conexión con su amigo se desvanecía, suspiró. ¿Cuántos lazos se romperían de su corazón? Owailion miró a través de los picos áridos y luego hacia el cielo sobre la montaña como si alguien más que Dios pudiera escucharlo. "Te encontraré, mi amor, algún día, porque eres mi Talismán".

Estimado lector,

Esperamos que haya disfrutado de la lectura de Los Talismanes. Por favor, tómese un momento para dejar un comentario, aunque sea breve. Su opinión es importante para nosotros. Descubra más libros de Lisa Lowell en

https://www.nextchapter.pub/authors/lisa-lowell

¿Quieres saber cuándo uno de nuestros libros es gratuito o tiene un descuento? Únase al boletín de noticias en

http://eepurl.com/bqqB3H

Saludos cordiales,

Lisa Lowell y el equipo de Next Chapter

ACERCA DE LA AUTORA

Lisa Lowell nació en 1967 en el seno de una familia numerosa llena de artistas prácticos, en el sur de Oregon. Para evitar conflictos, su arte preferido fue siempre la escritura, algo que le enseñaron sus dos abuelas. Comenzó con la poesía a los seis años en la antigua máquina de escribir convencional de su abuela. Al llegar a la adolescencia se pasó al lápiz y al papel y produjo fantasías sombrías y angustiosas durante la adolescencia. Su madre afirma que Lisa cerró la puerta y no salió hasta que se fue a la universidad. Durante este tiempo, se sintió obligada a dibujar ilustraciones en los márgenes que ayudaban a complementar su descuido de adjetivos y líneas argumentales consistentes.

Una apreciada profesora de inglés, la Sra. Segetti, recogía estas reflexiones melancólicas y las enviaba a las fundaciones de becas. Lisa obtuvo una beca por esa escritura más bien pobre, escapó de Oregón y fue a la universidad. Aunque amaba a su familia, su único requisito en una escuela era estar demasiado lejos para volver a casa los fines de semana. Llegó hasta Idaho, Utah y luego hasta Washington D.C. antes de lanzarse de verdad. Viajó a Suecia (Göteborg, Lund y Sundsvall) durante un año y medio durante la universidad, donde también se reencontró con su legado.

Durante la universidad, Lisa también se enamoró y luego le rompieron el corazón. De repente, tenía algo sobre lo que escribir. Todas las historias que ha escrito desde entonces contienen un romance y un viaje enredado; una saga, por así decirlo, en la que la historia vuelve al principio. Empezó a recurrir a los mitos escandinavos y superó el miedo a escribir conflictos. Todos sus anteriores comienzos fallidos y sus fascinantes personajes se plasmaron ahora en una historia real. Tras completar sus estudios de Educación Secundaria y su Máster en Inglés como Segunda Lengua en la Universidad de Western Oregon, Lisa siguió viajando y leyendo a sus autores favoritos: Lloyd Alexander, David Brin, Patricia McKillip y Anne McCarey. Se graduó como profesora en 1993.

Entonces, cuando volvió a Oregon, como en un cuento de hadas, conoció a Pat Lowell. Se conocieron el domingo, jugaron a la raqueta el lunes por la noche y se comprometieron al final de la cita. La sensación de paz al conocer a alguien con los mismos objetivos y valores hizo que todo saliera bien. Cuatro meses después se casaron. Lisa empezó a reelaborar los manuscritos de su infancia para convertirlos en historias creíbles, y fue entonces cuando empezó Sea Queen. Cuando los niños no llegaron como esperaban, los Lowell adoptaron a tres niños, Travis, Scott y Kiana. En ese momento, Lisa decidió dejar de escribir activamente durante un tiempo para centrarse en su familia. Sin embargo, conservó todas las ideas y perfeccionó su habilidad mientras daba clases de inglés en la escuela secundaria. Contar historias siguió siendo su verdadero talento y la convirtió en una hábil profesora. En 2011 fue nombrada Profesora del Año de la VFW de Oregon.

En 2012, un amigo le pidió manuscritos para aprender a

colocar un libro en forma de libro electrónico. Como tenía varias obras a medio terminar que podía aportar, Lisa le dio una y al ver lo fácil que parecía, la idea de publicar se le volvió a colar. Sus hijos seguían adelante y sintió que podía volver a escribir. Rehízo el primer libro de la serie de los Sabios, Sea Queen, y empezó a compartirlo con lectores beta. Sin embargo, sus amigos querían conocer las historias de algunos de los otros personajes, así que empezó a escribirlas en manuscritos completos y se dio cuenta de que había nacido una colección.

La publicación se hizo más importante cuando Pat tuvo un terrible accidente y desarrolló Parkinson. Lisa tuvo que quedarse más cerca de casa para ayudarle y él la animó a escribir. Siguió enseñando inglés en la escuela secundaria (alguien tiene que hacerlo) y escribe un blog en una página de Facebook en https://www.facebook.com/vikingauthor/. En la actualidad, está desarrollando un Word Press para sus futuros trabajos y está trabajando en sus próximas novelas, Markpath, un conjunto de novelas de ciencia ficción. Le encanta escribir, pero también experimenta con el dibujo, baila mientras escribe, canta cuando la radio está encendida y lee una gran cantidad de ensayos mal escritos por niños de trece años. Sigue viviendo en Oregon, cerca de las cascadas y de Powells, la mejor librería del mundo. Sigue enamorada de su marido Pat y le sigue gustando escribir aventuras apasionantes.

Los Talismanes
ISBN: 978-4-86747-664-2

Publicado por
Next Chapter
1-60-20 Minami-Otsuka
170-0005 Toshima-Ku, Tokyo
+818035793528

25 Mayo 2021

Lightning Source UK Ltd.
Milton Keynes UK
UKHW012042110621
385375UK00001B/100